공간과 도시의 의미들

Les Significations de l'Espaces et de la Ville

2000년 봄에 창설된 철학아카데미는 철학대안학교로서 시민들을 위한 철학 교육 및 21세기에 걸맞은 새로운 사유 창조를 목표로 하고 있다. 봄, 여름, 가을, 겨울 네 학기에 걸쳐 매학기 20여 개의 철학 강좌를 개설하고 있으며, 철학서평잡지인 『아카필로』를 발간하고 있다.

철학아카데미는 1년에 2회 학회를 열고 있으며, 그 결과물을 논문집으로 출간하고 있다. 이미 『철학의 21세기』, 『기호학과 예술 그리고 철학』, 『공간과 도시의 의미들』이 출간되었으며, 앞으로 『푸른 눈에 비친 중국』, 『문학과 철학의 향연』 등을 비롯해 꾸준히 결과물이 발간될 것이다.

공간과 도시의 의미들

1판 1쇄 인쇄 2004년 11월 10일
1판 1쇄 발행 2004년 11월 15일

지은이 / 철학아카데미
펴낸이 / 박성모
펴낸곳 / 소명출판
출판고문 / 김호영
등록 / 제13-522호
주소 / 137-878 서울시 서초구 서초동 1621-18 (란빌딩 1층)
대표전화 / (02) 585-7840
팩시밀리 / (02) 585-7848
somyong@korea.com / www.somyong.com

ⓒ 2004, 소명출판

값 14,000원

ISBN 89-5626-109-1 03800

공간과 도시의 의미들

Les Significations de l'Espaces et de la Ville

철학아카데미

철학아카데미(www.acaphilo.or.kr)는 2000년 봄 서울 인사동에 문을 연 철학 대안학교이다. 아카데미는 이정우 원장, 조광제 대표 이외에 3분의 상임위원 그리고 10여 분의 교수진으로 구성되어 연구·교육·참여라는 세 가지 축을 중심으로 활동하고 있다. 1년에 4학기, 학기당 15~20여 개의 철학 및 그 인접학문들의 교과를 개설하고 있으며 누구든 수강이 가능하도록 되어 있다. 특히 강의들을 맡고 있는 교수들을 중심으로 1년에 2차례 학술대회를 개최하고 있으며(철학아카데미 학술제는 기존의 제도권 학회와는 달리 발표자와 참여자들의 토론의 열린 장이다), 여기서 나온 결과물들을 철학아카데미 학술총서로 발행하고 있다. 이미 총서 1호 『철학의 21세기』와 2호 『기호학과 철학 그리고 예술』이 발행되었다. 이 책은 2002년 가을 '공간과 의미'라는 주제로 신행되었던 학술제 발표 논문에다 4편의 글을 더해 『공간과 도시의 의미들』이라는 제목을 달게 된 것이다.

공간과 도시는 우리 인간들에게 어떠한 의미를 갖게 하며, 우리들로 하여금 어떻게 의미를 만들어나가게 하는가. 도시와 공간은 인간은 생을 살아가는 동안 수많은 공간을 만들어내며, 자신도 모르는 특정 공간 속에 편입되어 있다. 전자가 주택과 도시와 같은 가시적이며 물질적인 공간이라면 후자는 비가시적이며 관념적인 공간일 것이다. 그런데 흥미로운 점은 이 두 공간이 각기 달리 존재하는 것이 아니라 씨줄과 날줄 같이 상관관계를 맺고 있다는 점이다. 이 책에 실린 8편의 글은 바로 공간에 대한 철학적 접근을 비롯하여 공간으로서 도시에 대한 다양한 학제적 해석을 담고 있다.

먼저 이 책의 전체적인 개요를 살펴보도록 하자. 책의 서두는 공간의 인식론적 성찰로 출발하여(「공간의 기억」), 시인으로서 랭보의 공간을 통해 삶과 시적 공간을 살펴보게 되며(「시인의 도시 공간」), 이어서 작품이 존재하는 지형적인 공간 영역을 논의한다(「장소와 작품」). 또한 연극의 공간에서도 수사학이 숨어 있으며(「연극 커뮤니케이션과 공간의 수사학」), 몸으로 그려지고 지워지는 무용에서도 공간의 미학이 존재 한다(「몸과 함께 춤추는 공간」). 뿐만 아니라 정원과 공원을 만들어내는 조경 설계 속에서도 사건과 공간의 철학이 침투해 있으며(「사건의 철학과 조경 설계」), 현대의 대도시에도 일상적인 공간만이 아닌 예술 체험의 공간이 존재한다(「놀이공간으로서 대도시와 예술체험」). 이어서 도시 공간의 생성과 분할이 인간의 욕망과 자본의 논리에 의해 이루어짐을 기호학으로 해석한다(「도시공간의 기호학」).

좀더 구체적으로 각 장들을 소개해보면, 박상진은 「공간의 기억」

을 통해 이 책의 첫걸음을 뗀다. 인간이 공간적 존재라는 사실을 공표한다. 인간은 공간에 구체적으로 위치하고 삶을 살아가며, 그 공간을 추상화시키는 능력과 습관을 지닌 존재다. 외적 공간과 내적 공간을 설정하여 이 두 공간의 아우러짐을 '기억'을 매개로 아름답게 그려내고 있다. 특히 공간을 기억들의 교차와 소통 그리고 사건으로 환원시키며, 해석의 실천을 통해 내적 공간과 외적 공간이 연결된다고 한다. 필자는 강한 어조로 공간이 삶이 되며 또 다시 끝없이 열려짐, 바로 '열림'을 강조한다.

박지선은 「시인의 도시 공간—랭보와의 만남」을 통해 시인 랭보의 공간 이동을 통해 드러난 그의 시적 변화와 철학을 이야기한다. 랭보를 둘러싼 삶의 공간은 랭보의 시를 만들고 다시금 랭보를 재해석하게끔 하고 있다. 즉 랭보의 일생에서 삶의 공간적 이동과 시적 공간 이동을 통해 얻고자 했던 것은 바로 유토피아인 것이다. 따라서 그의 공간에서 불가능이란 없다. 시인은 언어의 창조자이자, 공간의 창조자이다. 시인의 공간 연금술은 도달 할 수 없는 공간까지도 자유롭게 넘나들고 있다.

김상숙은 「장소와 작품—현대 시각 예술의 지형학적인 위상」에서 우리 시대 시각 예술작품의 지형적인 위상을 논의한다. 시각예술에 있어서 장소에 대한 질문은 세우고 설치하고 무언가 만들려고 할 때에 어떤 시적 장소를 만드는지, 그리고 어떻게 그 장소를 변형하는지에 관심을 깆는다. 또한 이 질문은 땅에 머물고 발을 딛고 있는 우리를 높은 곳으로 향하게 하고 현장에서 일어나는 여러 건축적인 형태를 통해 답변을 내놓게 한다. 이 글은 작품이 위치한 현장이라는 지형학적 공간과 예술가적인 의도와 정신 사이에서 관찰된 현장의 모습을 탐색하는 것이다.

서명수는 「연극 커뮤니케이션과 공간의 수사학」으로써 연극 안의 공간과 연극 밖의 공간을 분할한다. 연극 안의 세계는 극적 사건이 일어나는 '허구'의 세계이고 연극 밖의 세계는 실제의 삶, 실제의 사건이 일어나는 사실의 세계인 셈이다. 그래서 우리는 사실 불가능한 것이 가능해졌을 때 '드라마틱'하다고 하거나 혹은 '연극 같다'고 말한다. 그러나 이 둘의 세계는 배타적인 대립 관계로 구성되어 있는 공간이 아니다. 연극 밖의 현실의 세계는 연극 안의 세계를 통해서 자신의 모습을 성찰하고 반성하며 비판하고 변화시킨다.

이혜자는 「몸과 함께 춤추는 공간-몸으로 그려지고 지워지는 공간」에서 현대 무용의 공간에 대해 '몸과 공간'의 긴장과 대결을 '빛과 그림자'로 기술하고 있다. 니진스키의 '몸 공간의 회화적 입체화'에서 출발하여 뷔그만의 '공간과 몸의 리듬', 그래함의 '몸 공간의 확대', 그리고 커닝햄의 '동작과 공간'을 무용비평가의 날카로운 시각으로 따져 읽기를 시도한다. 무용은 가시적인 동작으로 빈 공간에 보이지 않는 선을 그려내고 공간을 만들어 가는 순간의 예술임을 강조한다. 즉 무용수의 몸이 건축하는 동작들과 결합함으로써 현실 공간과 다른 예술 공간을 창조할 수 있다는 것이다.

김정호는 「사건의 철학과 조경 설계」를 통해서 '사건'과 '조경 설계'를 관련짓는다. 사건과 조경 설계를 공존시킨다는 것은 시간에 따른 변화와 고정적 형태를 지니는 물리적 공간이라는 두 가지 요소를 동시에 고려해야 하는 결코 쉽지 않은 작업이다. 그럼에도 불구하고 저자는 현대의 조경 설계 경향을 살펴봄으로써 사건과 조경 설계의 만남 가능성을 조심스럽게 타진한다. 결국 조경 설계에 있어서 형태 변화를 사건으로 연결시킴으로써 다음과 같은 해답에 도달한다. 사건에 따른 변화에 의하여 모든 대상은 각자의 의미를 달리하면서 시간 속에 존재한다. 형태는 공간에 의미를 부여하며 이러한 공간의 의미를 변화시키는 것은 다름 아닌 시간 속에서 생성, 진화하는 사건인 것이다.

심혜련은 「놀이공간으로서 대도시와 예술 체험」에서 발터 벤야민 이론을 통해, 대도시를 들러 싸고 일어나는 현상들을 미학적으로 해부한다. 살기 위해 도시로 진입할 수밖에 없으며, 또한 동시에 살기 위해서 도시로부터 탈주를 꿈꾼다. 이러한 도시 공간은 벤야민에게 있어서 읽히기 위한 책을 모아 놓은 도서관이었으며, 현실을 반영하는 커다란 '거울 도시'였다. 뿐만 아니라 벤야민의 눈에 비쳐진 도시 공간은 양가감정 그 자체였다. 즉 대도시는 필연적으로 풍요로움과 미래에 대한 장밋빛 환상이 어우러져 등장하고, 동시에 상품성과 함께 발전할 수밖에 없는 어두운 내면을 가지는 복잡히고도 미묘한 공간이다. 이런 대도시의 공간 속에서 소수의 천재기 아닌 다수의 대중을 위한 예술, 이것이 바로 벤야민이 꿈꾸던 예술이다.

　김영순은 「도시 공간의 기호학－외시경과 내시경적 관찰」에서 도시적 공간을 시적 공간으로 전환시켜야 한다는 강한 메시지를 담았다. 먼저 도시 공간을 동그라미／곡선：네모／직선 등의 조형 기호의 대립과 갈등을 통해 그 기능과 역할을 살펴본다. 이어서 도시 공간 속에 존재하는 전통 공간과 현대 공간의 갈등이 어떻게 인간 소통 관계의 다양성을 만드는가를 살펴 보았다. 이것이 바로 외시경적 접근이다. 그 후 도시 공간 내부로 들어가 인간의 욕망과 계급의 공간적 분화를 살펴본다. 이것은 내시경적 접근인데, 여기서는 도시를 소비 지향의 공간으로서, 먹는 기쁨과 건강 신화의 공간으로서 간주한다. 이렇게 외시경 및 내시경적 접근을 통해, 도시 공간은 정교한 기호들을 가지고 인간의 의식을 조종, 통제하는 공간으로 평가되다. 이를 벗어나는 대안으로서 시적 공간을 위한 문화 실천을 강조한다.

　이 책은 우리에게 무의미하게 다가오는 공간들과 도시들을 한 번쯤 유의미하게 생각 할 수 있도록 도와 줄 것이다. 따라서 철학적 지식이 풍부하지 않은 독자들이라도 편하게 읽을 수 있도록 그 문체나 내용을 일반화하고 객관화시켰다. 그럼에도 불구하고 논문 투의 학술적인 뉘앙스가 군데군데 있는 것은 모두 편집기획자의 게으름이다.

　책을 엮어 내는 것은 대단히 즐거운 일은 아니다. 『공간과 도시의 의미들』의 최초 기획 의도와 벗어난 부분을 바로 잡고 책의 정체성 유지를 위해 기획자는 많은 시간을 저자와 씨름하고 자기 자신과의 타협을 한다. 그러나 부족하고 미흡한 모습이나마 책의 형태를 갖추고 그 내용을 채워 세상에 내놓게 되니 기쁜 마음을 이루 말할 수 없다. 오랜 시간 동안 인내로서 감내해 준 저자 분들과 소명출판과 함께 하시는 분들께 무어라 감사함을 전할지 모르겠다. 끝으로 철학아카데미 총서 3호의 출판기획에 끝없는 응원과 격려를 주신 이정우 선생님과 조광제 선생님께 감사드린다.

2004년 10월
대표저자 김영순 삼가 쓰다

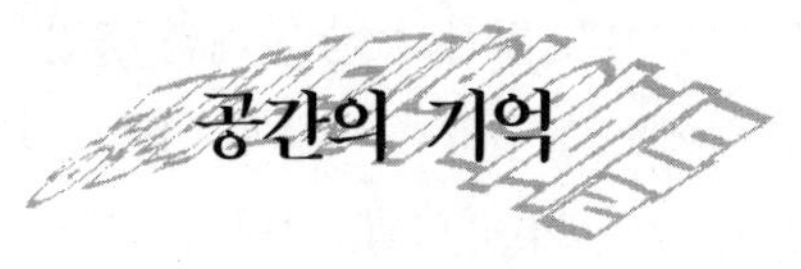

공간의 기억

박상진

1. 공간적 존재

우리는 공간적 존재다. 몸이 있고 움직이며 본다. 그렇게 공간에 구체적으로 위치하고 삶의 순간들을 살아낸다. 한편 우리는 공간을 추상화시키는 능력과 습관을 지닌 존재이기도 하다. 말하자면 외적 공간과 내적 공간을 함께 지니는 존재인 것이다. 지리·환경·건축 따위의 공간은 외적 공간에 가까울 것이고, 사회·정치·역사, 그리고 마음과 영혼·기억 따위는 내적 공간에 속할 것이다. 물론 지리나 환경, 건축을 공간으로 지칭해 말할 때에도 외적 공산과 농시에 내적인 공간을 가리키기도 한다. 그것은 우리가 공간을 감각으로만이 아니라 정신과 심리의 복합적인 작용으로 인지하기 때문일 것이다. 외적 공간과 내적 공간은 뚜렷하게 구별되지 않는다. 그럼에도 불구하고 이렇게 대립시켜 놓고 보는 것은 사실 내적 공간이 지닌 어떤 힘과, 나아가 그 두 공간들의 아우러짐을 효과적으로 설명하기 위해서다.

반드시 그런 것은 아니지만, 대개 외적 공간이 우리의 삶을 조건짓는 반면 내적 공간은 삶을 확장시키는 기능을 한다. 나는 부산에 산다. 서울에서 열리는 학회에 참가하기 위해서 대개 비행기를 이용한다. 숙박의 부담을 피하기 위해서 학회 당일에 아침 일찍 김해 비행장으로 이동한다. 지도를 펼쳐놓고 보면 내가 사는 해운대에서 김해까지 구불구불한 길을 따라서 나는 내 몸을 이동시킨다. 그리고 비행기에 몸을 싣고 한 시간쯤 지나면 김포공항에 있게 된다. 그리고 대개 지하철을 이용하여 서울 시내 어느 곳으로 이동한다. 대략 집을 떠난 지 서너 시간쯤 지나면 내가 원했던 곳에 내가 있게 된다. 그 서너 시간 동안 나는 공간의 겹을 무수하게 거쳤고 무수한 기억의 사슬을 만들어낸다. 지나고 나면 그러한 공간의 겹들과 기억의 사슬들은 마치 타고남은 모기향의 재처럼 여기저기 토막이 나있고 만지면 힘없이 부스러진다. 그리고 아주 미세한 재가 되어 어디론가 사라진다.

외적 공간은 적어도 나에게는 객관적으로 존재하지 않는다. 해운대에서 김해 공항으로 이동하면서 내 눈에 비치는 공간은 수시로 변화한다. 리무진 버스 창 밖으로 방금 스쳐지나간 거리의 풍경은 내가 굳이 뒤돌아보지 않아도 거기에 있을 것이다. 굳이 그것을 반박하면서 내 눈에 비치지 않으므로 존재하지 않는다고 우길 생각은 없다. 그것은 거기에 있다. 그러나 뒤를 돌아보아도 이미 모퉁이를 돌아 지나쳐버린 거리는 눈에 보이지 않는다. 그럴 때 '거기에 있다'는 진술은 나의 기억에 의존한다. 거리의 공간은 나의 기억 속에, 혹은 기억으로 존재하는 것이다.

부산에 사는 내가 서울에서 열리는 학회에 참가하기 위해서는 구체적인 외적 공간의 연쇄를 거쳐서 나의 위치를 바꾸어야 한다. 그런데, 앞에서 보았듯이, 이러한 위치 이동에는 시간이 필요하다. 외적 공간은 시간의 흐름과 함께 그 겹을 쌓는다. 쌓이는 겹에 따라서 나는 공간을 이동하는 셈이다. 이렇게 보면 내가 공간의 이동과 관계하는 것은 이중적인 시간의 경험으로 이루어진다는 것을 알 수 있다. 즉, 시간을 보내야만, 또 시간을 거슬러 올라가야만, 공간의 (이동) 경험이 가능하다. 전자의 이동은 물리적이지만, 후자의 이동은 추상적이다. 외적 공간보다는 내적 공간이 더 고찰할 재미를 주는 것은 바로 그 때문이다. 외적 공간과 달리 내적 공간은 시간의 비가역성을 전복시키는 가운데 사건처럼 일어나는 공간이다.

공간은 나의 기억들의 교차, 그리고 나의 기억과 타자의 기억의 소통으로 이루어지는 교차에서 하나의 사건으로 끊임없이 일어난다. 그리고 그 사건은 해석을 기다리는 하나의 기호와 다르지 않다. 그 해석 행위 속에서 나는 다시 한 번 나의 기억을 떠올리고 타자의, 죽은 자의, 과거의 기억에 귀를 기울인다. 이렇게 기억들이 끊임없이, 무한하게 일어나며, 거기서 공간도 끊임없이, 무한하게 일어나는 이런 과정에서 나는 공간의 겹을 이루는 주체가 된다. 결국 해석의 실천은 나를 공간과, 내적 공간을 외적 공간과 연결시켜주고, 거기서 공간은 비로소 나의 삶이 된다.

연어의 일생은 감동적이다. 수천 킬로미터를 여행하여 자기가 태어난 계곡으로 돌아와 일생을 마친다. 그 얕은 물에서 몸이 뒤틀리고 색깔이 벌겋게 되는 육체적 변형을 겪으면서도 기어이 알에서 깨어났을 때의 기억—그것이 냄새든 맛이든 무엇이든 간에—을 떠올리며 귀환한다. 철새의 이동이 공간의 인식과 기억에 의존한다는 것도 알려진 사실이다. 나 역시 그러할 것이다. 그래서 길눈이 어둡기는 해도, 한두 번밖에 가본 길이 아니라면 길을 잃지 않는 것이다. 기억은 나의 이정표다. 이정표는 길에 있는 것이 아니라 나의 기억, 정확히 말해 내적 공간에 놓여 있다.

기억은 과거의 경험을 수집하는 행위다. 공간의 기억은 공간을 경험하는 것과 다르지 않다. 공간의 기억으로 기억의 공간을 짓는 것이다. 그 기억의 공간이 곧 내적 공간이다. 공간을 내적으로 심화시키고 외적으로 확장시키는 것은 인간만이 지닌 특징이다. 내적 공간의 심화는 특히 시간에 대한 의식, 시간의 거스름과 함께 한다. 그러한 기억의 과정을 통해서 인간은 언어와 역사를 소유했으며, 이들을 통해 전승과 소통을 이루어왔다. 그리고 외적 공간은 물론이고 내적 공간을 전수해왔다.

기억은 내적 공간으로부터 외적 공간을 분리시키지 않는다. 내가 외적 공간을 이동하는 것은 나의 기억과 함께 한다. 내가 이동하며 겪은 외적 공간은 나의 기억에 파편처럼 남아 재구성되기 때문이다. 이때 재구성의 경로는 나의 특수한 심리와 지각에 따르게 된다. 그리고 나의 심리와 지각은 나의 삶에서 이루어져온 것들이다. 그렇게 본다면 외적 공간과 내적 공간은 나의 삶의 공간에서 아우러진다고 말할 수 있겠다. 외적 공간과 내적 공간의 경험이 아우러져 나의 기억을 이루고 삶의 겹을 이룬다. 그러한 과정은 사실 낯선 것이 아니라 우리의 삶에서 흔히 일어나는 일이다. 기억이 없는 삶을 상상할 수 있겠는가. 기억은 우리의 정체성을 형성하며 우리의 삶 자체이기도 하다. 그렇지 않다면 삶은 공허할 것이다. 무화되어 사라질 것이다.

기억은 경험과 함께 하면서 공간과 삶의 겹을 구성한다. 기억이 우리의 정체성과 삶을 형성한다면, 경험은 거기서 꽤 중요한 역할을 한다. 경험의 공간은 곧 사회적 실존의 공간이기 때문이다. 여기서 경험은 다름 아닌 세계와의 관계 맺음이다. 세계 내에 처하는 것이고 세계 내에서 일어나는 것이다. 그리고 그렇게 관계 맺는 주체는 가장 개별적이다. 그래서 경험을 통하여 공간이 기억과 삶의 겹을 구성하는 과정에는 주체가 세상을 경험하는 수만큼이나 서로 다른 공간들이 존재하는 것이다.

기억은 흔적이며 상처다. 기억과 흔적, 상처는 거의 동의어들이다. 그들은 나를 구성한다. 나의 공간성을 이룬다. '나의 공간성'이란 다름 아니라 내가 공간과 동일하다는 말이다. 내적 공간이든 외적 공간이든 나와 공간의 동일성은 내가 우주의 일부분이라는 소박한 깨달음에 닿아 있다. 그래서 기억은 필멸의 존재로서의 나를 죽음에서 구해준다. 내가 우주의 일부분이라면 나의 죽음 역시 우주 운행의 하나일 것이기 때문이다.

올해의 마지막 아침은 눈부신 햇살과 지저귀는 새소리, 잔잔한 바람으로 시작한다. 창으로 내다보면서 나는 그러한 우주의 운행의 일면을 엿보고 숨을 깊이 쉬면서 그 우주의 운행을 내 몸 속에 담는다. 그러면서 우주를 내 안에 담고 나는 우주가 되는 것이다.

그렇게 생각하면 삶과 죽음의 경계는 몹시 모호해지고, 단지 우주의 거대한 흐름에 실려 있는, 연속적인 것임을 알게 된다. 이때부터 나의 존재는 해체되기 시작한다. 나는 그저 기억의 파편, 흔적으로, 시시각각 변화하는 하나의 현상일 뿐이다.

이것은 데리다가 말하는 흔적의 의미와 닿는다. 나의 기억은 흔적으로 구성된다. 나의 경험, 나의 의식도, 그들이 잊혀지고 사라진다는 면에서, 역시 흔적일 뿐이다. 지금 나에게서 과거의 내가 가졌던 경험과 의식이 흔적으로 남아 있다는 것은 지금의 나 역시 흔적일 뿐이라는 결론과 닿는다. 이런 생각은 삶과 죽음의 경계가 대단히 희미하다는 것을 말해준다. 내가 원래 없는데, 또는 없으면서 있는데, 그래서 있음의 의미가 묘연할 뿐인데, 죽음이라고 해서 달리 특별한 단계라고 말할 수는 없다.

죽음은 모든 것이 없어지는 무의 단계가 아니라 파편화의 정도가 심해지는 단계를 가리킬 뿐이다. 나의 기억과 경험과 의식, 그리고 감각이 단지 불완전하고 흔적으로 구성되어 있다면, 그리고 그 흔적의 사이사이에 이미 죽어버린 나의 파편들이 있다는 것을 생각한다면, 죽음이란 삶의 연속이라고 결론을 내릴 수 있다. 삶과 죽음의 경계는 뭍과 물의 경계보다 훨씬 희미하고 하늘과 땅의 경계보다 훨씬 모호하다.

그러나 아무 흔적이나 상처가 다 나를 구성하는 것은 아니다. 몸과 마음의 흔적은 그야말로 흔적으로 남는 한에서, 상처는 아물지 않는 한에서, 혹은 아물어도 흉터가 남는 한에서, 나를 구성한다. 따라서 흔적과 상처는 기억으로 존재하면서 나를 구성하는 것이다. 그래서 기억은 외적 공간과 내적 공간을 결합하면서, 또 공간의 겹을 이루면서, 공간의 삶을 지속시키면서, 나를 존재하게 한다.

이런 생각들은 나의 존재를 그리 애틋하게 바라보고 애착을 가질 필요가 없다는 생각으로 이끈다. 나는 곧 우주다. 우주는 곧 나다. 나는 이 눈부신 햇살이고, 이 아름다운 새소리이며, 이 싱그러운 바람이다. 나의 폐를 채웠다가 사라지기를 반복하는 공기가 곧 나다. 그러나 내가 우주라는 이러한 생각은 단지 생각으로 그칠 때 아무 의미가 없다. 그 생각 자체가 의미가 있다 하더라도, 내가 우주라는 말은 곧 그러해야 하기 때문이다. 그러므로 실천이 중요하게 떠오른다. 내가 우주와 혼연일체가 되도록 몸과 의식의 훈련을 쌓아야 하는 것이다. 숨을 깊이 들이쉬면서 우주를 내 몸 안에 담는다는 확신이 들어야 하고, 그 확신이 그저 의식적인 확신으로 그치는 것이 아니라, 내 몸 자체가 그렇게 받아들이도록 해야 하는 것이다. 그렇게 될 때 비로소 나는 나로부터 해방된다. 나에게 집착하지 않는다. 그러니 내가 죽은 다음에 누가 나를, 나의 감각·느낌·의식·기억·희망·미래·과거, 그리고 현재를 기억하고 함께 해줄까 하는 생각에 밤을 새워 불안해하고 안타까워 할 필요가 없다. 나 자신이 과거에는 물론이고 현재에도 없는데, 무슨 기억하고 인식할 것이 있단 말인가. 다시 한번, 중요한 것은, 그러한 생각은 실천되어야 한다. 이를 달달 외우는 것은 공허한 일이고 그저 믿는다는 것은 답답하며 체계화하는 것은 정작 해결에 이르지 못한다. 문제는 실천이다. 그래서 내 몸에 그러한 원리가 녹아 들어가야 한다. 내 몸이, 내 생활이, 내 삶이 우주와 하나가 되는 것이다. 이것이 곧 불교에서 말하는 깨달음이고, 무아이고, 헤탈이다. 데리다의 해체의 실천이다. 그리고 이것이 내가 말하는 열림이다.

나와 우주는 한 몸이라는 생각을 진즉부터 해왔지만, 그 말이 의미하는 것은 평생 풀어나가야 할 것 같다. 풀어나가는 그 과정 자체가 그 말의 의미를 가장 정확하게 해석하는 것이기도 할 터이다. 그러니 이루려는 욕심 없이, 남긴 것에 미련을 두지 않고 살아가는 것은 사실 게으름을 의미하는 것은 아니다. 무엇이든 열심히 하되, 열심히 하는 것, 그 내용 자체에 의미를 둘 것이지, 그것으로 성취하려는 바에는 욕심과 미련을 두지 말자는 것이다. 그러면 유명해도 범속하고 부유해도 청빈하며 무거워도 가벼울 수 있다. 아니 그들의 차이가, 그 경계가 지워지는 것이다. 그것은 나와 우주, 나와 타자, 나와 자연의 경계가 지워져서 한 몸을 이루는 것과 같다. 이렇게 생각하면 해탈이라는 것은 신비롭거나 초월적이거나 탈속의 경지에 이르는 것이 아니라는 것을 알게 된다.

해탈은 그저 이런 생각을 늘 하고 늘 그렇게 살아가는 자체를 이른다. 그렇게 보면 해탈이나 해탈이 아닌 것의 차이조차도 사라질 수 있다. 그러나 그렇다고 세상의 모든 범속함과 모든 해탈을 모두 싸잡아서 하나로 뒤섞을 수 있다는 말은 아니다. 다만 해탈도 강조하다보면 욕심이 될 수 있음을 경계하는 말이다. 불교에서는 "원력"이라고 해서 해탈에 다다르고자 하는 욕심은 필요하다고 가르치는 모양인데, 그보다 더 중요한 것은 원력 따위의 욕심에 속한 모든 것을 노력과 수고, 그리고 삶이라는 말로 대체하는 일일 것이다. 해탈에 다다르지 못하면 또 어떠랴. 이런 식으로 생각하고 그렇게 살아가면 그 순간 이미 해탈은 거기에 내려와 있다.

2. 기억과 공간

기억은 의식과 무의식이 아우러진 속에서 마치 혼돈처럼 솟아오르듯 형체를 갖추는 듯하다가 다시 혼돈에 빠지기를 반복하는 가운데 정제된다. 자동적으로 혹은 누구에게나 그렇게 되는 것은 아니다. 기억이 의지보다는 자동으로 일어난다고 보는 초현실주의적 생각도 있다. 이는 베르그송의 이른바 '무의지적 기억'에 기원을 두고 있으며 프루스트의 창작과 연결된다고 한다. 무의지적 기억은 모더니즘적 창작 경향의 특징을 설명해준다. 그러나 앙드레 브루통이 "사고의 진정한 사진"이라 불렀던 자동기술은 순수한 심리적 자동주의였으며 사고를 단지 "관념들의 (기계적인) 연합"으로 본 것이었다.

기억에는 어떤 의식적인, 좀더 정확히 말해, 의도적인 실천이 필요하다. 자신의 기억을 떠올리고 이러 저리 맞추어보며 자신과 끊임없는 대화를 하는 일이 필요하다. 여기서 '자신'이라는 것은 물론 일정한 공간에 위치한 존재다. 따라서 자신과의 대화는 일정한 공간과의 대화가 된다. 그리고 공간은 끊임없이 변화하고 기억에 남았다가 소멸되기를 반복하는 기억의 공간이다. 그러한 공간의 기억에서 우리의 의식은 정체되지 않고 자신과의 대화라는 제소임을 다하게 되는 것이다.

기억은 공간으로 이루어지며 공간은 기억으로 존재한다. 공간적 구성없이 기억은 없으며 기억 없이 공간적 구성은 없다. 그 구성이 허술하다든지 잘 정비되었다든지 할 수는 있지만, 어쨌든 그러

하다. 앞에서 부산에서 서울로의 공간 이동이 시간을 필요로 한다
는 점을 강조했다. 그것은 물리적 몸을 지닌 우리의 한계다. 편재
(遍在)할 수 없는, 그래서 시공간을 초월할 수 없는 유한자로서의
한계다. 그렇게 보면 편재는 시간과 공간을 초월한다는 뜻으로 새
삼 다가온다. 그러나 어디에나 있음, 그 동시적 뻗어 있음, 그 초
월성은 유한자인 우리에게도 가능하다. 브루노의 '무한'은 유한자
로서의 우리의 한계를 새삼 절실하게 느끼게 해주었지만 동시에
무한을 상상하고 기억하는 인간의 능력을 확신시켜 주기도 했다.
결국 부산에서 서울로 가는 비행기 안에서 느끼는 내 몸뚱어리의
거추장스러움은 바로 그 거추장스러움으로 인하여 나의 기억과
상상의 나래를 더욱 넓게 벌려주고 있는 것이다.

이렇게 정신과 삶이 아우러지는 곳을 공간이라고 부른다. 잘 느
끼거나 생각하지 못했어도 누구나 그런 식의 공간의 개념을 지니
고 있을 것이다. 공간은 막연한 추상이 아니고 눈에 보이는 실재는
더더욱 아니다. 그 둘의 가로지름에서 공간은 의미로, 사건으로, 반
짝거린다. 그 반짝거림을 우리는 기억이라 부른다. 중요한 것은 의
미로, 사건으로, 기억으로 반짝거리는 공간은 또한 해석에 열려 있
다는 점이다. 해석이 열리는 한 공간은 비로소 숨을 쉰다.

뫼비우스의 띠를 생각해 보라. 뫼비우스의 띠는 공간을 비틀어
안팎이 없다. 즉 띠의 한 쪽을 다른 쪽에 한 번 비틀어 붙이고 한
지점에서 파란색을 칠해 나가면 모든 면이 파랗게 칠해진다. 그런
데 홀수로 비틀어야 그러하고 짝수로 비틀 때에는 보통의 띠가 되
어 안팎의 구분이 생긴다. 비틀수록 비틀어지는 것은 아니라는 것
이다. 그래서 나는 그 비틂의 유희 자체에 주목한다. 공간을 비트

는 것은 추상화의 작업이지만, 그 작업이 깊어진다고 해서 삶과 멀어지는 것은 아니다. 오히려 삶과 더 밀착된다. 공간을 비트는 행위는 곧 공간을 매순간 일어나는 사건으로 재구성하는 것이고 공간을 새롭게 읽는 것이며, 이는 공간적 존재로서의 우리의 삶을 해석하는 것과 다르지 않기 때문이다.

공간은 그 비늘 같은 겹으로 반짝거린다. 겹겹이 나열된 공간의 겹은 시간의 사슬을 만들면서 하나의 사건으로 우리에게 일어난다. 그 점을 잘 보여주는 것은 영화다. 영화의 쇼트는 공간의 겹이다. 공간의 겹을 하나하나 잘라냄으로써 공간의 자르기와 분할, 즉 정이 가능하다는 것을 보여준다. 영화에서는 현실이 삶 속에서 공간적으로 연결되는 그 어떤 광경도 쇼트들로 분할하여 차례로 배열함으로써 시간적인 사슬로 구축하는 것이다. 그러나 삶이 영화가 아니듯이, 공간의 겹이 그렇게 영화의 쇼트처럼 우리 눈앞에 하나하나 가지런히 배열되어 나타날 수 있는 것은 아니다. 더욱이 삶의 통계적 측정이 부조리하듯이, 공간의 겹을 분할하여 측정하는 것은 불가능하다. 아니 바람직하지 않다. 쇼트 자체를 보는 것은 영화를 분석하는데 도움을 주는 것이지 그 자체로서는 의미가 부족하거나 오히려 우리의 시선을 엉뚱하게 이끌기 쉽다. 삶은 측정의 대상보다는 좀더 불확실한 어떤 것이다. (측정이라는 말의 과학적 느낌을 떠올려 보라.)

영화는 삶을 흉내내고 재현하며 보여주는 하나의 매체다. 영화는 쇼트의 연결로 그렇게 한다. 쇼트의 연결로 영화는 공간이 사건으로 일어나는 상황을 우리에게 보여준다. 그런데 그렇게 보여주는 것은 자동적으로 이루어지지 않는다. 우리가 그렇게 보아야 한다. 여기에는 실천으로서의 해석 행위가 개입한다. 공간이 사건으로 반짝거리는 것은 곧 해석을 기다리는 외침과도 같은 것이다. 라이너 마리아 릴케는 인간은 세계를 파괴할 수 있는 존재이지만, 또한 세계를 보이지 않는 어떤 내적 공간으로 옮길 때 인간은 세계를 구원할 수 있다고 보았다. 그런데 나는 릴케의 내적 공간이 그 자신의 시적 언어에 의해 확인되고 방어된다는 점에 주목하고자 한다. 여기서 시적 언어란 바로 해석을 기다리는 미적 형식을 갖춘 언어를 가리킨다. 미적 형식은 그 모호성으로 해석에 열려 있다.

해석은 적극적인 의지의 행사이며 실천이다. 그러나 역설적으로 해석은 약한 사고에서 나온다. 바티모와 가다머가 말하는 약한 사고는 해석자의 위치와 태도를 약하게 설정하는 하나의 사건이다. 거기서 하나의 존재는 하나의 사건으로 일어난다. 즉, 존재는 한 상황 또는 역사에 처하는 것이다. 그것이 존재의 공간성이다. 단

그 공간성은 사건으로 일어나기 때문에 부드럽고 유연하며 약한 존재를 가능하게 한다. 그리고 그 유연함이 존재를 끝없는 해석에 열리게 해주는 것이다.

생각해보면, 해석은 공간에 대한 존중과 반란이 함께 일어나는 작업이다. 공간은 엄연히 존재하지만 해석이 열릴 때 어떤 식으로든 변형된다. 그러한 변형을 추상적 공간화라고 부를 수 있겠다. 그러나 그 추상화가 원래의 공간을 알아볼 수 없을 정도로 전개된다면 곤란할 것이다. 해석된 공간은 원래 공간의 연장선상에 존재한다. 단, 그 존재의 방식은 흔적을 회상하는 식으로 이루어진다. 공간의 경험, 즉 해석은 일시적이다. 공간은 해석 앞에서 안정된 의미 구조가 아닌, 사건으로 떠오른다. 이는 곧 공간이 불멸이 아닌, 필멸의 존재라는 것을 말해준다. 공간의 의미는 언제나 계속 이어지는 해석에 열리는 것이다. 이는 곧 공간이 영원한 토대가 없이 시간성에 종속되어 있으며 지속적으로 재구성될 운명을 지니고 있다는 말이다. 이런 논지에 의거한다면, 해석에 대한 공간의 열림은 무한하다고 말할 수 있다. 그러나 이 열림은 공간의 흔적을 전제로 한다. 공간이 그 무한한 열림으로 사라져 없어지는 것이 아니라, 기념과 흔적으로 남아 있다는 것이다. 여기서 열림은 하나의 회상과도 같다. 그리고 회상은 해석의 끝없는 중첩이다. 이 해석의 끝없는 중첩 그 자체가 흔적으로 남으면서 공간을 재구성하는 것이다. 따라서 열린 해석은 그러한 과정을 이식해야 하며, 그럴 때 어떤 한계를 의식하게 되는데, 그 한계는 "열린 한계"가 된다. 말 자체가 모순적이지만, 모순보다는 약하고 부드러우며 유연한 한계를 강조하는 말이다.

3. 공간의 실천

나는 우리가 역사와 사회, 정치와 윤리의 측면에서 공간 속에 배치되어 있다는 점에 주목하고자 한다. 그 배치는 역사적, 문화적 사건의 네트워크를 이룬다. 어떤 일정한 공간 속에서 사는 것이 물질적 존재로서 우리의 운명이라고 한다면, 공간의 의미를 묻는 일은 우리의 처지를 돌아보는데 퍽 필요하다. 공간의 의미를 묻는 작업은 이미 저편 어디에 자리하고 있는, 또는 우리를 필연적으로 감싸고 있는, 어떤 객관적 실체를 찾아나서는 일이라기보다는, 그 찾아나서는 일에 대해 계속 질문을 던지는 일에 훨씬 더 크게 관련된다. 즉 공간은 주어지는 것이 아니라, 공간에 대해 계속 질문을 던지고 거기에 대답하면서 구성해나가야 할 어떤 것이라는 말이다.

월러스틴이 "인도다움"이 무엇이냐를 물었을 때, 그는 인도라는 공간이 우리가 그것에 대해 묻기 이전에 존재하는 것이 아니라, 우리가 그것의 의미를 물었을 때, 비로소 존재할 수도 있는 무엇임을 우리에게 가르쳐준다. 공간이 우리의 삶을 이루는 물질적인 모든 것을 포괄하는 개념이라고 볼 때, 공간에 대한 질문은 사회적인 측면과 함께 자연과학적 측면에서도 이루어진다. 그러나 공간이 어떻게 구성되어 있느냐를 묻는 것이 아니라, 공간이 왜 그렇게 구성되어 있느냐, 더 나아가 어떻게 구성해나갈 수 있는가를 묻는다면, 이 작업은 사회적인 관계와 실천의 영역으로 나아간다.

마누엘 카스텔스는 지금 세계는 '장소의 공간'으로부터 '흐름의 공간'으로 나아가고 있다고 분석한다. 구체적으로 말해, 인간이 영토·지역·문화 등과 역사적으로 관계 맺으면서 구성된 공간이 해체되고, 시장과 미디어가 전세계적 규모로 순간적인 조직과 분열의 가능성을 만들어내는 공간이 새로이 구성되고 있다는 것이다. 그런데 이러한 설명은 현재의 세계를 어떤 식으로든 정의 내리는, 결국에는 하나의 공간의 성격을 규정하고 제시하는 것으로 보인다. 내가 지금 묘사하는 공간은 그와는 약간 틀린 성격을 지니는데, 우리가 살고 있는 공간에 우리 스스로 대처하기 위해, 또는 대처하며, 구성해나가야 할 모델로서의 공간을 의미한다. 내가 설정하는 내적 공간은 이론적이고 가설적인 공간이다. 그것이 예컨대 카스텔스가 최신식으로 파악하는 현재의 구체적 공간에 잘 어울려 어떤 문제를 제기하고 그 해결로 나아가는지는 그 다음 문제다.

우리의 공간은 관계로 이루어진다. 관계는 경제와 정치·문화·지리 등등의 측면에서 서로 얽혀서 성립된다. 이렇게 성립되는 관계는, 어떤 의미에서는, 차이에 근거한다고 볼 수 있다. 소쉬르 이래 이렇게 차이에 근거해서 관계를 따지는 일이 구조주의와 분석철학, 그리고 기호학 따위의 형태로 우리에게 공간에 대한 손쉬운 정리와 체계화의 방법으로 제시되어 왔다. 그리고 마르크스와 같은 실천적 주체를 역사의 동인으로 생각하는 사람의 이론도, 소위 구조주의적 마르크스주의라는 이름으로 공간에 대한 구조적 체계화의 틀로 정리되기도 했다. 관계와 차이의 측면에서 공간적 사고에 접근하는 작업은 세계를 말끔하게 정리한 틀을 우리에게 제공해주는 이점이 있는 한편, 그 공간을 판단하고 평가하는 작업은 소홀한 것 같다. 다시 말해 공간적 관계의 구조를 구성하는데 주력하는 반면, 그 구조가 삶의 세계와 어떻게 관련을 맺는가 하는 논의는 비교적 뒷전으로 밀려난 듯하다.

구조의 구성과 이를 통한 세계의 설명은 세계를 이해하기 위해 반드시 필요하다. 그리고 이러한 작업은 경제학과 수학의 수식이나 도표들도 있긴 하지만, 주로 언어에 의존하는 측면이 크다. 아닌 게 아니라, 앞서 예로 든 구조주의, 분석철학, 그리고 기호학과 같은, 공간에 대한 구조적 체계화 작업들에서, 언어의 구조는 아주 요긴하게 쓰여져 왔다. 그러나 그것은 세계를 설명하는 것일 수는 있으나 반드시 삶의 공간의 이해로 나아가는 것은 아니다. 다시 말해 구조화의 원리가 그 원리의 구성 자체에만 집중될 때, 거기에는 정작 그것이 설명하고 이해를 구해야 할 삶의 공간이 빠질 수 있다는 것이다.

여기서 구조를 통한 체계적 지식이 삶의 공간과 연관을 맺기 위해서 무엇이 필요한지 물을 필요가 있다. 이는 추상이 구체와 어떻게 연결되는지를 묻는 고전적인 문제와 크게 다르지 않다. 추상이 추상적으로 작동한다고 해서 반드시 추상으로 끝나는 것은 아니다. 만일 그렇다면, 추상에 속하는 모든 인간의 작업은 구체적인, 즉 끊임없이 변하고 유동적인 삶의 세계에 도저히 도달할 수 없었을 것이고, 인간은 삶을 파악하고 삶을 재구성한다고 믿어왔지만, 그 믿음에 크게 배반당해왔다는 생각도 해볼 수 있다. 그러나 그러한 가설은 설득력이 없다. 추상이 추상적으로 작동할 때에도, 그 추상이 구체와 연결되는 모습은 흔히 목격되는 일이기 때문이다. 예를 들어, 사회주의라는 추상을 위해 수많은 사람들은 기꺼이 목숨을 바쳤다. 그러나 여기서 주의할 것은, 그러한 추상이 보편적 체계와 구조만 장려한다면, 거기서 비롯되는 행동은 삶의 세계가 요구하는 것과 거리가 멀어질 가능성이 크다는 점이다.

결국, 구조를 통한 체계적 지식이 삶의 공간과 연관을 맺기 위해서는 두 가지의 조건이 필요하다. 하나는, 그 지식에 대한 끊임없는 반성, 그리고 그 반성에 대한 반성이 필요하다. 다른 하나는, 그렇게 반성을 행하는 주체가 공간과 관계를 맺는 실천이 필요하다. 이 두 가지를 갖춘다는 것은 구체적으로 무슨 의미가 있고, 그것이 어떻게 가능한가? 이 두 가지를 갖춘 공간을 나는 희망의 공간이라고 부른다. 희망의 공간은 추상과 구체, 보편과 개별이 서로 아우러지는 곳이고, 그럼으로써 공공적인 것과 개인적인 것이 더 이상 불화를 이루지 않아도 되는 곳이다. 어쩌면 꿈의 공간이라고도 생각될 수 있는 이러한 공간이 과연 또 하나의 추상으로만 남을 것인지, 아니면 이러한 논의 자체가 그러한 공간의 한 요소일 수 있는지 하는 문제는, 이 논의가 얼마나 현실적으로 실천될 수 있는가에 달려 있다.

공간의 추상화는 곧 공간의 실천이며, 이는 내적 공간의 확장과 다르지 않다. 마르크스는 최고의 건축물은 건축가가 실제로 건축을 하기 전에 상상 혹은 그 구조를 세울 때 나온다고 했다. 또 오스카 와일드는 유토피아를 포함하지 않는 세계의 지도는 일별의 가치도 없다고 말했다. 상상적 공간 속에 우선 유토피아의 밑그림을 그리는 것이 중요하다는 말인데, 사실 그런 지적이 사회와 역사에서 분리된 것이 분명 아니라고 할 때에는 큰 울림을 갖는다. 르페브르가 사회주의 체제는 고유한 공간을 만들어내지 못했다는 것을 주상할 때 그 공간은 지극히 사회와 일상의 삶에 관련된 것일 것이며, 사회주의 혁명은 삶을 변화시키지 못했다는 결론까지

가능할 터이다. 또, 하비를 빌어 말한다면, 현대의 자본주의 사회에서 자본의 운동이 우리의 일상 공간의 삶에서 형성되는 의식과 경험에 영향을 미친다고 할 때, 공간의 비틂, 그 해석의 행위는 그러한 영향의 분석에서 큰 부분을 차지할 것이다. 내적 공간의 확장, 그 겹들이 밀려서 만들어내는 연장(延長)은 우리의 삶을 변화시킨다.

단테는 『신곡』에서 신이 만든 우리의 세계를 공간 구조의 언어로 기호화했다. 단테는 신의 메시지를 해석하는 수신자이면서 동시에 이를 다시 전달하는 발신자로서 『신곡』을 쓰는 독특한 입장에 있다. 단테가 살던 중세에는 인쇄술이 발달하기 이전이었기 때문에 훈련된 기억이 대단히 중요했다. 신의 메시지, 죄와 덕의 형상은 기억 이미지로 전수되었다. 단테 역시 예외가 아니었다. 작가로서 기억 이미지들을 되살리면서 지옥의 공간을 만들어냈으며, 등장인물로서 또한 지옥의 끔찍한 광경을 기억하며 몸을 부르르 떨고 있는 것이다. 단테의 지옥은 기억의 공간이다.

『신곡』의 우주적 건축물은 단순히 상하의 구조로 이루어지지만, 그 운동은 복잡하다. 하부는 인간의 중력이 작용하는 곳이고 상부는 신에게 향하는 힘이 작용하는 곳이다. 그래서 예루살렘에서 출발하여 베르질리우스의 손에 이끌려 지옥의 비탈들을 하나하나 내려갈 때 단테는 중심부에 발을 두고 있지만, 중심에 이르러 연옥으로 통하는 구멍을 통과할 때에는 발이 있던 방향으로 머리를 두게 된다. 상하가 바뀌는 꼴이다. 지옥의 마왕 루치페로는 하부에서 보기에 머리를 거꾸로 처박고 있는데, 이는 하늘에서 추방될 때 머리부터 떨어진 탓이다. 추방 자체가 하늘에 대한 거역이며 지상의 방향에 일치한다는 의미가 있는지도 모르겠다. 같은 식으로 단테의 하강은 죄의 깊이에 맞추어 내려갈수록 깊어지지만 지구의 중심에서 하강은 상승으로 바뀐다. 분명 처음부터 단테의 하강은 동시에 상승이기도 했다.

단테는 지옥 순례를 마치고 연옥을 통과하여 신이 있는 지점으로 나아갈 때 방향을 전환하기 때문에 발부터가 아닌 머리부터 상승하게 된다. 반면 하부 쪽에서 보면 발이 있던 방향에 머리를 두고 계속해서 하강하는 꼴로 보일 수 있다. 그러나 단테의 하강은 언제나 지옥에서였고 그 방식은 원을 맴도는 것이었던 반면, 상승은 연옥 이후이며 그 방식은 직선이다. 로트만은 이렇게 원을 맴도는 것은 중세에서 주술적이고 악마적인 성격을 지닌 반면 직선적인 날아오름은 어떤 고양된 힘과 함께 한다고 지적한다. 원을 맴돌며 지옥의 맨 밑바닥까지 하강하며 최고의 악을 목격하지만, 그 악이 단테와 함께 상승으로 이어지지 않는 것은 하강할수록 좁아지고 그 극단에 이르렀기 때문이다.

단테의 상승과 하강은 방향만이 차이가 있을 뿐 어느 것이 상승이고 어느 것이 하강인지 그 구분은 없다. 지옥에서 단테는 분명 하강하지만 전체로 볼 때에는 연옥의 정죄산을 향해 꾸준히 상승하고 있는 것이다. 또 연옥의 정죄산을 향해 상승하지만, 지옥에서 하강하던 단테의 기억으로는 자신이 계속 하강하고 있다는 느낌이 들지도 모른다. 다만 몸의 방향을 바꿀 뿐 상승과 하강의 구분은 없다. 이는 안팎의 구분이 없는 뫼비우스의 띠 혹은 클라인의 병과 흡사하다. 단테 역시 뫼비우스의 띠처럼 공간을 비튼다. 그 비틈의 유희는 우리 삶에서 결코 멀어지지 않는다. 오히려 오

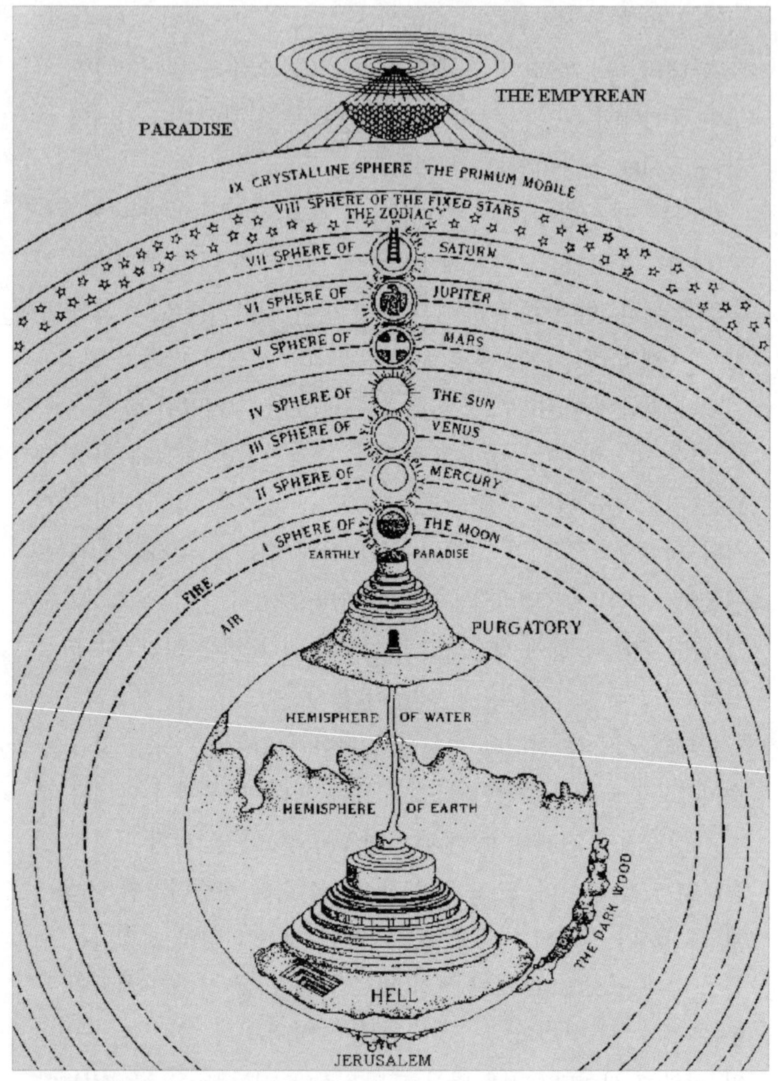

▲ 단테가 『신곡』에서 구축한 우주의 모습. 현세의 인간은 맨 아랫부분의 예루살렘으로 표현되어 있다. 천국에서 보기에 인간 세계는 거꾸로 서 있다. 하늘에서 추방되어 거꾸로 떨어진 지옥의 마왕 루치페로는 그림에는 나타나지 않지만 현세를 향해 머리를 처박고 있다.

랫동안 우리의 삶에 대한 도덕적, 종교적 가르침과 지침을 제공해
주었다. 『신곡』이 『성경』만큼이나 널리 퍼진 경전이라는 사실을
생각하면 수긍이 갈 것이다. 단테의 공간은 글자로 표기되었지만,
이는 기억의 공간을 축소시키거나 훼손하기보다는 더 확장시키고
살아 있게 만들었다. 단테의 하강과 상승의 운동은 우리의 몸을
무겁게 혹은 가볍게 만들면서 『신곡』의 글자들 사이에서 죄와 은
총의 기억을 끊임없이 부활시킨다.

　단테의 공간은 추상이었다. 추상화의 과정에서 정신의 눈으로
볼 수 있고 상상의 날개로 거닐 수 있는 우주의 원초적 세계를 그
려냈다. 그래서 단테의 공간화는 신의 우주 창조와 똑같은 작동
구조를 가진 것이다. 철저하게 중세의 신학에 기초하며 신의 메시
지를 담아내면서, 그것으로 우리의 세계와 삶의 기초를 건설하고
자 한 것이다. 거기서 우리의 삶의 방향과 풍요로움은 샘처럼 솟
아나고, 안으로부터 나오는 빛줄기가 온 세상에 퍼진다.

4. 끝없이 열려 있는 공간

　지금까지 공간을 말하면서 '공산'이라는 낱말의 뜻을 문제삼거
니 발전시키거나 논의하자는 깃이 아니었다. 그보다는 '공간'이라
는 낱말이 가리키는 어떤 것 그 자체를 보자는 것이었고, 그것과
우리의 관계를 보자는 것이었다. 그것은 삶과 세계, 역사라고 불리

는 것들에 완강하게 구속된 우리의 모습을 들여다보는 것과 다르지 않다. 바꿔 말해 사유의 명증성보다는 세계와 언어의 경험을 추구하자는 것이다. 메를로 퐁티의 말을 빌면, "세계는 우리가 생각하는 그것이 아니라 내가 살고 있는 그것이다."(『지각의 현상학』, 27)

우리는 공간적 존재다. 공간적이라고 말할 때 그것은 우리의 존재를 제한하거나 약화시키지 않는다. 왜냐하면 그 공간은 제약으로서의 외적 공간뿐만 아니라 가능성으로서의 내적, 상상적 공간도 가리키며, 나아가 그 두 공간은 서로 아우러지기 때문이다. 그 아우러짐은 시간의 연쇄로 지속된다. 이제 공간의 공시적 체계보다는 통시적 변화가 두드러진다. 바꿔 말해 우리는 소쉬르에게서 퍼스로 나아간 것이며, 데리다의 '차연'과 라캉의 '기표의 사슬'과 맞닿는 점에 서있다. 그러한 아우러짐의 과정이 곧 우리의 삶이며 삶의 실천이다. 그리고 이는 해석 활동을 통하여 이루어진다. 바로 이러한 과정이 사람마다 공간을 다르게 경험하는 이유를 설명해 준다. 같은 공기를 마시고 같은 산을 보아도 그 공간의 질감과 색깔, 냄새는 사람마다 다르다. 그것은, 반복하건대, 사람마다 삶을 대하는 자세가 다르고 삶을 해석하는 실천의 방향과 강도가 다르기 때문이다.

우리가 주목할 것은 공간 속에 놓여진 관계들을 현실에 비추어 사고하는 것이다. 공간은 관계들로 구성되며, 그렇게 구성된 공간은 주체에 의해서 삶을 부여받는다. 그것은 메를로 퐁티가 말하는 "공간화된 공간에서 공간화하는 공간으로 옮아 가는 것"(『지각의 현상학』, 371면)이다. 이제 공간 자체가 어떠하냐가 아니라 우리가 그 공간을 어떻게 보느냐, 어떻게 경험하느냐, 거기에 어떻게 속해 있느냐에 따라 공간은 모습을 달리한다. 따라서 내적 공간을 말한다고 해서 그것이 아우구스티누스의 "진리는 내적 공간에 거주한다"는 말에 동조하는 꼴이 되지는 않는다. 그보다는 공간(과 삶·세계·역사·언어……)에 운명지어진, 그러나 그들을 경험하고 비틀어 해석함으로써 그들을 계속해서 재구성해나가는 주체를 발견하는 이정표로 내적 공간을 이해하고자 한다.

외적 공간이 기억으로 들어올 때 이미 관찰자와 해석자의 공간이 된다. 즉 공간은 자족적이지 않으며 하나의 기호적 사건으로 해석됨으로써 존재한다. 내적 공간과 외적 공간이 소통한다는 것은 단순히 외적 공간을 내적 공간으로 대체하는 것을 의미하지 않는다. 앞에서 외적 공간은 우리의 삶을 조건짓는 반면 내적 공간은 삶을 확장시키는 기능을 한다고 말했다. 이제 이 말을 약간 수정해야 하겠다. "외적 공간은 내적 공간과 아우러져 우리의 삶을 이룬다"라고.

공간은 우리 눈앞에 펼쳐진, 우리 눈에 맺히는 이미지이면서 또한 그 이미지의 정신적 추상물이다. 공간은 우리 주위의 사물인 동시에 우리 정신의 구조물인 것이다. 우리가 공간을 떠나서 살 수 없는 공간적 존재라는 것은 단지 우리의 몸이 공간에 속해 있다는 수동적인 이유에서가 아니라, 삶의 실천 공간을 스스로 만들어내는 존재이기 때문이다. 공간의 무수한 겹들 하나하나에는 우리의 존재가 오롯이 박혀 있으며 그 겹들을 하나하나 벗길 때 우리의 삶은 드러나다 감춰지기를 반복한다. 그 무한한 과정에서 나의 공간은 끝없이 열린다.

참고문헌

김용운 · 김용국, 『도형에서 공간으로』, 우성, 1996.

러시아시학연구회 편역, 『시간과 공간의 기호학』, 열린책들, 1996.

마틴 하이데거, 이기상 역, 『존재와 시간』, 까치, 1998.

메를로 퐁티, 류의근 역, 『지각의 현상학』, 문학과지성사, 2002.

박상진, 『에코 기호학 비찬-열림의 이론을 향하여』, 열린책들, 2003.

에드워드 소자, 이무용 외역, 『공간과 비판사회이론』, 시각과언어, 1997.

유리 로트만, 박현섭 역, 『영화기호학』, 민음사, 1994.

이매뉴얼 월러스틴, 성백용 역, 『사회과학으로부터의 탈피』, 창작과비평사, 1994.

이어령, 『공간의 기호학』, 민음사, 2000.

이진경, 『근대적 시공간의 탄생』, 푸른숲, 2002.

Harvey, David, *The Urban Experience*; 초의수 역, 『도시의 정치경제학』, 한울, 1996.

_____________, *Spaces of Hope*, Edinburgh University Press, 2000.

_____________, *The Limits to Capital*; 최병두 역, 『자본의 한계』, 한울, 1995.

Manuel, Castells, *The Information Age : Economy, Society and Culture*, Vol.3, Oxford : Blackwell, 1997. 제1권이 『네트워크의 사회의 도래』(김묵한 역, 한울, 2003)로 번역되었다.

Lash, Scott, & John Urry, ed., *Economies of signs and Space*; 박형준 · 권기돈 역, 『기호와 공간의 경제』, 현대미학사, 1998.

Lefebvre, Henri, *The Production of Spaces*, Oxford : Blackwell, 1991.

Vattimo, Gianni, *La fine della modernita*; 박상진 역, 『근대성의 종말』, 경성대 출판부, 2003.

Yeats, Frances A., *The Art of Memory*, London : PIMLICO, 2001.

시인의 도시 공간
랭보와의 만남

박지선

1. 랭보의 공간과 만남

"열심히 일한 당신 떠나라." 이것은 한 카드 회사의 광고 카피다. 여기에 바람에 머리칼을 흩날리며 여행을 떠나는 영상이 더해지면 보는 이들의 마음까지 설레게 한다. 광고 속 주인공들이 택한 행선지는 여기서 그다지 중요해 보이지 않는다. 단지 떠난다는 행위만으로도 업무와 일상생활에서 얻은 스트레스를 한방에 날려보낼 것 같은 모습이다.

그런데, 대체 광고 속 주인공들은 어디로 떠나는 것일까? 사실 카드 회사의 광고이니 자사의 카드만 있으면 가볍게 떠나기에 충분하다라는 설정일 것이다. 무거운 짐이나 두둑한 지갑보다 한 장의 카드라는 간편함과 날아갈 듯한 자유를 부여함으로써 여행을 더욱 신나게 한다. 사실, "집 떠나면 고생"이라고 했다. 하지만 현대인들은 잠자리가 불편하고, 음식도 입에 맞지 않고, 거기에 여로까지 고생스러울지언정 한 번쯤은 자유를 만끽하며 떠나는 보헤미안이 되고 싶은 단상에 빠지곤 한다. 왜냐하면 여행이란 얽매였던 일상의 족쇄를 풀어헤치고, 구속되지 않은 또 다른 공간으로의 탈출이기 때문이다.

요즘 현대인들 중에는 '보보스'라고 불리는 신흥 귀족 부류가 있다. '보보스'란 '부르주아(Bourgeois)'와 '보헤미안(Bohémien)'의 합성어이다. 특히 젊은이들은 이들의 생활 패턴을 동경하며 닮아가려고 한다. 부르주아란 불어로 '성 안에 사는 사람'이란 어원을 가진 말로서 중산층을 가리키는데, 현대에 와서는 부자를 상징하는 말로 쓰이기도 한다. 하지만 부자들의 틀에 박힌 사고에 반항하여, 보헤미안의 창조적 자유로움이 더욱 강조되는 부류가 보보스족이라 하겠다.

여기 부르주아는 아니지만, 실제 삶의 공간뿐만 아니라, 문학 공간에서까지 방랑하는 보헤미안을 실천한 자유인이 있다. 프랑스의 상징주의 시인, 아르뛰르 랭보(J. A. Rimbaud, 1854~1891)가 바로 그이다. 삶의 공간 속에서 그는 일생동안 한 곳에 머물지 않고 유럽과 북아프리카의 각지를 떠돌아 다녔다. 어린 시절에는 반항아로서 그리고 꿈 많은 시골 소년으로서 가출을 세 차례나 시도했던 경험을 가지고 있기도 하다. 그 후에도 그는 새로운 세계와 배움의 동경에서 기인한 유럽 여행을 지속했으며, 문학과 단절한 후부터 병으로 인해 프랑스 마르세이유의 한 병원으로 후송되어 숨을 거두기 전까지는 북아프리카를 전전하며 무역을 하기도 했다.

　랭보의 시 「나의 방랑(Ma bohème)」에서도 알 수 있듯이, 그에게 '여행' 혹은 '출발'이라는 것은 외투도 못 입은 체, 옷에 구멍이 나고, 이슬을 맞으며 별과 함께 밤을 보내더라도 가슴 설레는 희망의 기호이다.

> 찢어진 주머니에 두 손을 찌른 채 나는 떠났네.
> 나의 외투 또한 관념적일 뿐! (……)
> 나의 단벌 바지에도 커다란 구멍이 나있었다.
> ─작은 몽상가인 나는 길목마다 시를 썼노라. 나의
> 여인숙은 대웅성좌 (……)
> 이 상쾌한 9월 저녁, 나의 이마 위에서 미주인양
> 밤이슬의 방울을 또한 느끼고 있었노라. (……)
> 나는 가슴 가까이에 한쪽 발을 치켜들고, 나의 너덜너덜한
> 신발의 고무 끈을 마치 거문고 줄인 양 키고 있었다.
>
> ──「나의 방랑」

　이렇게 랭보가 희망을 갖게 되는 이유는 그의 여행이 자신의 이상향을 향한 출발이기 때문이다. 실제 짧은 삶 속에서도, 그는 '도약(élan)'을(「판매(Solde)」) 모색하며 현대적인 시공간을 탐구하는 모습을 역력히 나타냈다. '절대적인 시' 완성을 위한 새로운 언어 창조에 대한 욕망은 미지 공간의 발견과 현실 변화에 대한 갈망으로 표출시켰고, 그의 두 편의 '견자의 편지'늘과 자신의 작품들 속에서 우리는 그의 의지를 잘 살펴볼 수 있다.

> 언어를 찾아라(Trouver une langue)
>
> ──견자의 편지, 1871년 5월 15일자

장소와 절차를 찾아내기(trouver le lieu et la formule)
—「방랑자(Vagabonds)」

그의 시 창조는 형식의 변화로도 나타났다.『초기시(*Poésie*)』와『새로운 시와 노래(*Vers nouveaux et chansons*)』라는 이름으로 후대에 엮어진 운문 시집에서, 랭보 스스로 편집과 출판에 관여한 산문시집『지옥에서의 한 철(*Une Saison en Enfer*)』을 거쳐, 마침내, 시인 베를렌느(P. Verlaine)가 출판해준 것으로서 독창적인 자신만의 현대적인 시 형태인 단장(fragment)을 담고 있는『착색 판화집(*Illuminations*)』까지 그의 문학작업은 고지를 향한 힘든 여행과도 같다. 하지만 그는 이렇게 프랑스 현대시에 큰 획을 긋고는, 짧은 문학 인생에 종지부를 찍고 만다. 결국,『착색 판화집』은 그가 완성한 최종의 결과물이자, 그가 갈망하던 문학적 유토피아에 도달한 작품집이다.

▲ 1872년 런던을 여행하는 랭보와 시인 베를렌느의 모습.(우측이 랭보)

랭보에게 있어서 '출발'이란 '도약'을 꿈꾸는 행위이고, 그의 목적지는 그가 도달하여야 할 유토피아이다. 즉, 그에게 공간이란 평온하게 안주할 수 있는 정체된 장소가 아니라, 새로운 것에 대한 목마름으로 '출발'을 계획하고, 미지의 탐험이 모색되어야 하는 출발점이자 목적지인 것이다. 우리는 문학적 유토피아 입성을 위한 랭보의 여정을 삶의 공간과 문학적 공간으로 나누어 살펴보고, 유토피아를 상징하는 기호중 하나인 역동적이고 변화무쌍한 '도시'의 이미지를 『착색 판화집』의 '도시'라는 이름의 일련의 3개의 시들, 「도시(Ville)」·「도시들(Villes) I」·「도시들(Villes) II」을 통해 고찰하려고 한다.

2. 랭보의 일생과 삶의 공간

　랭보는 1854년 아르덴(Ardennes)현에 있는 작은 마을, 샤를르빌(Charleville)에서 4남매의 둘째 아들로 태어났다. 가난하고 불우했던 그는 문학에 관심이 많은 천재적인 소년이었다. 당시 샤를르빌 도서관 관장은 미비한 도서관 장서들을 다 독서해 버려서 더 이상 읽을 책이 없었던 랭보를 샤를르빌 같은 작은 마을에게는 너무나 뛰어난 아이라고 고백했다. 그리고 훗날, 학자들은 그를 '견자', '반항아', '유아', '창조자', '상징주의자'등 다양한 시각으로 평가해왔는데, 이제 우리는 공간의 '방랑자(bohémien)'이기도 한 시인 랭보의 모습을 살펴보겠다.

　그는 실제 삶에서마저도 넓고 큰 세상으로 나가기 위해 1870년에 두 번, 이듬해에 한 번 모두 세 차례나 가출을 했으며, 그 이후에도 한 곳에 안주하지 않는 방랑자였다. 파리(Paris)의 문학계에 자신의 존재를 알리고 싶어 했던 랭보는 1871년 베를렌느와의 수명적인 만남을 가진 후에는 그와 동성애에 빠지면서, 베를렌느의 도움으로 영국과 벨기에를 여행하게 된다. 영국에서는 영어를 배웠는데, 여비가 떨어지자 그들은 보헤미안의 모습으로 가난한 방랑 생활을 하기도 했다. 1874년, 베를렌느와 헤어진 후에도 시인 제르망 누보(Germain Nouveau)와 영국 런던으로 건너가 또 다시 시 작업을 계속했다. 그 후, 언어에 관심이 많던 랭보는 독일에서 독일어를 배우기도 했고, 세상에 대한 호기심으로 1875년부터 1878년 사이에는 오스트리아·이태리·스위스·스웨덴·덴마크·네덜란드를 둘러보게 된다. 사실 이 많은 나라들을 힘들게 자주 걸어 다녔기 때문에 이 여행들은 언제나 순조롭지는 못했다.

무리한 여행은 그를 병들게 했으나, 고향으로 돌아와 몸을 조금 회복하면 다시금 길을 떠나곤 했다. 1875년 베를렌느에게 자신의 『착색 판화집』 자필원고를 제르망 누보에게 전해 출판해달라고 부

▼ 1873년 베를렌느의 총격을 받아 병상에 누워 있는 랭보의 모습. J. Rosman 작품.

탁한 이후 그는 문학세계와 단절한다. 1876년, 랭보는 네덜란드 외인부대에도 지원했었고(하지만 금방 탈영하고 만다), 서커스단의 통역일을 맡으며 각지를 돌아다니다가, 사이프러스 섬에서 작업장 감독을 맡기도 했었다. 그 후, 아라(Harar)와 아덴(Aden)에 있는 무역회사에서 1880년부터 1885년까지 하급직원으로서 무료한 일을 지속했던 그는 더 이상 시인이 아니었다. 1886년 10월『보그(La Vogue)』지에 『착색 판화집』의 대부분의 시들과 일부 운문시가 실렸지만, 그는 이 사실조차 몰랐다. 랭보는 1886년 무기밀매에 손을 대기도 했고, 1888년 무역상사를 아라(Harar)에 세우기까지 했으나, 1891년 2월 무릎의 통증이 심해지면서 유럽과 북아프리카를 두 발로 누비던 영원한 방랑자는 한쪽 다리를 절단하게 되고, 결국 1891년 11월 10일 병의 악화로 37년 짧은 인생을 마감하게 된다.

독일의 작곡가 바그너는 "여행과 변화를 사랑하는 사람은 생명이 있는 사람이다"라고 했다. 랭보는 끊임없이 변화를 원했다. 자신의 생에서도 마르지 않는 호기심으로 많은 곳을 찾아다녔고, 문학 세계에서도 변화를 모색하며, 새로운 도약을 꿈꿨다. 이런 공간 점령에 대한 랭보의 욕망은 우리에게 새로운 시공간을 선사한다. 시에 생명력을 불어놓은 젊은 시인은 공간 표현에 있어서도 자신이 돌아본 수많은 세상의 모습을 함축적이고도 역동적으로 그려낸다.

3. 랭보의 시적 공간 탐구

랭보를 '견자' 혹은 '연금술자'라고 부르는 것에서 알 수 있듯이, 그는 문학 공간에서 새로운 언어의 창출로 시의 유토피아, 즉 절대시에 도달하려는 열망을 가졌다. 게다가 이런 이상향의 모습은 하늘과 바다, 도시와 자연, 하늘(천당)과 지옥 등의 공간 이미지로 상징적으로 표출된다. 이제 우리는 랭보의 시공간을 거시적 차원의 문학적 시공간인 '시적 공간의 유토피아'와 미시적 차원의 시 텍스트 공간인 '유토피아의 시어, 도시'로 나누어 전자와 후자와의 상관관계를 알아보겠다.

1) 시적 공간의 유토피아

우선 시인으로서 가장 중요한 문학적 공간을 살펴보기 위해서 그의 문학이론을 '타자 이론과 착란 이론'이라는 논제하에 설명하고, 이런 이론을 통하여 그가 완성한 언어의 형태를 '연금술적 언어의 발견'에서 논해보도록 한다.

(1) 타자 이론과 착란 이론

1881년 랭보는 새로운 시 언어 발명의 필요성을 두 편의 '견자의 편지(les Lettres du Voyant)'에서 명시하고 있다. 그 중 한편은 5월

13일 죠르쥬 이쟝바르(Georges Izambard)에게 보낸 것이며, 또 하나는 5월 15일 뽈 드므니(Paul Demeny)에게 보낸 서한이다.

랭보에게 견자(le voyant)의 의미는 시인이 도달하여야 하는 경지인데, 이 두 편의 서한에서 그는 시인들에게 견자의 세계에 도달하기 위해서는 새로운 "사상과 형식(idées et formes)"이 필요하다고 주장한다. 그리고 이런 새로운 시 언어 발명은 첫째, "나는 하나의 타자이다(Je est un autre)"와 둘째, "모든 감각의 착란(le dérèglement de tous les sens)"이라는 개념을 통해 이룩할 수 있다는 것이다.

또한, 그가 도달하고자 한 절대적인 미지의 시는 그가 "시인들의 왕"이라고 일컫은 보들레르(Baudelaire)의 '교감(correspondances)'과도 같은 '공감각(synesthésie)'을 상기시키는 언어이며, "이 언어는 향기 · 소리 · 색의 모든 것을 요약하는 영혼에 도달하는 영혼의 언어이자, 사상을 붙잡아 끌어내는 사상의 언어이다"(1871년 7월 15일자 '견자의 편지')라고 했다.

이렇게 집대성된 감각들은 착란(dérèglement)을 통해 이루어졌다. '견자의 편지'에서 명시했던 것처럼 이상적인 시 언어는 "모든 감각의 착란으로 미지의 세계에 도달하는 것"이기 때문이다. 즉, 우리는 랭보의 시적 유토피아는 정통성을 파괴하는 '불규칙(dé-règlement)'의 성질을 이용해 '또 다른 무엇(un autre)'을 발굴하는 것이라는 것을 알 수 있다.

사실, 이 착란 현상은 '환각'에서 기인하는 것으로써, 시인으로 하여금 '헛소리(délires)'와 '현기증(vertiges)'을 야기 시키고, 모든 요소들은 가변성을 지니게 되는 특징이 있다. 랭보는 언어의 형태는 물론이고, 감정이나 감각 그리고 시간과 공간의 표현에 있어서까지 착란을 통한 출현과 소멸이 공존하는 모순적인 텍스트 미학을 보여준다.

(2) 연금술적 언어의 발견

시의 연금술사로서 랭보는 새로운 "사상과 형태"를 창조하게 된다. 그는 『지옥에서의 한 철』 시집에 들어 있는 「헛소리 II 언어의 연금술(Délires II Alchimie du verbe)」에서 "모든 감각에 접근하는 시 언어(verbe poétique accessible à tous les sens)"로서의 "모음들의 색"을 발명했다고 자부한다. 이렇게 그는 창조적인 연금술적 언어로 문학적 유토피아 세계에 한 발을 내밀게 된 것이다.

시 형태에 있어서도, 랭보의 '낡은 시학(vieillerie poétique)'의 거부는 운문시에서 산문시의 형태로 옮겨가게 했다. 이 변화는 서서히 단계별로 발전했는데, 운문시에서 자유 운문시(혹은 자유 산문시)를 거쳐 산문시 그리고 단장(fragment)산문시로 옮겨갔다. 랭보 연구가인 수잔 베르나르(Suzanne Bernard)는 랭보의 시 형식 발전을 두고 이렇게 설명한다. "우선 「사랑의 사막들(Les Déserts de l'Amour)」과 「복음 산문(Proses Evangéliques)」에서는 대부분 규칙적이고 유창하게, 그리고 『지옥에서의 한 철』에서는 훨씬 짧고, 훨씬 압축되게, 마침내, 『착색 판화집』에서 그는 새로운 작시 기법을 창조하고, 자신만의 예술을 자유자재로 구사했다."(Marcotte, 1989)

『착색 판화집』에서 사용한 '단장'이란 '짧은 산문' 이후에 랭보가 창조한 새로운 형태로 단편적이고, 완성되지 않은 듯한, 듬성듬성한 형태를 가리킨다. 다시 말해서, 이런 '부족함'과 '비연속성'은 랭보의 시어들을 더욱 상징적으로 변화시키고, 난해한 기호들로 만들어준다. 이 점에 관해서 리비에르(J. Rivière)라는 프랑스 학자는 "랭보는 (어휘의) 의미를 반밖에 생각하지 않는다"고 했고, 라뻬르(P. Lapeyre)라는 학자도 랭보 시 텍스트에서 일부 어휘들은 어떤 인상을 주기 위해서 원래 의미대로 쓰이지 않았고, 확장되어 쓰였다고 했다. 그러므로 랭보의 어휘들은 수많은 의미의 가능성을 지닌다. 그가 말한 "모든 감각의 착란(le dérèglement de tous les sens)"은 감각(sens)의 착란뿐만 아니라 모든 의미(sens)의 착란으로도 해석이 가능한 것이다.

또한, 『지옥에서의 한철』에서 산문시로 형태를 바꾸면서 그는 서술, 주장 그리고 묘사의 형태를 더욱 자유롭게 표현한다. 그런데 『착색 판화집』으로 오게 되면, 서술체처럼 묘사가 많아지면서 특히, 위치를 나타내는 지시어들이 많아진다. 묘사는 몽환적인 상태에서 더욱 특징적으로 나타나는데, 『지옥에서의 한철』에서 시적 화자가 환상의 경험만을 서술한다면, 『착색 판화집』에서는 독자들이 관객이 되어 묘사된 환상의 세계를 방문하고 주지하게 한다.

게다가 흥미로운 사실은 이런 상징적인 언어의 탄생을 시어들의 새로운 건축 작업으로 나타냈다는 것이다. 『착색 판화집』의 「청춘(Jeunesse) IV」에서 랭보는 조화롭고 건축적인 작업에 대해 언급하고 있다.

> 그러니 너는 이 일을 시작할 것이다. 조화롭고 건축적인 모든 가능성이 네 주변을 동요할 것이다.
>
> ―「청춘 IV」

바로 이런 건축적인 모든 가능성은 랭보의 유토피아적 공간 구축에 있어서도 무한히 열려있다. 그럼, 랭보가 꿈꾸는 유토피아는 어떻게 건축되었는지 '도시' 공간의 연구로 들어가 보겠다.

2) 유토피아의 시어, 도시

랭보 시 텍스트에 나타나는 물리적인 공간을 살펴보면, 1870년부터 1871년 여름까지의 초기 운문시들을 담은 『초기시』와 1872년의 작품들을 묶은 『새로운 시와 노래』에서 자주 등장하는 장소는 '바다'와 '하늘'같은 '자연'이다.

> 그리고 그때부터 나는 초록 창공을 탐식하는, 별들로 우려낸, 그리고 우유빛의, 바다의 시 속에서 헤엄쳤다.
>
> ―「취한 배(Bateau ivre)」

그리고, 베를렌느와의 브뤼셀 사건 이후 1872년 7월부터 자신의 고향에 돌아와 1873년 8월에 마무리 지은 그의 산문시집 『지옥에서의 한 철』에서는 종교적 의미의 '하늘'과 '지옥'이 주된 배경이 되었다.

> 한 여자가 이 못된 바보를 사랑하는데 몸을 바쳤습니다. 그녀는 죽었습니다. 분명히 하늘에서 성인이 되었겠죠
>
> ―「헛소리(Délires) Ⅰ」

그 후 1875년에 쓰여진 것으로 여겨지는 단장(fragment) 형태의 시

모음집 『착색 판화집』에서는 공간이 도시와 시골로 이분되어진다. 그런데 이 도시는 『지옥에서의 한 철』의 마지막 시 「작별(Adieu)」에서 "찬란한 도시들"로 이미 예견되어 있었다.

> 그러나 지금은 전야이다. 생기와 현실의 애정이 흘러 들어오는 모든 것을 받아들이자. 그리고 새벽에, 타는 듯한 인내로 무장하고는, 우리는 찬란한 도시들로 들어가리라.
>
> ― 「작별(Adieu)」

우리는 위와 같은 랭보의 여럿 시적 공간 중에서도 『착색 판화집』에서 등장하는 현대적이고도 역동적인 도시공간 이미지를 공시이론을 이용하여 「도시」·「도시들 I」·「도시들 II」를 중심으로 살펴보려고 한다.

공시 이론을 설명하기 위해서는 구조주의 언어학자인 옐름슬레우(Hjelmslev)의 사분법을 먼저 이해하는 것이 좋다. 그는 랑그는 기호소들의 체계로서, 그것들은 "표현의 형식(la forme de l'expression)", "표현의 실질(la substance de l'expression)", "내용의 형식(la forme du contenu)", "내용의 실질(substance de contenu)"로 분류된다고 했다. 이때 소쉬르(Saussure)가 말한 "기표(Sa)"는 "표현"에 해당하고, "기의(Sé)"는 "내용"에 해당한다. 텍스트에 내재하는 내적 구조를 밝히기 위해서는 일차 체계를 의소(sème) 분석을 통해 얻어진 기표(Sa)와 그에 상응하는 기의(Sé)를 찾아 이들의 동질적 가치를 동위소(isotopie)로 나타내어 외시(dénotation) 차원에서 이해해야 한다. 그리고 이것을 이차 체계의 새로운 기표로 나타내면 그것에 대한 기의를 나타내는 공시(connotation) 체계를 빌건할 수 있다.

〈표 1〉

2차 체계 (공시 체계)	기 표		기 의
1차 체계 (외시 체계)	기 표	기 의	

　우선 의소 분석만으로 동위소를 찾아 랭보의 공간 의미를 이해
해보자. 위에 언급한 세 개의 시를 정독한 결과, 우리는 다음의 의
소들을 각각의 시에서 발견할 수 있다.

〈표 2〉

시제목	의소
도시 Ville	/도시/, /자연/, /집/, /땅/, /국가/, /길/, /현대성/, /가구/, /색(빛)/, /어두움/, /사람/, /부재/, /새로움/, /인생/, /인지성/, /사물/, /짧음/, /그늘/, /원한/, /죽음/, /악/
도시들 Villes (I)	/도시/, /자연/, /집/, /땅/, /길/, /현대성/, /가구/, /색(빛)/, /어두움/, /사람/, /부재/, /장소/, /건축/, /공원/, /시골/, /크기/, /공식성/, /거대함/, /상위성/, /비상위성/, /경의/, /순수성/, /희귀성/, /호사/, /아름다움/, /호의/, /참여/, /명령/, /직시/
도시들 Villes (II)	/도시/, /자연/, /집/, /땅/, /길/, /색(빛)/, /어두움/, /사람/, /장소/, /신화/, /동물/, /식물/, /생명/, /상승/, /하강/, /이동/, /변화/, /위/, /안/, /아래/, /뒤/, /중간/, /사랑/, /불/, /소리/, /노래/, /이야기/, /울음/

　이 세 개 시들의 공통적 의소를 살펴보면, /도시/, /자연/, /집/, /땅/,
/국가/, /길/, /장소/, /건축/, /공원/, /시골/, /크기/, 그리고 위치를 나타
내는 의소들, /위/, /안/, /아래/, /뒤/, /중간/은 '공간'의 의미소들임을
알 수 있다. 게다가 /색/과 /어두움/은 의미소 '빛'에 대한 의소들이
고, /거대함/, /상위성/, /비상위성/, /경의/, /호사/, /아름다움/, /호의/,
/명령/ 등은 의미소 '힘'을 나타낸다.

또한 /사람/, /부재/, /인생/, /인지성/, /짧음/, /원한/, /죽음/, /악/, /참여/, /명령/, /직시/, /생명/, /사랑/은 '존재'의 의미소를 표현하며, /현대성/은 의미소 '새로움'을 지시하는 의소이다. 결국 이런 의소들이 모여서 생겨난 위의 '공간', '빛', '힘', '존재', '새로움'이라는 의미소들에서 우리는 "이상향"이라는 동위소를 찾아낼 수 있다. 결국 랭보의 공간은 이상향을 나타내는 것임이 확실하다.

하지만 그것은 단순하지 않은 변화무쌍한 공간이다. 그렇다면, 랭보가 도시를 구성하는데 가장 큰 비중을 두었던 자연과 건축이라는 두 주제를 가지고 '도시와 자연' 그리고 '도시와 건축'으로 분류하여 랭보만의 도시 공간을 자세히 파헤쳐 보도록 하자.

(1) 도시와 자연

랭보의 도시 공간은 빛이 있어 화려하고, 팽창과 상승이 가능하며, 아름다운 노래 소리가 가득한 긍정적인 공간과 어두운 안개에 쌓여 사라져 가는, 소음으로 가득한 부정적인 공간으로 양분되어 나타난다. 이때 도시와 대조적인 공간이 바로 시골 혹은 자연이라는 순수한 공간이다. 랭보에게 있어서 도시는 역동적으로 모습을 변화시킬 수 있는 공간인 데 반해, 시골과 자연은 변화되지 말아야 할 원시공간이다. 그런데 『착색 판화집』에서 시인은 그 이전 텍스트들이 보여준 평화로운 자연의 모습을 파괴하며, 그의 의지에 따라 새로운 이상향의 도시 공간을 만들어 낸다. 하지만, 도시란 영원히 축복받는 공간이 아니다. 도시는 자연과 함께 긍정적이고도 때로는 부정적으로 나타난다.

① 부정적인 도시

도시는 자연의 순수함이 제거된 부재의 공간으로서, 어둠에 둘러싸여 상실감으로 울부짖는 기괴하고 부정적인 모습을 가지고 있다. 『지옥에서의 한 철』에 나오는 「헛소리 Ⅱ」의 도시는 "가장 어두운 도시들(les plus sombres villes)"로 나타난다. 이들은 파괴와 종말을 가져오기 때문이다. 그래서 『착색 판화집』의 「어린시절(Enfance)」에서 화자는 "기괴한 도시(la ville monstrueuse)"를 피해 "땅 속 아주 깊이(très loin sous la terre)" 머물고 싶어 하지만, "지하 거실(salon souterrain)"도 영원히 머물 수 있는 세계가 아니다.

• 부재

「도시」는 하루살이처럼 덧없고 짧은 삶을 산다. 자연이 "현대적인 도시(métropole crue moderne)"로 변모하자, 오래된 것들과 자연의 순수한 모습은 모두 사라지고 만다.

> 나는 하루살이이자 그다지 불만이 없는 현대적이라고 믿어지는 메트로폴의 시민이다. 왜냐하면 아는 모든 냄새는 가구들과 집밖에서 빠져 버렸고 도시의 지도에서도 마찬가지이다.
>
> ―「도시」

> 그렇게 나는 창 너머로 두껍고 영원한 석탄 연막을 통해 뒹굴고 있는 새로운 환영을 본다. ―우리들의 숲의 그림자, 우리들의 여름밤을!―
>
> ―「도시」

반대로 「도시들 Ⅱ」에서는 이상적인 도시 건설이 이루어지지만, 이곳에서 시적 화자인 '나'는 "거상 같은 위병들과 건축 관리들을

보고 떨고 있고", 힘없는 "마부들은 쫓겨났다". 이렇게 도시에서의
인생은 짧다. 새로움과 현대성으로 가득 찬 신도시는 순수함이 축
출되고 파괴당한 부재의 도시이다.

• 기괴함, 어두움

새로운 공간 창조는 예기치 않은 반항을 불러일으킨다. '견자
의 편지'에서 밝힌 것처럼 랭보는 "기괴한 영혼"에 집착하기 때
문에 새로움은 기괴함(monstruosité)을 동반하게 된다. 대도시의 새로
움과 하루살이 인생에 대한 거부는 현실 속의 도시 모습에서 혹

은 이상향의 환상 속에서 현실에 대한 암시로서 어둡고, 기괴하
게 묘사된다.

> 교외의 바커스신의 여제관들은 한탄하고 달은 불타고 울부짖는다.
> ―「도시들 I」

> 그렇게 나는 창 너머로 두껍고 영원한 석탄 연막을 통해 뒹굴고 있는 새로
> 운 환영을 본다. ―우리들의 숲의 그림자, 우리들의 여름밤을!―
> ―「도시」

더 이상 평화롭지 않은 "기괴한 도시(ville monstrueuse)"는 「민주주의
(Démocratie)」에서는 "후추 투성이의 물에 잠긴 지방"(「민주주의」)의 모
습으로 암울하게 나타난다. 결국 도시들은 "다른 세계, 하늘과 나무
그늘로 축복 받은 거주지"(「노동자들」)를 향해 "엄청난 이주"(「정령」)
를 갈망한다. 이렇게 도시들의 탄생은 파괴와 죽음으로 사라지고
축출 당하는 어두운 이면을 가지고 있다.

> 이곳의 모든 것이 그것과 닮았기 때문에 나의 조국이자 내 온 마음인 나의
> 아담한 시골집 앞에 새로운 복수의 신들을, ―우리들의 활동적인 딸이고 하
> 녀인 눈물 없는 죽음, 필사적인 사랑 그리고 거리의 진흙 속에서 울어대는 훌
> 륭한 범죄를.
> ―「도시」

• 소리

소음이나 울음 같은 소리들도 부정적인 도시의 상태를 나타내는
요소이다. 「소설(Roman)」에서 시적 화자는 향기롭고 부드러운 6월의
밤에 도시로부터 "소음을 몰고 온 바람"을 만나게 된다. 또한, 「노

동자들」의 도시는 "연기와 작업장의 소음"으로 가득하며, 「도시들 Ⅱ」에 등장하는 하늘의 달은 의인화되어 사람처럼 슬프게 "울부짖는다." 결국, 현실 속의 도시의 모습은 파괴와 제거를 통해 기괴함을 나타내고, 환상 속에서 만나는 이상적 도시에서도 소리나 기괴한 모습으로 부정적 요소를 암시하고 있다.

• 하강

하지만, 도시와 자연의 조화로운 만남은 한낱 꿈에 불과하다. 모든 것이 가능하던 환상의 세계는 꿈에서 깨어나면 다시 현실로 돌아오기 마련이다. 랭보의 시에는 이렇게 꿈속의 이상향을 놓치고 현실로 회귀하는 시각이 있다. 「도시 Ⅰ」에서는 "바그다드의 어느 한 길의 움직임 속으로 내려오는" 하강이 있으며, 「도시 Ⅱ」에서는 "우리가 창조한 빛 아래"로 사라져 가는 '교외(faubourg)'가 있다. (랭보 시에서 교외, 외곽이란 의미의 'banlieue', 'faubourg', 'suburbaine'은 '도시(ville)'와 같은 가치를 지니는 어휘들이다.)

> 폭풍의 낙원은 붕괴한다. 야만인들은 쉴새없이 밤의 축제를 춤춰댄다. 그리고 한동안 나는 바그다드의 어느 한 길의 움직임 속으로 내려왔다. 거기서는 동료들이 새로운 작업의 기쁨을 노래했다, 숨막히는 미풍 속에서, 거기에 있어야 할 산들의 우화적인 환상을 피할 수 없는 채 선회하면서.
>
> ──「도시 Ⅰ」

> 교외는 이상하게 전원 속으로 사라져간다. (전원은) 거대한 숲과 대 농원으로 영원한 서양을 채우는 ≪백작령(Comté)≫, 그곳에서 야만적인 신사들이 우리가 창조한 빛 아래서 그들의 연대기를 사냥한다.
>
> ──「도시 Ⅱ」

　이렇게 도시는 '부재', '기괴함', '어둠', '소리', '하강' 등의 의미소들을 가지며 이들 일차 체계는 "무기력"이라는 동위소를 유추할 수 있다. 또한, 이 "무기력"은 다른 힘에 의해 파괴당하는 "현실세계"를 공시하는 이차 체계로 설명할 수 있다.

<표 3>

2차 체계 (공시 체계)	무기력		현실세계
1차 체계 (외시 체계)	도시	부재,기괴함, 어둠, 소리	

②긍정적인 자연의 도시

　랭보의 도시는 환상 속에서 만나는 유토피아다. 도시에 자연의 순수성이 투영되면, 부정적이었던 도시 이미지는 상승하는 긍정적 이미지로 변하게 된다. 도시는 "자연의 빛"(「헛소리 II」)으로 밝아지고, 노래 소리는 하늘을 찌르지만, 환상이 깨지는 순간 추락의 아픔이 다가온다. 「도시들 I」에서 나오는 시골(campagne)은 도시처럼 거대하지 않은 처녀지인데, 이전 텍스트들에서는 이런 순수성에 대해 집착이 컸었다. 예를 들면, 「헛소리 II」에서 순수 자연으로 승천(assomption)하려고 시도하지만, 장애물에 부딪히게 되자 결국 이것을 적극적으로 제거하러 나서기도 한다.

> 　마침내, 오, 행복이여, 오! 이성이여, 나는 하늘에서 검은 색의 창공을 떼어냈다. 그리고 자연 빛의 황금 불티처럼 살았다.
>
> ─「헛소리 II」

　이상향에 대한 강박관념은 도시에서 상승의 이미지를 보여주지만, 신데렐라에게 마법이 풀리는 시간이 정해져 있는 것처럼 랭보의 공간에서도 현실로 하강하는 시간이 존재한다.

・상승

　순수한 자연은 「도시들 I」에서 현대적인 도시와 공존하며 이동과 상승의 이미지를 보여준다. 산맥이 상승하고, 산장이 이동하고, 협곡을 올라가는 등의 움직임은 이상향으로 향하는 역동적인 도약의 움직임이다. 거기에 "위"라는 위치 전치사의 잦은 사용까지 더해져서 환상적인 꿈의 도시를 이룬다. 또한 "여인숙의 지붕", "고도의 전원", "아주 높은 산마루", "그 위에서", "도약"이라는 기호들은 독자들의 시선을 더욱 높은 곳에 고정시켜 주는 역할을 한다.

> 　그것은 도시들이다. 꿈의 아레게니 산맥과 레바논 산맥이 상승한 것은 어떤 인민 때문이다. 수정과 나무로 된 산장은 투명한 선로와 도르래 위로 이동한다. 구리로 된 거상과 종려나무에 둘러싸인 오래된 분화구는 불 속에서 음악적으로 붉어진다.
>
> 　　　　　　　　　　　　　　　　　　　　　　　　　　　—「도시들 I」

　한편, 도시의 부정적인 소리인 소음도 자연의 도시에서는 아름다운 음악소리로 대체된다. 특히 「도시들 I」에서는 환희의 노래소리가 울려 퍼지면서 상승의 이미지를 더해준다.

> 　사랑의 축제가 산장의 배후에 걸린 운하 위에서 울린다. 오케스트라의 관종의 추적이 여러 협로에서 외친다. 거대한 가수들의 합창단이 신봉우리에 빛처럼 반짝이는 의상을 입고 주홍빛 깃발을 펄럭이며 달려온다. (……) 합창

대를 띄우고, 또 귀중한 진주와 소라 고동의 소란을 띄우고 (……) 비너스는
대장간과 은자의 동굴에서 노래하고 있다. 종루의 무리가 인민의 이상을 노
래한다. 뼈로 만들어진 성에서는 미증유의 음악이 나온다. (……) 새로운 일
의 기쁨을 노래했던 것이다.

—「도시들 I」

이렇게 자연이라는 공간은 '순수', '상승', '환희', '노래', '불' 등
의 의미소들이 모여 "활기"라는 동위소를 이끌어 낸다. 결국, '자
연'이 외시하는 것은 순수하고 신성한 상승하는 활기이며, 이는
힘과 생명력을 내포하는 이상세계인 것이다.

〈표 4〉

2차 체계 (공시 체계)	활기		이상세계
1차 체계 (외시 체계)	자연	순수, 상승, 환희, 노래, 불	

결론적으로, 랭보에게 현대적인 도시는 부정적인 공간이지만,
반대로 자연은 행복의 공간이다(「헛소리 II」). 도시는 자연을 파괴했
기 때문에, 소음으로 가득 찬다. 유토피아를 꿈꾸는 시인은 정신적
'착란'을 통해 도시에 자연이라는 영원성을 투여하여, 노래와 빛이
충만한 상승하는 도시를 창조한다.

랭보에게 영원함이란 「영원(Éternité)」에서 말한 것처럼 "섞이고",
"함께 가는 것"이기 때문에 자연이 도시와 공존하면, 부정적인 도
시 공간이 이상향의 도시로 탈바꿈하는 것이다.

그것을 되찾았다!
무엇을? ―영원을.
그것은 태양과 섞인
바다.
(……)
그것을 되찾았네
무엇을? 영원을
그것은 태양과 함께 가는
바다.

―「영원(Éternité)」

비록 환상 속의 이상향은 현실을 깨닫는 순간 사라지지만, 시인
의 유토피아에 대한 갈망은 건축을 통한 도시 창조로 끊임없이 시
도된다.

(2) 도시와 건축

「도시들 I」에서 도시와 자연과의 만남이 자연적 요소들의 나열
로 인해 도시를 이상적 공간으로 동일화시켰다면, 「도시들 II」에서
는 도시를 건축하고, 거대함을 강조함으로써 이상향을 만들어 간
다. 이 두 시의 공간은 「작별(Adieu)」에서 암시했던 바로 그 "눈부신
도시들"로『착색 판화집』의 「대홍수 후(Après le Déluge)」, 「새벽(Aube)」,
「메트로폴리탄(Métropolitain)」과 「갑(Promontoire)」에서처럼 도시는 자연
과 함께 어우러지면서 찬란한 빛을 내뿜는다.

① 빛이 있는 도시

「도시들 I」이 자연의 빛과 어우러진 도시였다면, 「도시들 II」는

건축물들의 압도적인 빛이 도시를 제압한다. 건물들은 제상의 빛처럼 장려해서 하늘 빛은 반대로 광택 없는 회색이 되어 버리기도 한다.

현대적 만행의 가장 거대한 구상을 넘어서 공인된 아크로폴리스. 변함없이 회색 빛 하늘에 의해 만들어지는 광택 없는 날과 거대한 건물들의 장려한 광채며, 대지의 영원한 눈을 표현하긴 불가능하다. 우리는 건축의 모든 고전적인 경이로움을, 특이하게 거대한 취미로 재현했다.

—「도시 Ⅱ」

그리고 이 빛은 「도시들 Ⅰ」에서는 불의 형태로 나타나는데, 화산이 음악처럼 선율을 가지고 붉어지면서 도시의 상승 분위기를 돋구고 있다. 「도시들 Ⅰ」에서의 자연과 조화된 이상향과 「도시들 Ⅱ」에서의 건축물들로 채워진 이상향은 빛을 내뿜으면서 현실의 어두움과 대비를 이룬다.

②거대한 도시

「도시들 Ⅰ」이 높이와 자연의 빛이 더해지면서 거대해진다면, 「도시들 Ⅱ」는 건축물들의 크기로 우리를 압도한다. 특히 「도시들 Ⅱ」에서는 힘을 가진 권력자인 왕과 그의 거주지인 왕궁을 나타내는 기호들, 그리고 고대 신화에 등장하는 신들의 존재가 도시를 더욱 거대한 공간으로 탈바꿈한다. 이런 과장된 기호들의 나열은 도시 이미지를 팽창시켜서 더욱 현대적이고 위압적인 모습으로 만든다.

• 거대함

　도시들에 관련되어 랭보는 "거대함에 관한 취향(le goût d'énormité)"
이 있다고 「도시들 II」에서 밝히면서, 공간을 거대하고 당당하게
만든다―"공인된 아크로폴리스", "가장 거대한 구상", "건물들의
장려한 광채", "햄튼 코트(Hampton-Court)보다 20배나 넓은 지역", "높
은 구역", "거대한 등화대", "직경이 1,500발인 예술적인 철골 틀".
　과장적으로 사용되는 '거대함'이란 뜻을 지닌 'colossales', 'énormité',
'vastes'들은 '거인성(gigantisme)'과 동의어이다. 이것은 세상에 의해 짓
밟힌 랭보 자신의 어린 시절 피해의식에서 기인한 것으로 주로 작
은 것과 함께 비교되며 나타난다. 여기에서 작은 것에 대한 집착
은 연약함에서 기인하는 아이의 환상인데, 「어린 시절(Enfance)」에
나타난 풍경은 '여자아이들과 거대한 여인들(enfantes et géantes)'을 끊
임없이 괴롭힌다.
　이런 거대함은 힘 있는 권력자의 모습이기도 하다. 랭보의 이상
적 도시는 빛마저도 "제왕의 빛"이 되며, 왕과 왕궁, 그리고 그곳
에 사는 부하들까지도 "바라문보다 훨씬 더 거만하다"고 나타난다.
　또한, 이 거대함은 신성함으로 보여지기도 한다. 도시가 이상향
으로 그려지면, 고대 신화에 나오는 신들도 도시 속에서 인간들과
동거 동락한다. 결국 신의 존재는 도시를 신성하게 만드는 것이다.
이런 절대적인 권력자들과 함께 모든 생명체들과 사물들까지도
복수 형태로 쓰여서 거대한 힘을 상징한다.

　　나는 Hampton-Court보다 20배나 넓은 지역에서 개최되는 그림 전시회를 참
　관한다. 얼마나 희한한 그림인지! 노르웨이의 Nabuchodonosor왕이 여러 개의

행정청의 계단을 만들게 했다. 내가 볼 수 있는 부하들은 바라문보다 훨씬 더 거만하게 버티고 있다.

—「도시들 II」

그 위에 있는 폭포와 가시나무에 다리를 넣고 사슴들은 디안느(Diane)에게 젖을 먹이고 있다. 교외의 바커스신의 여제관들은 한탄하고 달은 불타고 울부짖는다. 비너스는 대장간과 은자의 동굴에서 노래하고 있다.

—「도시들 I」

• 팽창

랭보는 실제의 도시와 그가 상상으로 만든 다른 도시들의 열거를 통해 도시를 팽창시킨다. 이런 모순되는 열거는 여러 나라들을 상기시키면서 상상의 지리적 공간을 탄생시키는 것이다.

「도시」에서 하나의 장소는 여럿으로 증가된다. 출발지는 런던이지만 어떤 종교적인 자취가 없다는 세부 묘사는 실제와는 명백히 다르다. "여기서, 당신은 어떤 미신적 기념물의 흔적도 지적하지 못할 것이다." 이렇게 런던은 또 다른 도시를 이끌어 내고 자취를 감춘다.

「도시들 I」은 그가 마지막 문장에서 말한 것처럼 실제의 도시가 아닌 "나의 잠과 움직임이 유래하는 지역"으로 상상 속의 도시임이 확실하다.

어떤 그럴듯한 팔이, 어떤 희미한 시간이, 거기에서 나의 잠과 약간의 움직임이 유래하는 저 지역을 나에게 돌려줄까?

—「도시들 I」

이런 미지의 도시들은 오히려 랭보가 미국의 시인 에드가 포우

▲구스타브 도레(Gustave Doré)의 판화 작품. 「런던」, 1868.

(Edgar Poe)의 「어거스트 베드로씨의 추억(Les souvenirs de M. Auguste Bedloe)」
을 읽고 그 안에 등장한 "글자 그대로 주민들로 가득 찬(fourmillant litt
éralement d'habitants)"처럼 수많은 길들이 나 있는 동양의 한 도시를 참
고 한 듯하다(A. Adam, 1991).

「도시들 II」의 공간은 「도시」에서처럼 영국 런던을 이야기하며
시작한다. 이 시의 8행에 등장하는 햄튼 코트(Hampton court)는 런던
근교에 있는 왕궁이다. 하지만 햄튼 코트는 그가 상기시키는 건물
들에 비교하기 위한 것일 뿐이며, 대부분의 묘사들은 런던의 모습
과 거리가 멀다. 오히려 일부는 스톡홀름(Stockholm)의 모습을 차용했
다. 그곳의 리데르홀름스카나렌(Ridderholmskanalen)이란 해안에는 양쪽
끝으로 두개의 다리가 있는데, 배의 통행이 금지됐던 곳이다. 또한,
이 해안의 중앙에 위치한 다리는 파리에 있는 셍뜨 샤펠(Sainte-Chapelle)
성당과 거의 일치하는 이름을 가진 성당의 돔을 향하고 있다.

> 높은 구역에는 설명하기 어려운 부분이 있다. 해협이 뜨는 배도 없는 거대
> 한 등화대를 짊어진 해안 사이에 푸른 싸라기눈의 수면을 펼치고 있다. 짧은
> 다리가 Saint-Chapelle의 돔 바로 아래의 비밀 문으로 통하고 있다. 이 돔은 직
> 경이 약 1500 삐에의 예술적인 철골 틀이다.
>
> —「도시들 II」

이렇게 랭보의 도시들은 특정 도시를 지시하지 않는다. 변형되
고 만들어진 공간인 것이다. 이런 공간의 증식은 「다리들(Les Ponts)」
에서 교량의 건설에서도 같은 방법으로 이루어지며, 랭보의 공간
에 대한 상상력은 초저녁에 발견한 「갑(Promontoire)」의 모습에서도
에피로드 · 일본 · 아라비아 · 이태리 · 독일 · 아시아 등 많은 나라

들을 상기시키면서, 이들이 집대성된 환상의 공간을 만든다.

　도시에서의 건축은 '빛', '팽창', '거대함'이라는 의미소를 지닌 "활력"이라는 외시와 "이상세계"라는 공시를 가진다. 랭보의 건축은 팽창하며 빛을 발하여 강력한 도시 공간을 채워주는 것이다.

〈표 5〉

2차 체계 (공시 체계)	활력		이상세계
1차 체계 (외시 체계)	건축	빛, 팽창, 거대함	

　〈표 3〉, 〈표 4〉, 〈표 5〉를 종합해보면, 랭보의 도시는 현실 속에서는 부재와 어둠으로 무력한 공간이었지만, 자연의 순수성이나 건축으로 인한 거대한 팽창으로 인해, 빛으로 가득 찬 힘과 생명력을 가진 이상 공간으로 탈바꿈한다는 사실을 알았다. 랭보의 공간에서 자연과 건축은 반대 개념임에도 불구하고 서로 상통하는 의미를 지닌다는 것이다.

　즉, 랭보의 유토피아는 빛이 나고, 거대하며, 신성하고 위풍당당하다. 자연의 빛이 없으면 대신 장대한 건축물들의 빛이 도시를 밝히며, 건물이나 도시들은 증식을 통하여 팽창한다. 물론 도시 공간의 팽창은 환상 속에서만 가능하지만, 그 안에서 랭보는 모든 것을 설계하고 건축할 수 있는, 모든 것이 가능한 공간이다.

　결국, 부정적이면서도 긍정적인, 약하면서도 강할 수 있는 도시 공간처럼 모든 것이 가능하고 정해지지 않은 공간이야말로 시인 랭보가 추구하던 유토피아가 아닌가 한다.

▲ 베를렌느가 크로키한 1872년 6월 랭보의 모습

4. 랭보의 공간을 넘어서

우리는 시인 랭보의 일생에서 삶의 공간 이동과 시적 공간 이동을 통해 얻고자하는 그의 유토피아와 그것의 시어인 '도시' 공간에 대해서 살펴보았다.

문학적 유토피아를 꿈꾸는 젊은 시인 삶의 공간에서는 그의 치열했던 삶만큼이나 복잡한 여정이 있었다. 그리고 문학적 공간에서는 시의 절대 세계에 도달하고자 하는 욕망이 이상향을 찾아 헤매는 시적 화자의 모습으로 나타난다. 결국, 삶의 공간이라는 현실에서 문학 공간은 그의 이상 공간이므로, 시적 공간의 구축은 이상향의 구축이다. 그는 문학의 변화를 위해 새로운 언어를 가지고 문학적 유토피아에 도달한다. 그리고 이런 이상향에 대한 집착을 공간의 집착으로 표현했다.

우리는 이상향으로서의 도시 공간을 세 편의 산문시, 「도시」·「도시들 I」·「도시들 II」를 통해 살펴보았다. 「도시」에서는 현실 속의 도시 안에서 과거의 이상향을 그리워했다면, 「도시들 I」과 「도시들 II」에서는 꿈속의 도시가 이상향이 되어 꿈이 깨는 순간 현실로 돌아오게 된다. 즉, 랭보의 공간은 꿈꾸는 장소였다. 그 대상의 형태가 도시이건 자연이건 그가 만들어낸 모든 환상은 그의 유토피아이다. 하지만 그곳은 꿈처럼 머물지 않는 일시적인 것이어서 깨시거나 사라져버리는 움직이는 공간인 것이다. 사실 유토피아란 토마스 모어가 '없는(ou-)'과 '장소(toppos)'라는 그리스어를 결합하여 만든 말로서, 존재하지 않는 이상국가 혹은 이상향을 의미하지만,

‘좋은(eu-)’, ‘장소’의 뜻으로도 사용된다. 그렇다면, 랭보의 유토피아는 확실히 없는 장소이다. 끊임없이 방랑하는 그의 실제 삶이 보여주었듯이, 랭보의 공간은 계속 만들어져가며 변화하지만, 한낱 신기루와도 같아서 눈을 뜨면 사라지고 만다.

랭보 전문가인 삐에르 브뤼넬(Pierre Brunel)은 랭보의 시적 공간에 대해 이렇게 말했다.

> 아는 것이 모르는 것과 이웃하고, 토속적인 것은 이국적인 것과 이웃하며, 현실은 거기서 불가능한 것과 이웃한다(le connu y voisine avec l'inconnu, l'autochtone y voisine avec l'exotique, le réel y voisine avec l'impossible).
>
> — P. Brunel, 1991

그렇다. 랭보의 공간에서는 불가능이란 없다. 그는 언어의 창조자이자 공간의 창조자이다. 랭보의 공간 연금술은 도달할 수 없는 미지의 공간까지도 자유롭게 넘나들면서, 하나의 장소가 수많은 장소들을 상기시키며 변화시키는 것이다.

B. 메이스는 “인생의 비극은 목표를 달성하지 못하는데 있는 것이 아니라, 달성할 목표가 없는 데에 있다”고 했다. 우리들의 목표는 무엇인가? 청소년기에 가졌던 원대한 꿈이 점점 작아져서, 한낱 추억으로만 남아있지는 않은지 모르겠다. 목표를 정하자. 불가능이란 없다. 그리고 여행을 떠나자. 여행이란 목표를 향한 미지의 공간 여행이다. 자, 열심히 일한 당신 이제 떠나라. 목표를 향해…….

참고문헌

박지선, 『연금술적 언어 - 랭보 작품에서의 문체론적 분석』, Paris-Sorbonne대학
　　박사논문, 1998.

이준오, 『랭보 시선』, 책세상, 1991.

ADAM Antoine, *Rimbaud, Oeuvres complètes*, Paris, Bibliothèque de la Pleiade, 1972.

BERNARD Suzanne, GUYAUX André, *Rimbaud, Oeuvres complètes*, Paris, Classiques
　　Garnier, 1993.

BRUNEL Pierre, *Rimbaud, Projets et Réalisation*, Champion, 1983.

___________, *Arthur Rimbaud ou l'éclatant désastre*, Paris, Seyssel, Champ Vallon,
　　1991.

GENGOUX Jacques, *La symbolique de Rimbaud*, Paris, La Colombe, 1947.

GUYAUX André, *Poétique du fragment : essai sur les Illuminations de Rimbaud*, Neuchâtel, A
　　la Baconnière, 1985.

LAPEYRE Paule, *Le vertige de Rimbaud*, Neuchâtel, A la Baconnière, 1981.

MARCOTTE Gilles, *La Prose de Rimbaud*, Monréal, Boréal, 1989.

NAKAJI Yoshikazu, *Combat spirituel ou immense dérision?*, Paris, José Corti, 1987.

PETITFILS Pierre, *Rimbaud*, Paris, Julliard, 1991.

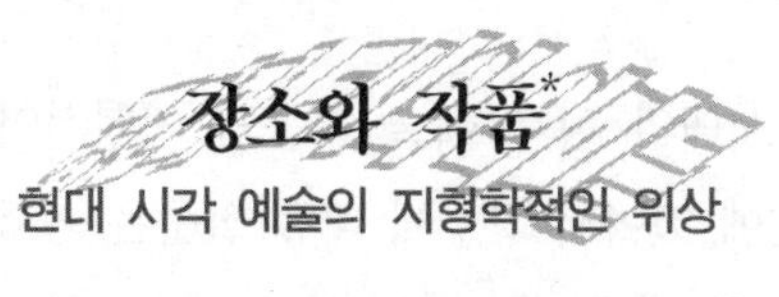

장소와 작품*
현대 시각 예술의 지형학적인 위상

김상숙

1. 장소와 함께

이 땅에 머무르고 거주 위치하는 어떤 자리에서 사물들 예술 작품의 위상을 바라본다. 현재 우리의 관심은 이런 위치하는 지형으로 눈을 돌린다. 왜냐하면, 이와 같은 작품의 시적(詩的)인 모습은, 자리에서 위치하여 모든 몸짓이 환경 총체적으로 보여주고 있기 때문이다. 그래서 작품이란 자리소를 정리 정돈하는 위상으로 생각될 수 있고, 바로 거기에서 작품은 자리로 된 현상 장소와 함께 사회화되고, 오히려 작품이 지닌 현장의 특성을 극명히 노출하

---

* 이 글은 펠리스 봐리니의 작품을 중점으로 분석하여 현대 시각 예술의 지형학석인 특성을 검증하고, 장소와 작품 그리고 전환사적인 장소의 특성을 주시한다.

기 때문이다.

이제, 우리 시대의 시각 예술 작품의 지형적인 위상을 알고자 한다. 시각예술에 있어서 장소에 대한 질문은, 세우고 설치하고 무언가 만들려고 할 때에 예술가의 실험이 어떠한 시적(詩的)인 장소를 만드는지, 그리고 어떻게 장소를 변형하는 가에 대한 질문으로 될 것이다. 이러한 질문은, 땅에 머물고 발을 딛고 있는 우리를 높은 곳으로 향하게 하고, 현장에서 일어나는 여러 건축적인 형태를 통하게 한다. 이 글의 중요한 점은 현장의 장소에서 작품의 모습을 분석하고, 구축적이며 지형학적인 공간과 예술가적인 의도와 정신 사이에서 관찰된 현장의 모습을 탐색하는 것이다. 마치, 예술 작품은 그가 지닌 지형학적인 이유로 인하여 어떠한 위상을 가지며, 동시에 다양한 이미지의 이동인 비장소를 산출한다. 자연히, 이 글은 장소에 대한 지형학적인 조건과 예술가들의 작품을 분석하며, 장소로 인하여 전개되는 우리시대 작품의 중요한 흐름을 이해하게 될 것이다. 아마도, 이러한 흐름을 이해한다는 것 자체가, 예술 작품이란 사물로서 만이 존재하는 것이 아니라는 것이다. 환경에 의해 바라보고 장소의 특수성, 장소의 여건과 조건에 따라 전개되는 다양한 작품 산출을 접하게 되며, 우리가 더욱 생각할 수 있는 것은, 다양한 현장의 여러 조건이 작품에 적극 상호개입 되었다는 것이리라.

2. 장소와 의미

　장소의 의미를 풀어가기 위해, Avoir lieu라는 불어에서 보면, '장소를 가진다'는 동사와 명사의 문법적인 결합이지만, 이 둘이 만나서 '어떤 사건이 생기다', '우발적으로 무엇이 일어나다' 숙어로 사용 해석한다. 현대 시각 예술의 장소에 대한 질문으로 숙어에서 시작된 in lieu(avoir lieu)의 어귀를 먼저 만나본다. 다니엘 뷔렌(Daniel Buren)에 의해서 처음 사용된 in situ(in lieu) 어법은 대중을 위해서 대담의 형식으로 꾸며진 구겐하임 미술관(1974)에서이다. 뷔렌에 있어서 이 어법은, 1985년 그의 현장 장소와 함께 한 다양한 작업에 대해 'le travail in situ=장소와 함께'라는 그의 예술가적인 등록상표로서 작업을 정의 내린다. 동시에, 뷔렌뿐만 아니라 장소와 함께하는 많은 수의 현대 예술가들 작업, 특히 1980년대 이후로 in situ는 in lieu의 개념으로 통칭되면서 이해하고 있다. 사실은 둘의 언어 표기가 다름이지 동일한 뜻이다.

　장소에서 장소 안에서 장소로 인하여……. 이러한 작업은 상황을 가진 혹은 장소에 위치하는 그런 것만을 의미하는 것이 아니다. 이것은 장소의 위상으로 말할 수 있으며, 즉 장소에 가져오는 것, 장소 스스로가 발견되도록 장소와 작품은 상호 변수로서 환경적인 조건을 함축하여 맥락으로 파악하는 것이다. 아바노, 장소가 지니는 모든 문화적이고 역사적인 관련까지 의미하는 것이리라. 뷔렌의 장소 쓰임새로는, 작업으로 행해지는 장소의 모든 것을 보라! 작업의 명백함은 여기(장소)에서 효과 되어진 것이며, 초대된 장소 스스로의 변형이다. 질문을 가진 장소에 의해서 그리고 그곳에 사용 된 갖가지 사물들로 인한 장소의 변형으로 작업이 행하고 있음을 알 수 있다.

장소와 상호활동하는 작업은 뷔렌뿐만 아니라 우리세기 예술활동의 특수한 방법처럼 많은 예술가들은 장소에 따른 효과와 성과를 작업으로 허용하고 있다. 확실히, in situ의 테마는 현실과 함께하는 작품의 마술적인 용해와, 그로 인하여 생겨나는 정신적인 공간에서 관찰자의 자리까지 허용하는 마치 공간을 둘레치기하는 것이다. 어떻게 하면 상징 기호들과 더불어 이 세계를 구성하는 능력을 지닐까? 이 세계에 대한 닫힌 의도나 격감 없이, 또한 주어진 현장의 장소에서 가능한 다양한 형태를 관찰자 관객인 우리 자신의 갖가지 모습과 함께 소우주를 창조할 수는 없는가! 예술가들은 이 세계에 대한 요구로서, 그들의 작업을 현장의 장소에 끌어당긴다. 때로는 공공의 장소에서, 도회지에서, 일상의 조건 속에서, 미술의 역사적인 관행이 있어온 그런 특수화된 미술관의 장소에서, 결국 in lieu in situ의 모든 작업은 장소의 지표적인 기능과 역할을 함께하는 것이다. 거기에서 예술가들은 장소를 새로이 발견하고, 태어나게 하고 그리고 그런 작품들을 현장의 장소에서 제시하는 것, 상황으로 구성화·환경화한 것이기에, 이러한 의미는 파라독스하게도 비(非) 장소인 것이다. 즉 정황을 지닌 장소이기에 우리 세기의 예술 위상은(le site) 곧 탈(脫) 장소로서 non lieu, non site 로 전개할 수 있을 것이다.

예술가들의 장소(lieu)에 대한 집요함은, 장소에서 산출되는 즉, 장소와 구축된 것과 함께 하면서 장소의 지형학적인 구조에 따른 다양한 교차적인 생각이다. 즉 어떤 경계를 이루고 있는 형식과 지형에 관한 사회적인 양태로 보인다. 무엇보다도, 장소에 관한 질문은 공간적이고 구축적인 것을 통해서 우리의 생각을 더욱 열어제치게끔 하는데, 이러한 장소에 대한 생각은 마치 공간에 대한 사유처럼 장소라는 현장의 모습을 통해 지형학적인 생각인 것이다. 특히, 오늘날 조형 예술의 다양한 표현들은 장소와 함께 창조적인 관계 속에 놓여져 있음을 흔하게 본다. 예를 들어, 예술가들의 작업은 장소에서 정돈하고, 세우고, 재정비 설치하며, 때로는 자연적 지형 조건인 대지에 놓이기도 하고, 실내 공간의 특수한 위치에서 구성 조성 설치하기도 한다.

자연과 어우러진 구축적인 표현, 미술관의 역사적인 장소에서 재질문의 현장, 우리의 일상과 함께 하는 현장은 장소에 따른 장소에 의하여 '효능' 혹은 '효과'로 보이는 표현이다. 동시에, 장소만이 지니는 현장의 조건으로 인하여, 작업은 의심의 여지없이 현실적인 환경과 둘레로 제약을 받기도 하고 때로는 장소의 특수성으로 전개되는 것이다. 우리는 이러한 맥락을 파악하기 위해 '장소에서'로 숙어적인 총칭을 가진다. 즉 장소와 밀접히 관련을 맺는 것을 말하며, 장소를 떠나서 작품을 알 수 없는, 장소가 작품의 기본 조건이 된 그런 유형화를 말한다.

위의 글자에서 이미 'in'은 라틴어와 붙어 명사 앞에 붙어서 비교적으로 넓은 의미를 함축하는 전치사적 부사적인 의미로서 활용하고 있다. 장소와 함께, 같이, 속에서, 안에서, 끼여 넣는, 연루되는, 관계하는, 의미로 활용한다. 동시에, 그런 의미 변회로 장소를 규정하는 것이다. 그렇다면, 'in lieu(in situ)'는 지형적인 위치로서 그 범위는 자리이며, 그런 지형적 상황인 장소에서 의미를 가지며, 결국에는 비평적인 시각으로 보고 목격자를 유도하는 '상황적인 위치'로서 장소인 셈이다. 사실, 우리 세기의 조형 예술가들은 in lieu와 in situ의 용어 활용을 동일하게 사용하고 있다. 이것은, 예술가들이 장소를 응용하고 장소에 의해서 연루되어진, 결국 특수한 장소로 변신한 현대 시각 예술의 중요한 어법으로 보아진다.

3. 장소와 현대 시각 예술

확실히 1960년대 이후, 많은 수의 예술가들은 대지와의 관계, 지형학적 탐구에 노력하였으며, 장소는 구축적인 구조물로 모습을 드러내었다. '지형학적'이라는 표현은 지형의 구체적인 쓰임새 탐구와 조망으로 한 작업이기에 '학적'이라는 표현을 쓰곤 하는데, 황망한 소금호수에서, 눈 덮인 국경지역의 숲에서도 작품은 마치 그런 장소와 함께 우리세기 조형 예술의 역사를 관통한다. 예술가적인 의지와 대지와의 만남, 건축적인 위상으로 지형과 함께 드러난 작품들은 어떠한가. 눈에 보이는 그 어떤 '것' 즉 '사물'로서가 아니다. 이것은 마치 이 세계를 보는 '방법', '방편'처럼 제시된 위상학으로 생각되어 졌다. 다시 말하면, 우리 시대 예술 작품의 위상은 출현된 물질 혹은 비 물질로 인하여 스스로의 역할은 또 다른 것을 향한 지시(l'index)적이고 손가락의 가리키는 역할이다. 예술 작품은 공간의 환기 즉, 일회적이고 우발적이며 하루살이 같은 시간의 소용돌이에 함께 하는 사건으로서 작품은 출현하는 그런 우회전술의 지시적인 속성이다. 작품은 장소에 연출되는 갖가지 정황 속에 사건으로 놓여 있고, 예술가들은 건축적인 공간을 형성하는 대지와의 교류처럼 작업을 한다. 그리하여 대지는 예술 작품의 모든 시작과 근원으로 매김질하고, 작품은 현장의 자리에서 스스로의 위상을 지니는 것이다. 위상으로 한 장소, 이 점에 대해서 동시대 미학자 띠에리 드 뒤브(Thierry de Duve)의 장소에 대한 정의는, 장소란 현장이라는 위치로 인하여 드러나는 상, 정황을 지닌 자리 곧 위상(le site)으로 풀이하고 있다. 다시 말하면, 정황을 가진 자리인 장소이다.

그는 예를 들어 다음과 같이 풀이 한다. 그리스 옛 도시의 델포이 원형 경기장은 위상을 가진 장소이나 네바다의 사막은 아니다. 이탈리아 카피톨르 광장은 위와 같은 장소의 개념으로 이해할 수 있다. 그러나 홀랜드의 산악터널 입구에 있는 입체 교차로는 아니다. 그의 견해로는 위치를 지닌 구체적인 자리와 동시에 척도 그리고 조화로움을 이루고 있는 위상으로서 장소를 정의한다. 다시 말하면, 자리는 땅 지형으로 한 문화적인 정박소를 말하고, 척도는 마치 모든 것의 중심적인 인간의 신체와 같은 측정의 중요성에 따른 것이며, 공간은 이 모든 것을 조회하고 인식하는 그물처럼 결국에는 문화적인 교감 영역으로 설명 될 수 있을 것이다. 결국 장소에 대한 정의는 자리와 척도, 그리고 공간으로 화(化)할 수 있는 서로 간의 관계가 조화로 이룰 때 그때를 장소라 한다. 장소와 함께한 작품은, 위의 각각의 세 가지 요소가 작품에서 중량을 달리 하고 다양하게 선개한다. 혹은 각각 서로에게 헌신하는 세 가지 요소들은 예술가적인 의도와 책략으로 인해 다양하게 변형하는 것이다.

작품과 장소의 관계를 마틴 하이데거(Martin Heidegger)의 '예술 작품의 근원'에서 '작품의 건립(Aufstellung)'[1]에 관한 견해를 주시해 본다. 그러나 하이데거의 예술에 대한 견해는 그의 전체적인 사상 즉 존재에 대한 사유에 관하여 먼저 염두에 두어야 한다는 것을 잊지 말아야 한다. 작품은 진열 나열이 아니라 건립의 의미로 보는 것인데, 사실 진열이란, 작품의 관람자를 위하여 목적에 따른 전시 · 보관 · 배열 · 배치하는 것이다. 작품과 장소는 건립의 의미로 보아야 하는데, 왜냐하면, 작품을 보인다는 것은 구조적으로 개념적으로 파악 되어야 하며, 보관하고 배치한다는 것과는 전혀 다른 것이다. 다시 말하면, 건립한다는 것은 하나의 존재하는 사실이며 동시에, 열어 보이는 이 세계에서 스스로 솟아오르면서 작품은 새로운 세계를 제시하는 것이다. 즉, 작품은 하나의 존재론적인 사건이다. 하나의 예술 작품을 세우고 자리를 잡고 하는 것은 작품이 건립하면서 존재하기 때문이며, 더욱이 열려 보여진 세계를 전개하고 머무름 가운데서 스스로 존재한다.

작품을 '건립한다'는 이러한 의미는 예술 작품의 세계를 열어 보이는 '사유'로서 또한 '방식'으로 생각되기 때문이다. 작품이 건립하면서 존재하는 이유는 구조적으로 파악하고 해석하기에 앞서, 하나의 세계가 무엇으로 사유되어야 할 것인가에 대한 제시인 것이다. 위상을 지닌 작업은 땅에 위치하고 머무르는 것, 그러한 땅과 대지는 모든 예술가들에 있어서 장소의 의미를 함축 전개하는

---

1) Martin Heidegger, 이기상 · 강태성 역, 『예술 작품의 근원』, 문예출판사, 1997.

거의 공통의 과제인 듯하다. 하이데거의 또 다른 논문 '세우기, 살기, 생각하기'에서는 장소에 대한 보편적인 현상을 파악하는 부분이 있다. 즉 장소를 공간적인 성분 즉 완성된 하나의 무한한 연속으로 보고 있다. 장소의 본질은 경계를 갖는 구체적이고 분명히 규정된 성질에 의존한다고 보는 것이다. 마치, 고대 희랍인이 인식하고 있듯이 경계란 무엇인가가 끝나는 것이 아니라, 거기에서부터 무엇인가가 현전하기 시작하는 곳으로 파악하기 때문이다. 다시 말하면, "경계선이란 거기에 도달했을 때에 멈추어 버리는 것이 아니라 그리스인 들이 인식했던 것처럼 무엇인가 그 모습을 드러내기 시작하는 것을 의미한다."[2] 즉 공간적인 성분과 그에 따른 연장으로 정의를 할 수 있지 않은가. 경계를 이룬 절대 선행이 조건이지만, 끝없이 진행하는 유동적인 것이다.

결국, 장소의 본질은 궁극적으로 경계가 지니는 이중적인 의미와 동반하는 성질에 의하여 설명될 수 있는 것이다. 작품은 장소에서 '건립'으로 모습을 드러내고, 끊임 없는 연속체로서 공간 형식에 저항을 한다. 20세기 초엽의 예술가를 예로 들면, '침묵의 탁자', '입맞춤의 문', '끝없는 기둥' 세 개의 앙상블로 보여 준 콘슨탄틴 브랑쿠지(C. Brancusi)의 작업은 연속적인 실체들의 공간과 시간의 흐름 속에서 장소의 위상을 보여 준다. 즉, 관람자가 작품을 보는 순간, 세 개의 작품은 하나의 작품처럼 연속체로서 구성하여, 관람자의 동선과 작품은 함께한다. 즉, 움직이는 연속체로서 관람자의 의식과 함께 동시에 있다는 것이다. 작업은 장소에 포착된 시간 그리고 흐르는

---

2) 케네스 프램프톤, 「반미학」, 『비평적 지역주의에 대하여』, 현대미학사, 1993, 58면.

시간으로 관람자의 시공간 경험의 속성과 함께 한다. 마치 정신적인 산출물로서 장소는 건립되었고, 우리 세기의 장소성 즉, 'non site (비(非) 장소)'를 이미 예견한 것으로 볼 수 있지 않은가. 또한, 대지예술가들을 비롯하여 오늘날의 장소에 따른, 현장 작업은(in lieu, in situ) 마치 장소의 시학적(詩學的)인 출현으로 보아지는, 작품과 자연 사이의 여과형식을 산출하는 것이 아닌가. 자리 / 척도 / 공간의 하모니는 장소에 따른 모든 질문에 대한 다중의 시각이며, 사라져 버리는 현존하지 않은 어떤 출현에 대하여 조망하는 것이다.

4. 장소와 펠리스 봐라니

조각이란 마치 건축과도 같다. 이런 생각은 적어도 미니멀리즘 이후 많은 수의 예술가들, 특히 장소와 함께 하는 현장의 작업들은 마치 건축적인 조망과 구조 아래, 장소에 등록되는 것으로 보인다. 대다수의 미니멀 아티스트 조각은, 건축의 한 부분에 의해서 조건 되어진 것으로 보이며, 바닥, 천정, 벽 그리고 창문들 실내 조건에 의해 조각의 영역을 정의 내리는 것처럼 많은 현대적인 조각은 실내에 설치된 건축적인 얼굴을 가지고 있다. 미술관의 벽들은 때로는 아주 벽 가까이 벽에 의하여, 혹은 허구로서 일반적인 벽들과는 다르다. 이러한 장소에서 예술가들은 전적으로 그물짜기처럼 건축물의 내 외부를 재정의한다.

공간은 오브제들과 함께 하고, 그렇다고 해서 단지 내 외부에 조각을 설치하기 위한 것이라기보다, 조각 스스로 환경적이고 건축적인 맥락하에 놓이는 것이다. 다시 말해서, 조각 영역은 건축의 숨겨진 위상을 드러내고 조각공간의 해석은 다양해 진 것이다. 결국, 오브제 혹은 조각으로 된 내적인 구성은 더 이상 혼자로서 만이 충분치가 않다는 것인가. 건축으로 한 건축적인 특별한 위상으로 더욱 넓혀진 상황 안에서 작업은 그의 자리를 붙든다. 작업은 보는 것 보이는 것에 관한 이중적인 구조와 효과를 통해서 무한한 대지와 인간과의 공간적인 연결 그리고 시지각 현상에 대한 인식이다. 현장의 장소를 탐색하고 대지에서 벌어지는 작업들은 마치, 작업실 그리고 작업의 도시적인 체계에 대한 대안처럼 등장 한다. 도시에 갇힌 예술을 해방하기 위해서 작업은 자연에게로 간다. 대지를 탐색하고 그런 대지는 우리의 시각 지각으로 인한 현상적인 경험을 더욱 구체화한다.

작업은 곧 장소를 탐험하는 것처럼 현장의 장소에 의해 작업은 놓여지고 구축하는 것이다. 1960~1970년대 이후 대다수의 현장에서 벌어지는 작업들은 장소로 인하여 상황을 가진 특수한 정황처럼 전개되고 그런 지평의 장 속에서 한꺼번에 파악하고 파악 된다. 마치 대지 주위를 둘러싸고 있는 것 속으로 우리의 시·지각을 정박 시키는 것이다. 그래서 이러한 작업에서 중요히 여기는 것은 '지가의 체험'인데, 왜냐하면, 이 세계와의 교감에 의한 삶과 지각현상은 분리될 수 없는 것이며, 동시에, 우리의 시간으로 통일된 즉 메를로 퐁티에 의하면 '세계—내—존재(l'être-au-monde) 실존양식으로서' 몸의 지향성과도 같은 것으로 해석할 수 있을 것이다.

우리가 느끼고 느껴지는 몸을 통하여, 몸과 함께 세계를 바라보지, 그냥 세계를 보지 않는다. 몸을 통하여, 몸과 함께 바라본다는 것은 느낌의 이중성을 뜻하는 것이다. 이것은 몸과 함께, 몸에 따라서 이 세계가 함께 거주 한다는 것이다. 능동적인 시각과 수동적인 대상성을 겸비한 교차배어적인 것이다. 그래서 현장의 작업은 지각의 현상 곧 시 공간의 체험이다. 확실히 주변의 풍경과 우리의 현재함 속에서 전개되는 스스로의 관찰이다. 동시에 작업은 땅과 하늘 사이에서 인공적인 분절이 따르는, 거기에서 대지의 새로운 영역을 발견하는 것이다.

펠리스 봐리니(Felice Varini)의 작업은 건축 공간에서 시지각적인 재구성으로 충격을 주고 있다. 동시에, 건축적인 산출로서 우리 스스로를 현장에 끼워 넣어 실재 현장의 장소를 다시 보게 하고, 재발견의 공간을 섭렵하게 하는 건축적인 재구성이다. 현장의 장소를 작업으로 전환시키며 현장의 장소는 작품의 중요한 구성 요소가 된다. '니스에서 Villa Arson의 테라스'(그림 1·2) 그리고 사진 인화와 현장작업, Guérigny의 A면 B면 작업들은(그림 3·4) 그의 다른 작업처럼 건축물 내외부를 다시금 바라보고 인식하는 시·지각의 충격이다. 현장의 장소에서 장소를 인식하는 시지각의 방편처럼 현장의 장소 특수성을 최대한 활용한다. 봐리니의 작업들은 현장의 장소가 지닌 위상을 환기하고 장소에서 산출되는 다각적인 시각을 모색한다. 동시에 보는 우리를 그의 작업에서 어떤 임무를 지니게끔 한다.

〈그림 1〉과 〈그림 2〉의 경우 카메라의 초점 맞추기인 시각적 유희를 상기시키며, 마치, 현장의 장소는 작가의 눈에 겨냥된 포획물이다. 카메라의 렌즈에 의해 현장에 시점을 맞추어진 것으로 이러

〈그림 1〉 Felice Varini(1952-스위스)
- Villa Arson, 테라스 No.2, 니스, 1988
-'태양 아래서' 전시부분 사진 기록
-아크릴 페인팅

〈그림 2〉 Felice Varini(1952-스위스)
- Villa Arson, 테라스 No.4, 니스, 1988
-'태양 아래서' 전시부분 사진 기록
-아크릴 페인팅

한 방법은 실제 현장 장소에 아크릭 페인팅으로 칠하여진 것이다. 이것은 특정한 시점에서 이미지를 겨냥하여 각각의 벽이나 바닥에 위치를 설정 계획하여 작업을 하였다 그래서 보는 각도가 다른 곳에서는 작가가 의도하는 완성된 이미지를 구성할 수 없게끔 되어 있다. 곧 바라보는 관찰자의 위치에 따라 작업의 완성도를 결정하는데, 관찰자의 방향과 위치가 조금만 틀려도 바닥과 벽들의 현장모습은 일그러져 작가의 의도를 읽을 수 없다. 작업은 바라보는 사람의 위치를 오히려 조준하고, 심지어는 관찰자를 장소에 위치한 사건들의 배치처럼 필요로 하고 있다. 그 결과 현장의 장소는 건축적인 재구성으로 시도되고, 관찰자의 능력을 최고로 가능하게 하는 강력한 힘을 부여하는 것이다.

〈그림 3〉 Felice Varini(1952, 스위스).
-Guérigny. A면. Guérigny. 1990. -Scanachrome 흑백

〈그림 4〉 Felice Varini(1952, 스위스)
-Guérigny. B면. Guérigny. 1990. -Scanachrome 흑백

　현장의 장소와 시각적 재구성은 봐리니의 다른 작업에서, 특히 〈그림 3〉과 〈그림 4〉에서는 표현 매체를 달리해도 시각의 다중성에 현장의 장소를 적극 활용하고 있다. 작업은 흑과 백으로 된 사진 인화를 현장의 장소에 직접 설치하여 주변 환경과의 시각적인 교감을 불러일으킨다. 마구간의 양 기둥 사이에서 보여지는 광경을 거대한 흑백의 현장 촬영 인화물을 촬영현장 그 자리에 오히려 설치하여 시각의 새로운 방법과 형태로 제시한다. 이는, '보는' 양식들을 다양하게 등장시키는 결과물이다. 서구 시각예술의 역사적인 형성 속에서, 관찰자와 재현이라는 문화적인 정립에 대해, 관찰자의 주체와 재현 양식 간의 관계에 대한 봐리니의 전면적인 조정으로 보인다. 작품은 마구간 기둥 사이 주변의 보이는 실제 공간에서 가상으로 보이는 재현된 공간을 동시에 설치하여, 관찰자는 더 이상 구경꾼으로 설명되지 않는다. 그들은 분명 '보는 자'이면서 옵세르바레(observare)[3] 즉 관찰의 상황을, 코드를, 시각 행위를 스스로 확인하고, 담론의 대상과 영역이 어떻게 구성되고 있는가에 대한 관찰자의 능력을 가능하게 하는 그런 현장이다. 시각의 다중성, 보여지는 것과 보이는 것, 재현과 표현 등등 시각의 역사적인 문제를 현장의 장소와 조건과 연루시켜 산출하는 이미지 공간이다.

　현장의 장소에서, 관찰자의 위치와 역할을 적극적으로 개입 시킨 그의 작품 '두 개의 붉은 원'(그림 5·6)을 보자. 갤러리 복노에서 천장과 바닥 그리고 출입구의 문에는 붉은 테이프가 난무하게 붙

---

3) 조나단 크래리의 '관찰자의 기술'에서 구경꾼과 관찰자의 변화 관계를 근대적인 시각의 역사적인 형성과정으로 논술하고 있다. 조나단 크레리, 임동근·오성훈 역, 『관찰자의 기술』, 문화과학사, 2001.

〈그림 5〉 Felice Varini(1952-스위스)
  -두 개의 붉은 원, No.1, Yvon Lambert 갤러리,
   파리, 1993
  -'파편으로 된 세계'
  -아크릴 페인팅

〈그림 6〉 Felice Varini(1952-스위스)
  -두 개의 붉은 원, No.1, Yvon Lambert 갤러리,
   파리, 1993
  -'파편으로 된 세계' 전시 부분
  -아크릴 페인팅

어 있다. 그런 붉은 테이프는 크기, 넓이, 방향이 제 각각이어서 문을 통과하고 복도를 지날 때에는 실상은 아무 것도 보이지 않고 오직 파편만이 있다. 그러니까 파편으로 이루어진 세계를 보는 것이다. 건축물에 붙여진 파편들이 제대로 보이는 곳은 전시회 방문자도 모르는 사이에 찾아지는데, 두 개의 원이 완전한 형태를 이루는 곳은 관객의 발걸음에 전적으로 매달린 것이다. 이것은 시각의 초점이 모아지는 위치와 방향은 작가에 의해 의도되고 유도된 공간이다. 붉은 파편으로 된 테이프의 역할이 결국에는 하나의 시선으로 유도할 때에 우리의 시·지각은 건축 공간에 대한 새로운 공

간적인 해석이 따르면서, 놓여진 일상의 공간에 대해 다시금 읽고 보게 되는 것이다. 마치 관객의 우발적인 걸음과 발 밑에 모든 것 이 있다.

현장의 장소에서 관객의 시선은 '찾기로' 이전되고, 한 순간 객 관적인 시선 아래 붉은 두 개의 원은 노출되어 동시에 그런 발견 이 가져오는 즐거움과 공간의 유희 속에 있다. 카메라의 렌즈를 통 한 시선과 같은 펠리스 봐리니의 시각은 건축물 내부 구성에 대한 포착 그리고 회화의 선적인 구성력, 동시에 관객의 시각적인 충격 과 확인이 따른다. 하나의 초점으로 유도하여 공간을 집약시키고 상기시키는 것은 실상 자리 / 장소 / 공간과의 구체적인 소통으로 보이며 관찰자의 척도가 끼어든 것이다. 이런 소통의 공간은 실제 건축공간의 구조물에 작업을 접목시킴으로서 건축물 자체와 작업 을 하고, 건축물로 한 현장의 장소가 작품으로 된다. 우리의 지각 은 촉감적으로 즉각적인 소통을 이루는 것인데, 결국 작업은 장소 안에서 장소와 함께 일어나는 장소의 조건과 특수성에 따른, 하이 데거의 표현처럼 건립으로 드러나는 것이다. 우리시대의 여러 현 장 작업, Georges Rousse, Dan Flavin, Dan Graham, Michel Verjux 등 작 업과 장소의 만남은 곧 그 장소의 조건을 만나며 그로 인한 '새로 운 장소 창조'로서 장소를 해부하고 장소와 소통하며, 현장의 장소 와 교차배어(chiasme)를 한다. 동시에, 우리 역시 그런 촉각적인 공간 에 노출되어 있어 작가의 예술적인 계획에 전적으로 연루되는 것 이 아닐까.

확실히, 자리, 장소, 대지의 갖가지 위상은 현장 체험으로 한 탐 험이며, 파괴와 재구성으로 한 답변이다. 동시에 이러한 탐험은 질

문을 내재한 방법인 셈이다. 왜냐하면, 현장의 장소 탐험이란 곧
이 세계－내－위상을 다시 생각하며, 무엇보다도 작업은 이 세계
를 '보는 방법'으로 한 현상이기 때문이다. 그러므로 봐리니의 경
우, 현장의 장소는 시각적인 표현을 위한 재구성의 요소이면서, 동
시에 현장의 모습에 더욱 '바라 봄'이라는 관찰자의 질문을 산출
하려는 시도로서 현장의 장소성이 끼어 든 것이다. 그래서 주어진
일상의 장소들, 대문, 마구간, 갤러리의 입구, 니스의 햇빛아래 테
라스에서 본 광경들은 범상하게 드러나며, 예술가의 방법은 관찰
자의 시선을 더욱 새로운 현장으로 유도하는 것이다.

5. 장소는 전환사

　인간의 손과 도구를 통한 작품들, 그리고 이 땅에 세우고 건립
하는 것, 이 모두 인간의 높은 정신적인 모습에 대한 시적(詩的)인
반향들이다. 또한, 그런 곳으로 향한 높은 시각은 더욱 이 땅에 인
간적으로 거주할 것을 약속한다. 동시에 그런 곳에서 무엇을 형성
하고 가진다는 것 자체가 장소에 대한 모든 의미와 책임이 따르는
것이다. 우리세기 예술가들은, 직접적인 체험으로 공간을 주행하
고 가늠하며 현장 작업에 관련한다. 장소, 그 스스로의 조건은 작
업의 중요한 변수이기도 하고, 그 속에서 거주하고 공유하는 관찰
자 역시 작업의 변화무상한 함수이다. 인간의 경험 자체가 이미

시간의 구조와 의미를 지니고 있기에, 현장의 장소에 관련하고 연루하는 모든 작업은 인간 의식의 현상과도 같이 의미 있는 통합체이다. 그러기에, 장소는 그런 통합체의 시적(詩的)인 함수 관계 속에 있으며, 우리의 '현재함'에 관계하는 변수인 것이다.

확실히, 장소와 작품은 우리인 관찰자에 의존하고 있다는 점에 주의하여 본다. 왜냐하면, 시간은 세계와 우리가 교감하는 가운데 삶의 지각 현상 사이에서 분리되지 않기 때문이다. 현장의 장소를 필요로 하는 작업은 시간과 어떠한 관계가 있을까? 먼저, 시간을 넓은 의미로 생각해 볼 때에, 시간은 현재적인 즉 현존적인 측면이 있다. 현재의 관심이 지평이 되어 과거와 미래로 서로 교차하기 때문이다. 과거는 존재하지 않더라도 사라지는 것이 아니다. 이미 현재 속에 잠식되어 있으며 그런 잠식의 연속이다. 미래는 다가 올 것 이지만 이미 현재에 의해 그의 영역이 관심되고 연장된다고 볼 수 있기 때문이다. 현장의 장소에서 펼쳐지는 환경에 의해 지배 받는 모든 작업은 사실, 극명하게 보면 시간의 산물, 시간 속에서 행해지는 작업이다. 이는 사물을 시간성의 의식을 통해 바라보면 결국에는 사물은 무(無)로 변하게 된다는 것을 단적으로 말하는 것이며, 마치, 모든 것을 삼켜버리는 시간의 의식은 사물을 통한 예술의 정신적인 기반을 제공하기 때문일 것이다.[4]

현장의 작업은 설치된 사물 혹은 물체의 중요성이 아니다. 머무르고 설치하고 위치되어 있으면서 실상은 시간이 흐름에 놓여 있는 것이다. 이것은 작업이 시간의 속성에 관련하고, 시간에 대해 생

---

4) 로버트 스미슨(R. Smithson)의 대지예술에 대한 철학적 성찰은, 이러한 점에 대하여 더욱 분명히 현대미술의 중요한 관점으로 보고 있다.

각한다는 것, 즉 작업의 현장에서 현재하는 의미의 중요성으로 보
아진다. 무엇보다도 현장 작업은, 시간의 속성 속에서 소멸과 사라
짐의 근원으로 여기기 때문이다. 특히 대지예술들은 이런 속성을
노골화 시키지만, 더군다나 이렇게 생각되는 중요한 이유로는, 예
술을 단지 생산물이라는 것에 기준과 가치를 둔다면 예술가의 정
신에서 오직 분리된 상품과 물질로서 예술의 가치를 두고 있다. 그
러기에, 이런 것에 대한 '거부'라고 할 수 있을 것이다. 예술이란,
익히 알다시피 그 어떤 '것', 즉 분리할 수 있는 사물의 차원에서
'다른 것'이기 때문이다. 이러한 점에 대해 로버트 스미슨(R. Smithson)
은 예술작업이 합리성이라는 환영에 의한 산출물이 아니라는 점을
확실히 밝히고 있다. 지금까지 예술은 마치 시작과 끝을 지닌 분리
된 사물로서, 형식들이며, 물체일 뿐, 형태들로 단지 편리한 허구적
인 방법이다. 결국, 예술의 근원적인 과정과는 멀어진 오직 방법으
로서 볼 뿐, 관념과 이상이 새어 나오는 부식된 오랜 암석으로 퇴락
해 버린 것으로 보는 것이다. 현장 작업은 사물적인 차원 즉, 어떤
'것'이 아니다. 곧 시간의 산출과 그에 따른 '과정'이다. 즉 과정으
로 한 '전환사'인 것이다. 사실, 전환사는 그 스스로는 작용하지는
못하지만 이동과 변형을 산출하는 전환 역할이다. 결국 전환사격으
로서 장소는 다양한 시간을 산출하는 표현 구성 방법인데, 의심 없
이 이미지로 비장소로의 순환이다. 시각적인 것의 전복과 혹은 다
양한 이해로서 우리가 잃어버린 시간 속으로 현장을 재구성한다.
　　결국에는 작품의 새로운 어형 변화에 이른다. 우리 세기의 작업
은 이렇게 새로운 장소성을 획득하는 일련의 과정에 있다. 현장의
모습을 다시 또 한번 장소성을 바꾸는 이러한 작업들은 '탈 지형'

으로서 마치 현장 예술은 하루살이와 같이, 사라져 버리는 현장의
그 모습을 '탈 장소'에서 간직하는 셈이다. 그러기에, 자연히 시간
의 속성에 지배를 받는 것이리라. 그러므로 현장 장소로 한 작업은
시간의 서술이다. 이것은 관찰자인 '우리'를 현장의 보고자, 기록
자, 여행자, 진술자로서 임하게 하며 동시에, 우리 스스로의 현재적
관심 즉, 현재라는 지점을 즐기고 있음이다. 이는 현장의 작업이
시간의 흐름 와중에 있는 것과 같이 지형학적인 장소의 또 한번의
이동은 초시간의 흐름의 와중에 있다. 장소는 '탈 장소'로 읽혀지
기를 원하고, 지형은 '탈 지형'으로, 작업은 곧 전환 장치로서 스스
로는 돌쩌귀와 같이 움직이지는 않으나, 장소 때문에 '거기에서'가
아닌 '저기로', 방향과 위상을 돌리게 하는 것, 그래서 현대 시각
예술에서 장소란, 연동 장치인 것이다.

참고문헌

김형효, 『메를로-퐁티와 애매성의 철학』, 철학과현실사, 1996.

로버트 스미슨, 「현대미술과 모더니즘론」, 『대지작업의 철학적인 성찰』(공역),
　　　　　시각과언어, 1997(1995).

마틴 하이데거, 이기상·강태성 역, 『예술 작품의 근원』, 문예출판사, 1997.

조나단 크레리, 임동근·오성훈 역, 『관찰자의 기술』, 문화과학사, 2001.

케네스 프램프톤, 「반미학」, 『비평적인 지역주의에 대하여』, 현대미학사, 1993.

Felice Varini, 46 pieces à propos, Ed Lars Muller, Baden(Suisse), 1993.

Les cahiers, 27호, C. G. P, Paris, 1989.

Les sens du lieu(22 Recueil), Ousia, Paris, 1996.

Martin Heidegger, essais et conférences, tel gallimard, Paris, 1958.

연극 커뮤니케이션과 공간의 수사학

서명수

1. 연극 안·밖의 세계

연극 안의 세계는 극적 사건이 일어나는 '허구'의 세계이고, 연극 밖의 세계는 실제의 삶, 실제의 사건이 일어나는 '사실'의 세계이다. 정상적인 사람들은 연극을 보면서 이 연극을 '사실'이라고 판단하는 혼란에 빠지지 않는다. 이것은 연극 안의 세계가 연극 밖의 세계와의 대립 관계에 의해서 성립된다는 사실을 말해준다. 그러나 여기에서의 대립 관계란 이 두 세계가 서로 안전히 무관하다든가 아니면 철저히 배타적이라는 것을 의미하지 않는다. 연극 안의 세계는 연극 밖의 세계가 있음으로써 그 존재 양태를 갖는 것이며, 또 연극 밖의 세계는 연극 안의 세계를 통해서 자신의 모습을 돌아보고, 반성하며 비판하고 변화시킨다. 굳이 예술의 반영이론을 들먹이지 않더라도, 연극은 최소한 연극 밖의 세계를 보게 하여 주지 않는가? 이처럼 두 세계는 상대적이고 동반자적이며 서로에게 영향을 미치는 관계, 요컨대 서로 커뮤니케이션하는 관계이며, 이때 연극 안의 세계와 연극 밖의 세계는 서로 가치를 획득하게 되는 것이다.[1]

보다 구체적으로 말해서 연극 커뮤니케이션은 작가(연출가)가 머리로 생각하고 마음으로 느낀 것을 연극적 관습(convention théâtrale)에 입각하여 경험가능한(intelligible) 구체적인 어떤 것으로 표현해 내고, 관객은 이를 자신의 경험을 토대로 수용할 때 성립된다. 그런데 작가가 무엇인가를 관객과 커뮤니케이션하려고 마음먹는 그 순간, 작가는 다음과 같은 두 가지 문제에 직면하게 된다. ① 추상적인 생각이나 느낌을 어떤 구체적인 것으로 대치(또는 표현)해야 한다는 것과 ② 대치한 것을 통해 그가 관객과 교류하고자 한 것(생각이나 느낌)을 관객이 잘 받아들일 수 있도록 해야 한다는 것이다. 이 문제란 ①의 경우 '생각 또는 느낌'과 그것을 표현하는 '언어' 사이의 모순(추상과 구상, 내면과 외면, 욕망과 표현 등과 같은), ②의 경우 '말한 것'과 '말하고자 하는 것' 사이의 모순에서 발생한다. 요컨대 결론부터 말하면, 이 모순들을 뛰어 넘기 위해 연극 또는 모든 예술에서 작가는 수사학적으로 표현하고, 관객도 수사학적으로 수용한다는 말이다.[2]

---

1) 연극 작품의 모든 의미작용도 바로 이 연극의 안과 밖 사이에서 일어나는 커뮤니케이션의 산물이라고 할 수 있다. 이 말은 연극의 의미작용은 내재적이지 않다는 말과 같다.

본 글은 '연극은 커뮤니케이션이다'라는 관점에서 연극 공간(상연의 공간에 국한하여)[3]의 수사학적 기능이 무엇인지 알아보고자 한다. 그런데 지금까지 연극 공간에 관한 대부분의 연구들은 주로 극장의 양식이나 건축술 그리고 무대술에 국한되어 있었다. 최근의 몇몇 기호학적 연구들이 연극 공간을 무대술보다는 의미작용의 차원에서 접근하고 있으나 주로 내재적인 관점이었지 커뮤니케이션의 관점은 아니었다. 그 때문에 기호학적 연구(내재적 관점에 입각한)는 연극 공간의 기능에 관한 통합적인 시각을 제시하는 데에 한계가 있었다. 이에 우리는 환유와 은유의 개념을 중심으로 연극 공간의 수사학적 기능에 관한 통합적 시각을 제시하고자 한다.

2. 연극 커뮤니케이션

1) 연극, 의미작용인가? 아니면 커뮤니케이션인가?

초기의 커뮤니케이션 학자들은 커뮤니케이션을 아주 좁은 개념

---

2) 이는 수사학이 정상적인 것이 일탈 또는 장식이 아니라 본래 생산과 수용에
근간(최소한 예술에 있어서)이라는 사실을 함축한다.
3) 예를 들어 「로렌자치오(*Lorenzaccio*)」에서 관객은 두 피렌체를 만나게 된다. 두
피렌체란 극텍스트가 지시하는 장소로서 상상적인 피렌체(상상적 피렌체는 실
세로 관객 개개인이 경험한 피렌체와 어느 정도 관련되어 있다)와 무대 위에 무
대장치와 오브제들로 인해서 구축된 구체적인 피렌체를 말한다.

에 국한시켜 사용하는데, 그 기준은 다음과 같다.

①정보 전달의 현시적 의도(intention manifestée) : 어떤 정보를 타인에게 전달하고자(transmettre 또는 communiquer)하는 의도가 현시적으로 드러나는 상황.

②약호 사용의 대칭성(symétricité du code) : 발신자와 수신자가 전언의 조직(codage)과 해독(décodage)에 있어서 동일한 약호를 사용.

③발신자와 수신자의 역할에 있어서의 상호성(réciprocité) : 커뮤니케이션에 참여하는 A와 B 중에서 먼저 A가 발신자였다면, 그 다음에는 수신자였던 B가 발신자가 됨.

이와 같은 기준에서 무넹(Mounin)이나 바르트(Barthes)는 '연극(또는 예술)을 커뮤니케이션이라기보다는 해석(무넹의 주장)' 또는 '의미작용(초기 바르트의 입장)'으로 파악하였다.4) 용어가 뭐 그리 중요하겠는가? 하지만 문제는 여기에 쓰인 해석이나 의미작용이라는 용어의 개념이 연극 작품의 의미(valeur라는 뜻이 아니라 sens라는 뜻에서)가 원래 작품에 내재해 있다는 내재주의(immanentisme)를 전제한다는 사실에 있다. 때때로 돌발적인 상황— 예를 들어 작가가 예상하지(의식적으로 의도하지) 않았던 의미가 수용자에 의해 드러나는 경우와 같이— 을 전혀 간과하고 있는 것은 아니나, 내재주의는 본질적으로 작품의 의미는 작품 속에 이미 충만하게 들어 있는 것이고, 수용자는 이 충만한 의미를 받아들이기만 하면 된다고 주장한다. 그러나 오늘날엔 커뮤니케이션을 앞에서 언급한 것처럼 그렇게 협소한 개념으로 받아들이지 않는다. 이렇게 협소한 경우는 오히려

---

4) 조르주 무넹(Georges Mounin); *Introduction à la sémiologie*, Paris, Minuit, 1970, p.68과 p.94를 보시오

커뮤니케이션의 다양한 상황들 중에서 어떤 한 특수한 상황에 지나지 않는다.

또한 커뮤니케이션에서는 현시적 의도, 더 정확하게 말해서 의식적인 의도(intention consciente)만 있는 것이 아니라, 프로이드(Freud)가 예를 든 실언(또는 실착) 행위(lapsus)[5] 그리고 비언어적(non-verbal) 표현[6]에서처럼 무의식적인 의도(intention inconsciente)도 엄연히 있다. 그리고 이와 같이 '작가나 연출자의 의도'에 집착하는 것은 커뮤니케이션의 한쪽 축인 발신자만을 중요하게 여기는 태도이기도 하다. 정작 작가나 연출자의 의도란 수용자가 그럴 것이라고 추측하는 바로서의 의도, 즉 수용자와의 만남을 통해 상호적으로 받아들이는(또는 받아들인다고 생각하는) 그런 의도이다.

나아가 발신자와 수신자가 동일한 코드를 사용한다는 대칭성 개념은 일종의 믿음일 뿐이다. 사실 커뮤니케이션의 참여자들은 같은 언어권에 속하는 사람들이라고 할지라도 그들이 사용하는 코드가 동일하다는 확신을 가질 수 없다. 그것은 인간의 자연언어를 기표와 기의(또는 기호와 지시대상) 1 : 1 대응관계 또한 절대적 관계라고 할 수 없기 때문이다. 이런 경우는 수학이나 암호, 모스 부호 등과 같은 인공언어 체계에서나 가능하다. 만약에 자연언어가

---

5) 회의가 열리려고 하는 그 순간 회장이 개회를 선언하는 대신, 모르고 폐회를 선언했을 때, Freud는 이런 실착 행위에는 의미가 감추어져 있는데, 이 감추어진 의미란 정신 현상 속에 자리 잡고 있는, 의도(말하자면 무의식적)와 다름이 아니라고 했다. S. Freud, *Introduction à la psychanalyse*, traduit par Dr. S. Jankélvitch, Paris, Payot, 1990, p.24 참조.
6) 일반적으로 몸짓, 표정, 눈짓, 자세 등 비언어적 표현들은 의도적(의식적)이지 않다. J. Corraze, *Les Communication non verbales*, Paris, P. U. F., 1980, pp.14~15 참조.

그렇다면 사람들은 커뮤니케이션을 할 필요가 없다.

서로 동등하게 역할을 주고받는다는 상호성 개념도 일종의 관념론적 개념이다. 발신자와 수신자라는 역할 개념은 일상생활의 커뮤니케이션에서 조차도 참여자들 사이의 커뮤니케이션 관습에 따라 특수하게 적용되기 때문이다. 예를 들어 두 참여자들 사이의 커뮤니케이션 체계가 완전히 보완적(complémentaire)이라면 영원히 한 사람은 발신자 다른 한 사람은 수신자로만 남아 있을 수 있기 때문이다. 물론 이때에도 커뮤니케이션이 일어났다고 한다. 마찬가지로 연극 커뮤니케이션의 상호성 개념도 연극이 가지고 있는 특수한 관습의 입장에서 접근되어야 한다. 연극 관객이 일상회화에서 볼 수 있는 그런 발신자가 되지 않는 것은 관객이 연극적 관습을 준수하면서 발신자적 역할을 수행하기 때문이다.

연극은 일상생활에서의 커뮤니케이션과는 다른 나름대로의 규칙과 방식으로 커뮤니케이션을 한다. 연극을 커뮤니케이션의 관점에서 연구하는 것은 일상언어의 화용론(pragmatique)처럼, 연극에서의 의미작용을 커뮤니케이션의 입장에서 접근함을 의미하고, 이때 연극의 의미작용은 다분히 발신자나 수신자 모두의 수사학적 전략과 관련성을 갖고 있다. 수사학적 전략이라 함은, 발신자가 발화 X를 통해 이때 연극의 의미작용은 다분히 발신자와 수신자 모두의 수사학적 전략[7]과 관련성을 갖고 있다.

---

7) 수사학적 전략이란, 발신자가 '하고자하는 말 Y'를 효과적으로 수신자에게 전달할 목적으로, Y를 발화하지 않고 대신에 Q를 발화하는 것을 말한다. 이에 관해서는 다음의 수사학적 공간에서 다시 다루겠다.

2) 연극의 커뮤니케이션과 메타 커뮤니케이션 그리고 전의(trope)

단도직입적으로 말해서 연극 커뮤니케이션은 "커뮤니케이션을 통한 커뮤니케이션",[8] 즉 이중 커뮤니케이션(double communication)[9]이다. 케르브라-오레키오니(Kerbrat-Orecchioni)는 이를 다음과 같은 도표로 설명했다.

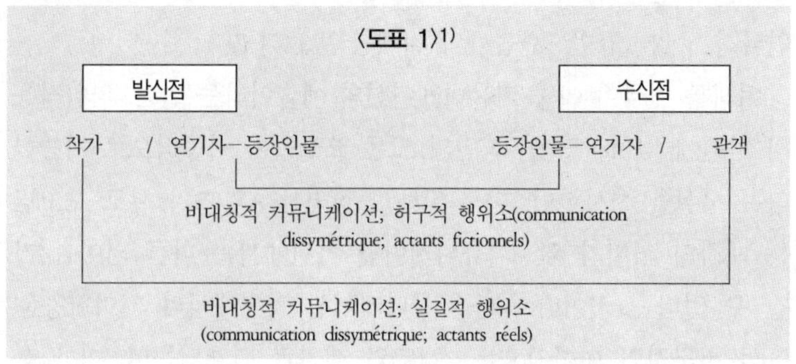

연극은 도표에서 보듯이 허구적인 행위소인 등장인물들 사이에서 일어나는 커뮤니케이션과 실질적 행위소인 작가와 관객 사이에

---

8) 오솔소브(I. Osolsobe)는 사실 "연극은 인간의 커뮤니케이션을 재현한다. 따라서 연극은 커뮤니케이션을 통해 커뮤니케이션에 대하여 커뮤니케이션한다(Le théâtre représente la communication humaine, donc il communique sur la communication par la communication)"(I. Osolsobe, "Cours de théâtristique générale", *Etudes Litteraires*, Vol.13, No.13, 1980, p.427)라고 했다.

9) 일반적으로 '이중발화(double énonciation)'라는 용어가 더 널리 사용되는데, 이는 연극 담화를 최초의 발화자를 중심으로, 즉 극작가를 중심으로 파악한 결과이다. 참고로 '무대 내적 커뮤니케이션(communication intra-scénique)'이나 '무대 외적(extra-scénique)'이라는 용어는 드 마리니(De Marinis, "Vers une pragmatigue de la communication théâtrale", *Versus*, No.30, 1981, p81)가 사용한 용어이다.

서 일어나는 커뮤니케이션으로 나뉜다. 드 마리니(De Marinis)는 전자를 무대 내적 커뮤니케이션(communication intra-scénique, 앞으로는 '내-커뮤니케이션'으로 씀), 후자를 무대 외적 커뮤니케이션(communication extra-scénique, 앞으로는 '외-커뮤니케이션'으로 씀)이라고 명명하였다. 연극은 우리의 삶을 모방 또는 반영하는 예술이라고 보면, 내-커뮤니케이션은 일상적인 인간 커뮤니케이션에 기초를 두고 있고(물론 연극적 규약을 이용한 작가의 글쓰기이기는 하지만), 외-커뮤니케이션은 독특한 연극적 규약·규범·관습들의 지배를 받는다고 할 수 있다.

여하튼 연극이 이중 커뮤니케이션의 예술이라는 말은, 의미작용의 차원에 있어서도 연극 안의 모든 요소들이 이중적으로 기능한다는 사실을 시사한다. 다시 말해 등장인물 A와 B가 서로 주고받는 대화의 의미가 외-커뮤니케이션 차원에서는 다른 의미를 가질 수 있다는 것이다. 내-커뮤니케이션 차원에서의 의미작용은, 우선 허구적인 이야기(또는 극행동)의 생산과 관계되는데, 이 말은 역으로 내-커뮤니케이션 차원에 있어서 모든 요소들의 의미작용은 일차적으로 허구적인 이야기의 생산에 관여한다는 말이다. 그리고 외-커뮤니케이션 차원에서의 의미작용이란 내-커뮤니케이션 차원에서 생산된 허구적인 이야기를 통해 작가·연출가가 관객에게 하고자 하는 말 또는 관객이, 작가·연출가가 작품을 통해 하고자 하는 말이라고 해석하는 그것, 즉 작품의 주제를 뜻한다. 이처럼 커뮤니케이션 차원이 달라짐—이 말은 커뮤니케이션이 일어나는 컨텍스트가 달라진다는 말과 동일함—에 따라 의미의 변화가 일어나는 현상이 '커뮤니케이션 전의(trope communicationnelle)'이다.

그런데 사실 내·외-커뮤니케이션의 관계는 어느 하나가 다른 하나의 매개물에 지나지 않는 서로 단절된 목적과 수단만 존재하는 그런 관계는 아니다. 이 글의 서문에서 이미 밝혔듯이 이 두 차원의 커뮤니케이션은 서로 열려 있고, 서로 간섭하고 영향을 준다. 그래서 커뮤니케이션 전의도 매우 복잡하게 전개되는 것이다.

흔히 '연극의 본질은 환상주의이다'라고 하는데 이 말은, 관객이 스스로를 등장인물의 한 사람과 동일시(identification)하면서 허구인 연극을 사실로 착각하여 관람한다는 말이다. 물론 관객이 허구를 사실로 착각한다고 해서 실제 삶에서처럼 반응한다는 것, 다시 말해 관객이 무대 위로 직접 올라가서 상연에 개입하거나 하는 것을 의미하지 않는다. 연극의 환상주의는 직접 행동으로 나타나는 반응이 아니라 마치 꿈과 비슷한 심리적인 수준의 반응이 일어나는 그런 환상이다. 관객이 환상 속에 있다는 것은 관객이 내-커뮤니케이션 안에 있다는 것과 같기 때문에 이때 관객이 보고 듣는 모든 것의 의미는 허구적인 이야기(극행동) 수준의 의미이며, 따라서 외-커뮤니케이션에서의 의미, 즉 커뮤니케이션 전의는 아직 일어나지 않은 상태이다. 외-커뮤니케이션에서의 의미 파악을 위해서는 환상에서 빠져나와 허구를 허구로 자각하는 일종의 '거리두기(distanciation)'10)가 필요하다.

환상에서 자각으로, 동일시에서 거리두기로, 내-커뮤니케이션에서 외-커뮤니케이션으로, 그리하여 최종적으로는 작품의 이야

---

10) 여기에서는 Brecht의 거리두기 효과(effet de distanciation)에 대해서는 더 이상의 언급은 않겠다. P. Pavis, *Dictionnaire du Théâtre*, Les Éditions Sociales, Paris, 1980, pp.125~126 참조.

기에서 주제로 가는 바로 이런 일련의 과정을 커뮤니케이션학 (communicologie)에서는 메타 커뮤니케이션이라 한다. 다시 말해서 메 타 커뮤니케이션이란 "커뮤니케이션에 대한 커뮤니케이션",[11] 즉 커뮤니케이션 차원보다 상위의 차원에서 혹은 커뮤니케이션 안이 아니라 밖에서 커뮤니케이션 자체를 대상으로 커뮤니케이션하는 행위이다. 조금 더 설명하면, 커뮤니케이션의 참여자들은 그들이 커뮤니케이션하고 있는 동안에는 메시지를 구성하는 기호가 그것 이 지시하는 사물(대상, référent)과 동일하다는 환상에 빠져 이 메시지 에 자동적으로 반응하게 된다.『삼국지』에서 행군 중에 군사들이 갈증에 지쳐 있을 때, '저 산 너머에는 석류가 많다'라는 말을 퍼뜨 려 군사들로 하여금 침을 흘리게 함으로써 이 갈증을 극복하게 하 였다는 조조의 일화가 좋은 예이다. 그러나 메타 커뮤니케이션은 커뮤니케이션 중에 메시지를 구성하는 기호를 기호로 인식하여 메 시지가 자동적으로 명시하는 것으로부터 메시지가 신뢰할 만한 것 인지, 그 가치는 무엇이며, 그리고 그 메시지가 함축하고 있는 의미 는 무엇인지에 눈을 돌리는 행위[12]이다. 이런 의미에서 극행동들의

---

11) G. Bateson et J. Ruesch, "communication sur la communication", *Communication et Société*, traduit par Gérald Dupuis, Paris, Seuil., 1988, p.238.

12) 바트슨(Bateson)은 이를 다음과 같이 설명했다. "의사소통의 발전 과정에 있어서, 유기체가 상대방의 기분을 지시하는 기호들에 대하여 '자동적으로' 반응하는 것 을 점점 그치고, 이 기호를 어떤 신호로 포착할 능력이 있을 때, 즉 이 신호를 믿을 수 있는지 아닌지, 잘못된 것인지, 거절인지, 확대하는 것인지, 수정하는 것 인지를 포착할 수 있을 때, 가장 중요한 단계로의 진보가 있다(Lorsqu'on réfléchit à l'évolution de la communication, il paraît évident qu'une de ses étapes les plus importantes est atteinte lorsque l'organisme cesse graduellement de répondre de façon «automatique» aux signes indicatifs d'humeur de l'autre et qu'il devient capable de reconnaître le signe pour un signal : c'est-à-dire de reconnaître que les signaux, tant les

함축적인 의미—이를 연극 작품의 주제라고 할 수 있는데—는 커뮤니케이션 전의의 산물이며, 커뮤니케이션 전의는 메타 커뮤니케이션의 메커니즘을 통해 드러나는 것이라고 할 수 있다. 이제 커뮤니케이션 전의와 메타 커뮤니케이션의 관점에서 연극 공간의 환유와 은유에 대하여 접근해 보자.[13]

3. 연극 공간의 겹

1) 무대술적 공간(espace scénographique)

무대술적 공간이란 극장(théâtre) · 무대장치(décor / dispositif scénique)[14] · 오브제(objet)들이 다른 기능은 하지 않고, 그 차체로서의 기능만으로 구축되는 공간으로, 두 장소 즉 상연이 일어나는 장소 'lieu de la représentation'와 관객이 이 상연을 관람하기 위하여 위치하는 장

siens que ceux des autres, ne sont précisément que des signaux auxquels on peut se fier ou pas, qu'on peut falsifier, dénier, amplifier, corriger, etc)." G. Bateson, *Vers une écologie de l'esprit (I)*, traduit par F. Drosso, L. Lot et E. Simion, Paris, Seuil, 1977, p.210.

13) 연극에서의 메타 커뮤니게이션에 대한 좀더 자세한 내용은 서명수, 「연극에서의 메타의사소통」, 『한국기호학회』 제3집을 참고하시오

14) 불어의 décor와 dispositif scénique를 우리말로는 구분 없이 모두 무대 장치라는 용어로 사용하는데, 사실 전자는 공연이 시작되어 끝날 때까지 무대 위에 고정된 무대 장치를 뜻하고, 후자는 오브제, 연기 영역, 극행동의 전개 등에 따라 변화하는 무대 장치를 뜻한다. 무대의 기변성을 중시하는 최근의 경향으로 후자가 전자를 대체하는 추세이다.

소를 포함한다.

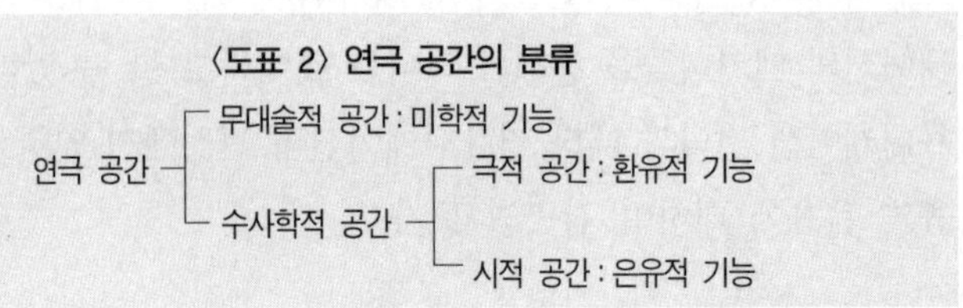

이 두 장소는 극장이 가지고 있는 건축 양식과 규모라는 외형적인 측면에 의해 많은 부분 지배를 받는다. 그러나 극장은 역사·전통·기획을 통해 구축하고 있는 이미지라는 내면적 측면을 가지고 있으며, 또 연극과 관련이 없어 보이는 역사와 사회상—극장이 건축된 시대, 극장과 주변 환경과의 관계 등—을 반영하고 있기도 한다.

외형적인 측면에서의 극장 건축 양식은 일반적으로 무대의 형태에 따라 원형 무대(arena stage), 돌출 무대(thrust stage), 프로시니엄 무대(proscenium stage), 변형 무대(flexible stage)로 나뉘는 것을 말하며, 극장의 규모란 주로 극장의 객석의 수를 기준으로 판단되나 더 정확히는 무대의 크기, 천장의 높이, 무대와 객석의 비율, 조명을 위한 전력 용량 등을 통해 파악되는 것을 말한다. 극장의 외형적인 기능은 우선 최초로[15] 관객과 만남의 형태를 가름짓는다는 것이다. 여기에서 최초라는 말은 극장이 만남의 형태를 완전히 결정짓는 것은 아니라는 사실, 즉 공연하는 작품의 성격에 따라 또 공연이

---

15) 최초란 말은 지속적이지 않을 수 있음을 함축한다. 왜냐하면 공연하는 작품의 성격에 따라 또 공연이 진행되면서 관객과 작품과의 만남의 형태가 바뀔 수 있기 때문이다.

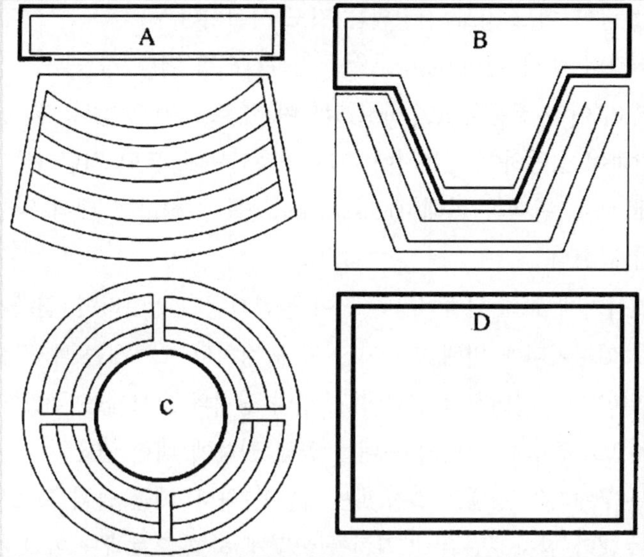

A 프로시니엄 무대 B 돌출 무대 C 원형 무대 D 변형 무대

진행되면서 관객과 작품과의 만남의 형태가 바뀔 수 있다는 사실을 함축한다. 하지만 무대 건축양식에 따라 예를 들어 원형 무대는 제의(또는 의식, rite)적 만남, 프로시니엄 무대는 보는 자와 보여지는 자가 구분된 만남, 다시 말해 제의에서 예술로 자리잡은 연극을 관객이 거리16)를 가지고 바라보는 그런 근대 미학적 만남, 변형 무대는 제의적 만남과 근대 미학적 만남이 모두 가능한 그런

---

16) 여기에서 거리를 둔다는 것은 Brecht 개념의 거리두기(distanciation)를 의미하는 것이 아니다. 관객이 무대 위에서 일어나는 사건에 심리적으로만 참여하고 실제적으로는 무대와 객석을 구분하는 제4의 벽에 의해서 보호되어 있다는 뜻에서 거리를 둔다고 한 것이다. 이런 연극을 환상주의 연극이라고 하고 이때 관객은 마치 '훔쳐보는 자(voyeur)'와 동일한 입장이 된다.

만남 등이 어느 정도 결정되는 것도 사실이다.

극장의 내적 이미지는 극장이 역사적으로 어떤 작품들을 상연하였고, 어떤 전통을 고수하고 있으며, 주로 어떤 경향의 작품들을 기획하여 상연하고 있는지에 따라 구축되는데, 크던 적던 간에 작품에 대한 관객의 기대치(horizon d'attente)를 형성하는 데에 영향을 미치게 된다.

건축가에 의해 만들어진 극장이 불변적인 공간이라면, 연출가·무대 디자이너에 의해 만들어진 무대 장치와 오브제는 매 작품마다 달라지는 가변적인 공간이다. 무대 장치와 오브제는 극장이 잠재적으로 결정한 만남의 형태를 공연 작품에 대한 연출의 해석에 의거 구체적인 형태로 결정짓는 기능을 한다. 예를 들어 프로시니엄 무대라 할지라도 무대 장치를 어떻게 하고 오브제를 어떻게 사용하며, 조명을 어떻게 쓰느냐에 따라 환상주의 연극이 자각적인 연극이 될 수 있고, 그와 아울러 관객과의 만남의 형태도 바뀐다.17)

무대술적 공간은 이처럼 관객과의 만남의 형태를 결정하는 기능을 하지만 한편으로는 공간의 구성 요소들 자체가 가지고 있는 예술성에 기초한 미학적 기능도 수행한다. 그것은 마치 서예가 글자를 커뮤니케이션의 기능보다도 자체의 아름다움으로 인한 미적

---

17) 전형적인 프로시니엄 무대인 문예 회관 대극장에서 공연된 피콜로 극단(Picolo Theatro di Milano)의 『두 주인의 섬기는 아를르껭』(Goldoni 작, Streler 연출, 1999년 10월 8~11일)은 객석을 완전히 소등하지 않고, 무대 후면과 전면을 천막으로 꾸미며, 극행동의 장소가 변할 때마다 관객이 보는 앞에서 오브제들을 옮겨 놓는 등의 방법으로 닫힌 프로시니엄무대를 열린 장터의 무대로 변형시켰고, 관객과의 만남의 형태도 보여지는 자와 보는 자의 관계가 아니라 서로 직접 교통하는 관계로 바뀌었다.

기능에 더 초점을 맞춘 것과 동일하다. 연극의 관객은 예술의 전당(서울)이나 샤이오(Chaillot, 파리) 극장에 들어오면서 건축 자체의 멋에 매료될 수 있고 또 무대장치나 오브제가 가지고 있는 아름다움, 미적 완성도, 정교함 등으로부터 경탄, 위압감, 그로테스크한 감정 등을 겪을 수 있다.

관객과의 만남의 형태를 결정하고 미적인 효과를 생산하는 기능으로서의 무대술적 공간은 차후에 수사학적 공간과 함께 연극 작품의 함축적인 의미생산에 참여하게 된다.

2) 수사학적 공간-극적 공간(espace dramatique)과 시적 공간(espace poétique)

연극이 무대라는 제한된 공간에서 펼쳐지는 예술이라는 점, 무대 장치(décor라는 의미의)를 쉽게 바꿀 수 없다는 점과 극행동이 일어나는 장소가 다양하다는 점, 그리고 연극이 이중 커뮤니케이션인 것처럼 연극의 공간도 이중으로 작용한다는 점, 그런데 마치 커뮤니케이션 전의에서 하나의 언술이 두 의미를 생산하듯이 단 하나의 유일한 공간에서 내-커뮤니케이션과 외-커뮤니케이션이 동시에 일어난다는 점 때문에 연극의 공간은 유동적일 수밖에 없고 또 수사학적일 수밖에 없다.

연극은 허구적인 어떤 사건(극행동)을 '직접 제시(ostension)'[18]하면

---

18) 연극을 커뮤니케이션 형식에 의거 '직접 제시', 즉 '지금 여기에서 살과 뼈로 (ici et maintenant, en chair et en os)'로 관객에게 보여주는 예술이라고 정의할 수 있다.

서 커뮤니케이션하는 예술이다. 연극은 거리극이나 마당극처럼 열린 형식이건, 아니면 프로시니엄무대의 전통극처럼 닫힌 연극이건 간에 모두 허구적인 사건이 제시될 공간이 필요하게 된다. 이 허구적인 사건이 제시되는 공간이 극적 공간[19]이다. 사실상 무대술적 공간은 그 자체로서 기능하기 위해 구축된 것이라기보다는 등장인물들 사이의 커뮤니케이션이 마치 실제 삶에서처럼 관객의 눈앞에서 일어나는 곳, 즉 역할을 부여받은 배우들의 신체가 위치하고, 그 신체의 움직임과 목소리(말)를 통해 인물들 사이에서 '어떤 일'이 일어나는 곳으로 기능하기 위해 구축되었다. 극적 공간이란 바로 '어떤 일', 즉 극행동이 일어나는 장소로서의 공간[20]을 말한다.

극행동이 일어나는 장소로서 극적 공간이란, 다른 말로 그곳이 극행동이 일어나는 시·공간적 배경이 된다는 뜻이다. 즉 그곳이 실내인지 실외인지, 도회지인지 시골인지, 왕족이나 귀족의 저택인지 아니면 소시민이나 농부의 집인지, 상상적 세계인지 아니면 실제 현실적 세계인지를 말해주며, 동시에 무대 장치나 가구 또는 의상(costume; 오브제로서의)의 스타일(style)을 통해 그때가 어떤 시대인지 말해준다. 극행동은 이처럼 극적 공간이 제공하는 시·공간적

---

19) 극적 공간은 ① 극텍스트의 극적 공간과, ② 상연의 극적 공간으로 나뉜다. 전자가 극작가에 의해 상상된 잠재적 공간이라면, 후자는 연출가가 나름대로의 관점을 가지고 전자를 재해석하여 무대에 올린 구체적 공간이기 때문에 서로 다를 수 있다(사실 본질적으로 일치할 수 없다). 그러나 이 글에서는 상연의 공간에 국한시키고 있음을 밝힌다.
20) 극적 공간은 허구적 사건이 일어나는 장소이기는 하지만, 연극이 예술이라는 점을 감안해 볼 때, 사실은 등장인물을 연기하는 배우들과 함께 허구적 사건을 만들어 나가는 공간이다.

배경과 함께 사실적이건 상징적이건 간에 어떤 구체성을 갖게 되고, 이런 구체성 속에서 배우(등장인물을 무대상에 실재하게 하는 연기자로서의)[21]와 관객은 인식적 감성적 측면 모두에서 생생한 현실감을 가지고 연극에 참여하게 된다.

연극의 수사학적 공간은 무대술적 공간을 구성하는 요소들이 그 자체로서가 아니라 다른 무엇인가를 지시하는 기능을 수행할 때, 즉 극장의 실제 공간을 채우고 있는 사물들(무대 장치, 오브제, 조명 등)이 사물 그 자체(또는 물성)로서의 자신임을 멈추고 '기호로 작용(sémiosis)'을 시작할 때 형성된다. 여기에서 사물들이 기호로 작용한다는 것은 이들이 의미작용을 한다는 것과 다름이 아니다. 이런 관점에서 보면 극적 공간은 무대장치나 오브제 등이 이제 더 이상 사물 그 자체가 아니라 기호로 의미작용(1차)[22]을 할 때, 다른 말로

---

21) 배우(comédien)는 "모방, 표현, 다른 사람에 동일화의 천부적인 재능을 가진 사람"(P. Pavis, *Dictionnaire du Théâtre*, Les Editions Sociales, Paris, 1980)으로 능력, 개성, 색깔 등을 포함하는 실체적(substantiel)인 개념이며, 직업으로서의 개념이다. 이런 의미에서 배우는 도표에서 보듯이 연극 밖의 세계, 즉 실제세계에 속한다. 이에 비해 연기자(acteur)란 무대나 스크린 상에서 어떤 배역(rôle)을 받아 그것을 연기해내는 사람으로 다분히 기능적인 개념이다. 이런 의미에서 연기자는 사람(personne)으로서는 현실에 속하고 등장인물(personnage)로서는 극에 속한다.

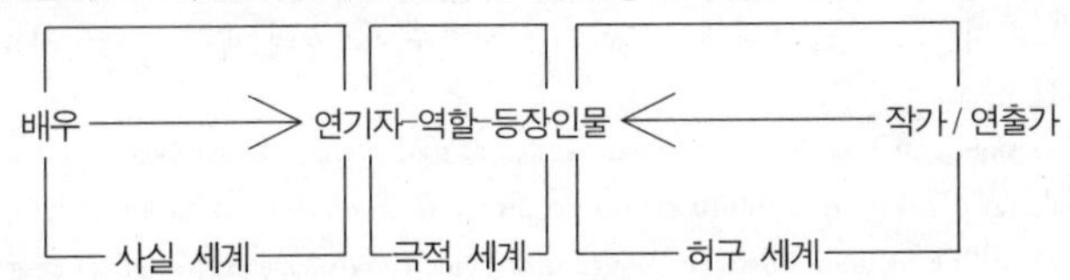

22) 사물이 의미작용을 한다는 것은 기호로 작용한다는 사실을 전제한다. 사물은 자체적으로 충만한 것이기 때문에 사실상 의미작용이란 없다. 이 말을 뒤집어 보면, 사물이 의미작용을 할 때는 자기 자신이 아닌 어떤 것을 지시(또는 재현)할 때, 즉 기호(ⓐ "어떤 요소 A가 그것과는 속성이 다른 어떤 요소 B를 내신하는 것"이며 또 ⓑ "감각가능(sensible)한 것으로, (그것의) 사용자 집단에게 그 자

극행동이라는 허구적 차원에서의 의미작용 또는 내-커뮤니케이션 수준에서의 의미작용에 의하여 구축되는 공간이다.

이에 반해 시적 공간은 극행동이라는 허구적 사건이 관객의 차원에서 수용되는 장소(lieu de réception)로, 사물이 2차 의미작용을 할 때, 다른 말로 사물의 1차 의미작용에 의해 구축된 극적 공간이 외-커뮤니케이션 수준에서 전의를 일으킬 때 구축되는 공간이다. 장 아누이(Jean Anouilh)의 「안티곤(Antigone)」을 예를 들면, 극적 공간은 안티곤이 다른 등장인물들과 커뮤니케이션을 하는 공간, 즉 테베의 왕궁이라 할 수 있다. 그런데 이 극적 공간이 여러 계기에 의해[23] 관객의 눈에 테베의 왕궁이 아니라 연극이 공연되고 있는 당시의 공간, 말하자면 제2차 세계대전 당시 비시(Vichy) 정부의 수장이 거처하는 저택 또는 집무실 등으로 인식되는데, 바로 이렇게 연극의 밖에서 관객의 인식에 의해 새롭게 구축되는 공간이 시적 공간이다.

시적 공간은 모든 연극 공간의 함축적 읽기와 관계된다. 극적 공간으로부터 연극 밖의 사회·문화적 세계상(고대 그리스 연극의 무대

신 속에 결여된 것을 표시(marque)하는 어떤 실체(entité)"라는 의미의)로 작용할 때이다. 사물과 기호의 관계에 관해서는 서명수, 「기호의 재현」, 『한국기호학회』 제4집 참조

ⓐ "Le signe, au sens le plus général, désigne, tout comme le symbole, l'indice ou le signal, un élément A substitut-de nature diverse-d'un élément B."(Jean Dubois, 1973, p.438) ⓑ "On définira donc, prudemment, le signe comme une entité qui 1) peut *devenir sensible*, et 2) *pour un groupe* défini d'usagers, *marque un manque* en elle-même-번역의 괄호 안은 본인이 첨부한 것임."(Oswald Ducrot et Tzvetan Todorov, *Dictionnaire encyclopédique des sciences du lanngage*, Paris, Seuil, 1972, p.132)

23) 실제로 연기자들의 의상(연미복(tenus de soirée), 초병들은 초를 먹인 코우트 등), 어투(커피, 따르뜨(tart), 루즈 등) 등이 이러한 전의를 돕고 있다.

공간과 그리스 도시국가의 사회상), 등장인물들 사이의 사회적 권력 관계(고전주의 연극에서 무대상에는 부재하나 항상 모든 사건에 개입하는 국왕), 자아의 심리 영역(공간의 지형학(topologie)으로부터 종합적 심리 현상)[24] 등이 읽혀지고, 이러한 읽기로부터 다시 연극 작품의 주제로 접근하게 되는 것이다. 그런데 극적 공간과 시적 공간은 각각 독립된 개별적 공간이 아니라 서로 겹쳐있는 공간이다. 다른 말로 내-커뮤니케이션과 외-커뮤니케이션이 각각 다른 공간에서 일어나는 것이 아니라 동일한 한 공간 안에서 일어난다. 따라서 극적 공간으로부터 시적 공간으로의 이동은 실제 경험이 아니라 인식 과정에 의한 것이며, 이 인식은 앞서 언급했던 것처럼 메타 커뮤니케이션의 과정을 거쳐 성립되고, 나아가 메타 커뮤니케이션은 환유와 은유라는 수사학적 장치와 함께 작동한다. 자 이제 연극 공간의 환유와 은유에 관해 알아보자.

4. 공간의 환유와 은유

　연극 공간이 수사학적일 수밖에 없다는 사실은 연극 공간을 채우고 있는 무대장치나 오브제들이 필히 환유나 은유와 같은 수사학적 기능을 한다는 뜻이다. 환유와 은유는 오래 전부터 많은 예술

---

24) A. Ubersfeld, *Lire le théâtre*(신현숙 역, 『연극 기호학』, 문학과지성사, 1983), 1982, pp.156~161을 참조하시오.

가, 이론가, 학자로부터 지대한 관심을 끌어온 가장 대표적인 수사
법이다. 전통 수사학에서는 'A≠B'인 상황에서 'X=A'라고 말하는
대신 'X=B'라고 말할 때, A와 B가 인접성(contiguïté)의 관계에 있으
면 환유, 유사성(ressemblance)의 관계에 있으면 은유라고 정의하고, 양
쪽의 경우 모두 의미의 전환이 발생한다고 하였다. 이처럼 전통 수
사학에서 환유와 은유는 문체와 관련된 문제로 어떤 단어의 의미
전환(figure de mot, 또는 전의(trope))을 뜻한다. 그러나 야콥슨(Jakobson)은
환유와 은유를 소쉬르가 제시한 언어의 일반적인 두 계기, 즉 환
유를 결합이라는 '통합체 축(axe syntagmatique)'으로 은유를 선택(sélection)
또는 대체(substitution)라는 '계열체 축(axe paradigmatique)'으로 정의하였
다. 그에 의하면 어떤 용어가 인접성의 원리에 의거 다른 용어로
자리바꿈할 때, 이것은 통합체 축에 속한 환유이고 또 어떤 용어
가 여러 가지 자질에 있어서 유사성의 원리에 의거 다른 용어로
자리바꿈 할 때, 이것은 계열체 축에 따른 은유인 것이다.

　사실 야콥슨의 환유와 은유는 실어증의 연구에서 비롯되었다.
환유는 인접성의 장애로 인한 실어증, 은유는 유사성의 장애로 인
한 실어증과 밀접한 관계가 있음이 지적되었다.[25] 조금 더 자세히
말하면 우선 인접성 장애의 실어증 환자는 통사론적 규칙을 상실
하여 단순히 "단어의 덩어리"[26]로 퇴화된 문장만을 발화한다. 그
러나 선택 또는 대치의 능력은 남아 있어서 문장과 문맥은 붕괴되
어 있지만 한 단어 또는 단어로 거의 굳어진 상투적인 문장의 발

---

25) Jakobson, *Essais de Linguistique générale I*, Paris, Minuit, 1963, pp.43~67을 참조하
　시오

26) Jakobson, Ibid., p.57.

화는 가능한데 유사성 — 예를 들어 "어떤 사물이 무엇인지에 대하여 말할 때, 그 사물이 무엇과 비슷한지를 말하는"27) — 만을 언급하기 때문에 이 환자는 은유적인 발화만 한다. 다시 말해서 인접성의 장애는 은유는 생산하지만 논리적인 담화 또는 이야기는 생산해 내지 못하는 환유의 상실이기도 하다.

유사성 장애에 의한 실어증 환자의 경우, 통사론적인 수준에서는 완벽한 문장을 구사하지만 결국은 자신이 하고 싶은 말을 하지 못하는 환자, 그가 지금 하고자 하는 말이 무엇인지 정의하지 못하는 환자, 즉 '메타언어 능력(cométence métalinguistique)'이 결여되어 있는 환자28)이다. 메타언어 능력이란 바로 '언어에 대한 언어'29)를 구사하는 능력인데, 우리가 앞서 본 메타 케뮤니케이션 능력과 거의 동일한 개념30)이라고 할 수 있고, 다음과 같은 내용으로 정리할 수 있다. ① 한 기표가 즉각적이고 자동적으로 한 기의와 결합된다는 사실에 의문을 제기31)하여 ② "명명(nommer)하는 능력",32) 즉 기표의 새로운 기의를 추적하게 하는 능력을 말한다. 야콥슨에 의하면

---

27) Jackson, Ibid., p.58과 p.125.

28) J. Lancan, *Le Séminaire Livre III*, Seuil, 1981, p.249.

29) Jakobson, op. cit., p.53과 p.220; 서명수, 「기호와 재현」, 『한국기호학회』 제3집 (1997)을 참조하시오.

30) 메타언어란 언어가 가지고 있는 메타-기능에 초점을 맞춘 개념이라면, 메타 커뮤니케이션은 커뮤니케이션에서의 메타-기능에 초점을 맞춘 개념이다. 즉 메타언어는 언어라는 대상에, 메타 커뮤니케이션은 언어를 사용하여 커뮤니케이션하는 사람들에 초점을 둔 셈이다.

31) 이것은 기표가 본래 차이만을 갖고 있다는 사실에 대한 인식이다. 이는 기표가 하나의 기의를 가질 때 기호가 되고, 이 기호는 기호체계 내에서 다른 기호들과 대립적 관계를 갖게 된다고 한 소쉬르(Saussure)의 기호론에 대한 부정이다. 데리다(J. Derrida)나 라캉(L. Lacan)이 이 경우에 해당한다.

32) Jakobson, op. cit., p.54.

유사성의 장애란 메타 능력의 결여와 같고 이는 은유성의 상실을 의미한다. 이를 뒤집어서 말하면 메타 능력은 은유의 생산을 가능하게 한다.

연극 공간을 채우는 무대장치나 오브제는 상징적이건 도상적이건 간에 어떤 구체적인 사물이다. 즉 아무리 계단과 커튼으로만 꾸며진 상징적인 무대라 할지라도 거기에는 계단과 커튼이라는 구체적인 사물이 있다. 이처럼 구체적 사물들에 의해서 구축되는 연극 공간은, 이 사물들이 속하는 어떤 공간의 일부 또는 특징이라는 점에서 전통 수사학에 입각하여 일단은 환유적이라고 할 수 있다. 예를 들어 라살(Lassalle)이 연출(1979~1980)한 마리보(Marivaux)의 「거짓고백(Les Fausses Confidences)」에서 이층으로 올라가는 거대한 계단(무대장치)은 그 모양과 규모를 통해, 그곳이 귀족의 저택임을 알리고 있다. 그러나 사실은 무대장치나 오브제들이 서로 결합하여 어떤 공간을 만들어 내는 것이지 이처럼 하나의 무대장치나 오브제가 독자적으로 공간을 만들어 낸다고 선뜻 말할 수는 없다(불가능은 아니지만). 왜냐하면 극의 진행에 따라 동일한 무대장치와 오브제가 다양한 공간을 만들어내며, 또 연극 공간은 항상 극적 공간과 시적 공간이라는 이중적 기능을 수행하기 때문이다. 따라서 연극 공간은 각각 개별적인 기호들(사물들의 기호작용으로 인해)로 분절되는 것이 아니라, 극행동의 단위(séquence)[33]로 분절된다고 보아야

---

33) 시퀀스는 최근에 많이 사용하고 있는 극행동의 단위로, 행동의 일관성(cohérence)과 완결성(achévement)을 그 기준으로 Pavis가 제시한 개념이다. 그는 토도로프(Todorov)를 인용하면서 시퀀스를 "독자가 한 이야기가 완결되었다는 인상을 갖게 되는 몇몇의 절로 구성된 마디(un segement formé de plusieurs propositions / ······ / qui donne qu lecteur l'impression d'un tout achevé, d'une histioire)"로 정의 하였다.

한다.

공간이 시퀀스 단위로 분절된다는 말은 연극의 공간이 극행동에 종속된 보조적인 역할만을 수행한다는 그런 의미가 아니라, 배우들의 신체의 움직임과 소리와 공조하여 극행동을 만들어 간다는 의미이다. 또 연극 공간은 이처럼 극행동이 일어나는(또는 극행동을 만드는) 장소(극적 공간)이면서 동시에 이 극행동의 커뮤니케이션 전의에 참여하는 장소(시적 공간)이다. 따라서 극적 공간을 형성하는 무대장치나 오브제의 1차 기호작용이란 시퀀스를 단위로 야콥슨이 말하는 통합체 차원의 상호결합과 작용을 통해 환유로 기능한다는 것을 의미한다. 다시 말해서 무대 장치나 오브제의 환유적 기능은 내-커뮤니케이션의 수준에서 작용한다.

메타 커뮤니케이션(또는 메타언어)이 한편으로는 커뮤니케이션 전의와 관련이 있고 또 다른 한편으로는 은유와 관련이 있다면, 연극에서의 커뮤니케이션 전의와 은유도 서로 관련이 있다고 볼 수 있다. 야콥슨이 은유를 계열체 축에 올려놓고 유사성의 원칙하에 메타언어 작용의 결과라고 정의한 것은 계열체 축 상에 발화되지 않은 선택가능들 중에서 유사성에 기초한 것들(언어에서는 다른 단어들)의 선택(대체가 아니라)이 은유라고 하는 것과 같다.

위베르스펠드(Ubersfeld)는 공간이 아니라 오브제와 관한 말이기는 하지만, 연극 오브제에 있어서 환유는 항상 재은유화(remétaphorisation)된다고 했다. 예를 들어 "술병과 컵은 음료와 취함의 실제적인 환유인데, 즉각적으로 욕망이나 구애 또는 소통의 형상소가 되는 목

P. Pavis, *Dictionnaire du Théâtre*, Les Editions Sociales, Paris, 1980, p.367.

마름의 은유"[34]가 된다. 그리고 명시적이지는 않지만 메타 커뮤니케이션이 오브제를 은유화한다고 다음과 같이 말하고 있다. "무대의 오브제는 항시 연극의 은유인데 왜냐하면 '나는 연극의 오브제이고 나는 연극의 유희적 작용을 말하고 있으며, 공연을 위한 오브제이다'라고 말하고 있기 때문이다."[35]

다음과 같이 연극 공간을 통합적으로 요약할 수 있다.

〈연극 공간〉

무대술적 공간	수사학적 공간	
	극적 공간	시적 공간
미적 정서	극행동 (허구적 이야기) 생산 〈통합축〉	극의 함축의미 (주제) 생산 〈계열축〉
미적 기능	환유	은유
	내-커뮤니케이션 ——— 메 타	외-커뮤니케이션 커뮤니케이션 ——→

연극이 이중 커뮤니케이션의 예술이라는 사실은 연극의 모든 기능작용도 이중으로 일어난다는 사실을 의미한다. 한편 연극은 연극적 관습이 있는데, 이 관습은 제약이면서 동시에 해법이기도 하기 때문에, 이 관습에 입각한 연극 커뮤니케이션은 수사학적일 수밖에 없다. 이런 관점에서 볼 때 연극 공간도 수사학적이며 이

---

34) "la simple métonymie du réel(le verre et la bouteille pour la boisson; voire pour l'ivresse) est immédiatement remétaphorisé : le verre deviendra la figure d'une soif qui peut être celle du désir, de la quête d'amour ou de communication." A. Ubersfeld, *L'école du spectateur : Lire le théâtre 2*, Paris, éditions sociales, 1981, p.161.

35) "En un certain sens, l'objet scénique est toujours métaphore du théâtre : ce qu'il dit, c'est toujous, outre le reste : je suis objet de théâtre et je dis aussi le fonctionnement ludique du théâtre, je suis objet pour un spectacle" A. Ubersfeld, Ibid., 같은 면.

중적인 기능을 한다고 할 수 있다.

환유와 은유는 수사학에 있어서 항상 주목 받아온 개념들이다. 우리는 환유와 은유라는 연극 공간의 수사학적인 이 두 측면을 이중 커뮤니케이션의 관점에서 좀더 통합적으로 이해해 보려고 노력하였다. 그 결과 환유는 극적 공간, 즉 내-커뮤니케이션에, 은유는 시적 공간, 즉 외-커뮤니케이션과 관계된다는 설명을 얻어 냈다. 이론적인 보완이 더 필요하다는 사실을 인정하면서, 앞으로 연극의 다른 영역에도 적용해 볼 수 있을 것을 기대하며 글을 마친다.

참고문헌

서명수, 「기호와 재현」, 『한국기호학회』 제3집, 1997.
______, 「연극에서의 메타의사소통」, 『한국기호학회』 제4집, 1998.
______, 「화용론과 극텍스트의 대화분석-대화함축과 등장인물의 담화전략을
　　　중심으로」, 『한국연극학회』 제10호, 1998.
A. Ubersfeld, *Lire le théâtre*, 1982; 신현숙 역, 『연극 기호학』, 문학과지성사, 1983.
__________, *L'école du spectateur : Lire le théâtre 2*, Paris, éditions sociales, 1981.
Catherine Kerbrat-Orecchioni, "Pour une approche pragmatique du dialogue théâ
　　　tral", *Pratiques*, No.41, 1984.
Catherine Kerbrat-Orecchioni, *L'implicite*, Armand Collin, 1986.
G. Bateson, *Vers une écologie de l'esprit (I)*, traduit par F. Drosso, L. Lot et E. Simion,
　　　Paris, Seuil, 1977.
G. Bateson et J. Ruesch, *Communication et Société*, traduit par Gérald Dupuis, Paris,
　　　Seuil, 1988.
I. Osolsobe, "Cours de théâtristique générale", *Etudes Littéraires*, Vol.13, No.13, 1980.
J. Corraze, *Les Communication non verbales*, Paris, P.U.F, 1980.

Jean Dubios(éds.), *Dictionnaire de linguistique*, Libraire Larousse, Paris, 1973.

J. Lacan, *Ecrit*, Seuil, 1966.

______, *Le Séminaire Livre III*, Seuil, 1981.

J. Laplanche et J, -B. Pontalis, *Vocabulaire de la Psychanalyse*, P.U.F, 1992.

J. Mounin, *Intrduction à la sémiologie*, Paris, Minuit, 1970.

M. De Marinis, "Vers une pragmatigue de la communication théâtrale", *Versus*, No.30, 1981.

M. Le Guern, *Sémantique de la métaphore et de la métonymie*, Larousse, 1973.

Oswald Ducrot et Tzvetan Todorov, *Dictionnaire encyclopédique des sciences du lanngage*, Paris, Seuil, 1972.

R. Jakobson, *Essais de Linguistique générale* Ⅰ, Paris, Minuit, 1963

P. Pavis, *Dictionnaire du Théâtre*, Les Editions Sociales, Paris, 1980.

______, *Voix et Images de la Scène*, Presses Université de Lilles, 1985.

S. Freud, *Introduction à la psychanalyse*, traduit par Dr. S. Jankélvitch, Paris, Payot, 1990.

몸과 함께 춤추는 공간
몸으로 그려지고 지워지는 공간

이혜자

> 몸으로 채워지고 그려지는 공간으로부터
> 무용은 시작하고
> 몸으로 지워지고 사라지는 공간으로부터
> 무용은 끝난다.

1. 무대 공간과 몸의 공간

'현대는 몸의 시대다'라는 말을 우리는 유행처럼 듣는다. 이러한 몸 담론의 시대는 그 시대적 배경 요소를 갖고 있다. 경제 자본주의 사회의 소비 시대와 레저 중심 사회로의 이동으로 인한 몸에 대한 관심 증폭과 매스컴에 의한 외모 지상주의 현상을 주목할 수 있다. 또한 20세기 후반의 페미니즘과 포스트모더니즘이 영향으로 인한 몸에 대한 관심을 들 수 있다. 즉, 문학·회화·조가·무용·연극·영화 등 여러 예술분야에서 활발한 활동을 전개해 가는 페미니즘 운동으로 인한 성(性)의 정체성과 육체에 대한 개인적 그리고 사회적 위상의 재조명과 자본주의의 문화를 지배하는 포스트모더니즘의 도래로 인해 철학의 주변부로 외면당하던 육체, 몸을 사유의 중심부로 올려놓는 학계의 움직임을 생각해 볼 수 있다. 그리고 사이버 문화의 지배에 의해 가상 세계와 현실 세계의 혼돈 속에서 탈육체화, 탈물질화 현상에 따른 우리 몸의 사유를 주목할 수 있다. 최첨단 과학 기술의 문명으로 인간의 몸을 대신할 대체물 탄생으로 인한 위기의식, 그리고 빠른 속도를 추구하는 세계 속에서 방황하며 서로 멀어져 가는 정신과 몸의 이분화 현상······ 우리는 위에 언급한 현상들을 일상생활 속에서 접하며 살고 있다. 이러한 제현상들은 우리에게 몸이 던지는 의미에 새로운 관심을 갖게끔 유도하기에 충분한 이유를 제공하고 있다. 이렇듯 현대에서 몸의 의미는 이제 개인적인 의미 이상의 것으로 하나의 사회적 코드로 나타난다. 최근 들어 몸의 담론이 많이 거론되는 것도 바로 이러한 배경적 원인을 갖고 있는 것이다.

그렇다면 인간의 몸이 도구로 그 세계를 이끌어 가는 예술은 어떠한 것이 있을까? 인간의 몸을 매개로 일상적 생활 속의 가능한 모든 몸짓으로부터 동작들을 끌어내 세계관을 구축해 가는 예술로는 어떤 것을 찾아 볼 수 있을까? 우리는 공간 속에 가시적인 몸의 움직임을 통해 실행되는 무용을 어렵지 않게 떠올릴 수 있다. 무용의 도구는 바로 인간의 몸이다. 몸으로 무용은 시작하고 몸으로 무용은 끝난다. 몸에 의해서 움직여지고 채워지는 것으로부터 공간이 시작되고 또한 몸에 의해서 형태를 파괴하며 지우는 것으로부터 공간은 사라진다. 몸과 공간이 함께 실행하는 탄생과 소멸 운동의 반복에 따라 창조되는 것이 바로 무용이다.

우리는 공연장에 들어가 객석에 앉는 순간, 하나의 얼굴을 마주 대하게 된다. 무대라는 공간의 얼굴이다. 이 얼굴은 다양한 표정을 짓는다. 성난 분노의 붉은 표정으로 우리를 긴장하게 하고, 때로는 포근한 미소로 우리를 아늑하게 감싸안기도 한다. 권태로움으로 하품을 자아내기도 하고, 슬픔이든 기쁨이든 감동의 물결로 우리의 코를 시큰거리게도 한다. 무대의 얼굴과 우리의 얼굴은 서로 마주 대하고 있다. 그러나 우리가 관객석 어디에 앉아 있는지 그 각도에 따라 이 얼굴은 다르게 보이기도 한다. 또, 무대라는 공간에서 움직이는 무용수 몸의 방향에 따라서도 우리의 시각적 감지는 달라진다. 위에서 아래, 오른쪽에서 왼쪽, 뒤에서 앞으로, 또는 같은 속도라 하더라도 이들의 방향이 반대로 실행되면 공간 속의 움직이는 몸을 지각하는 데 있어서 우리는 다른 감동을 받게 된다.

무용은 인간의 신체가 만드는 공간 구성을 통해 나타나는 예술이다. 인간의 신체가 만들어낸 몸짓은 또한 공간 속에서 숨쉰다. 즉, 무용은 공간성에 기반을 둔 시각화된 행위인 것이다. 무용에서 공간과 더불어 무용수의 몸은 형태를 만드는 중요한 도구이고 매체이자, 형태가 만들어지는 또 하나의 공간이기도 하다. 형태는 만들어지는 동시에 사라진다. 이러한 덧없는 움직임이 영원성을 획득하는 순간, 우리는 예술이라고 말한다. 상상력을 통해 일상적인 삶 속에 뿌리를 둔 우리의 움직임이 공간 속에서 특별한 의미를 갖게 되는 그 순간을 포착해보도록 하자.

빛과 그림자인 두 공간의 교류—몸과 공간

우리는 몸의 움직임으로써 살아 있음을 확인한다. 무용이란 신체의 몸짓으로 공간형식에 내적 감정과 사상을 담아 미학적 체험 즉 형식을 빌어 표현한다. 그럼으로써 창조되는 공간예술이다. 무용에서의 공간은 신체적 공간과 무대적 공간으로 나눠진다. 춤추는 무용수의 몸인 신체적 공간과 무용수의 몸이 움직이는 장소로서의 공간인 무대적 공간이다. 이 둘은 서로의 존재에 의해 형태를 갖추게 되는 공생관계에 있다. 마치 서로 감싸 안고 안기는 빛과 그림자와 같은 존재로 말이다. 이렇듯 무대라는 외부 공간과 무용수의 몸이라는 내부 공간은 형태를 만들고 만들어주는 공간을 서로 제공하는 불가분의 관계를 맺는다. 이처럼 무대 공간 속에는 춤추는 몸이 있다. 이 몸은 공간 속의 움직이는 또 하나의 공간인 것이다. 무대 공간은 무용수들의 몸이 율동을 그려낼 때마다 그 움직임에 따라 만들어진다. 즉 몸에 의해 채워지고 움직여지는 공간으로부터 무용은 시작한다.

신체적 공간은 또한 정지상태의 공간과 운동상태의 공간으로 나눠진다. 하지만, 정지상태의 공간에 흐르는 고요는 더욱 강한 긴장감을 준다. "무용이란 공간 안에서 지속적으로 움직이는 인간의 몸에 의해 만들어지는 순간적 예술이다. 지속적이란 의미는 부동의 자세에서도 의미와 감정의 굴곡에 의한 표현이 내재된 몸의 긴장감을 포함하기 때문에 정(靜)속의 동(動)의 순간이라 할 수 있다. 따라서 침묵의 부동자세는 바로 폭풍 전의 고요처럼 그 안에 강렬한 에너지를 응축하고 있는"[1] 침묵의 순간으로 가장 긴장된 집중의 순간이기도 하다.

공간은 입체적인 공간과 평면적인 공간으로 나누어 볼 수 있다. 신체적 공간은 입체적 공간을 만들며 움직임으로써 존재한다. 평면적 공간으로는 무대의 공간이 있다. 후자는 실질적 공간으로 인식할 수 있는 공간이며, 몸이 움직이는 장소를 제공한다. 하지만, 무용에서의 무대 공간은 단순히 무용이 실행되는 고정된 형태의 배경으로만 존재하지는 않는다. 춤추는 몸의 동작과 더불어 그 형태와 표정을 바꾸며 매순간 새로운 공간으로 탄생한다. 동작은 공간 속에서 의미를 찾고 장소라는 공간과 더불어 몸의 공간도 존재한다. 이렇게, 무대라는 외부 공간과 신체라는 내부 공간은 형태를 만들고 만들어 주는 공간을 서로 공유한다. 육체는 숨을 쉼으로써 그 존재성을 확인한다. 숨쉬는 육체는 공기를 몸에 종속시킨다. 그러나 몸이 공기를 내면으로 흡수하는 동시에 우주적 외부의 공기는 그 몸을 둘러싸며 흡수하고 있다. 외부의 공간도 무용수의 몸처럼 숨쉬는 공간이다. 따라서 춤추는 몸은 무대의 공간과 어떻게 치열하게 밀고 잡아당기고 부딪히고 저항하고 받아들이느냐에 따라 그 에너지와 힘의 역동성이 발생하게 된다. 우리는 바로 춤추는 몸의 공간, 몸과 함께 춤추는 외부 공간, 그리고 그 신체의 공간과 무대의 공간사이에서 형성되는 관계에 대해 바스라브 니진스키·마리 뷔그만·마사 그래햄 그리고 머스 커닝햄의 무용을 중심으로 살펴 볼 것이다.

무용수의 몸이 무대 공간에서 어디에 위치하느냐에 따라서 관객

---

1) 이혜자, 「미궁 속의 몸, 몸 속의 미궁」, 『몸과 몸짓 문화의 리얼리티』, 소명출판, 2003, 400면.

에게 전달하는 감정의 강도와 의미가 달라진다. 니진스키의 작품 『목신의 오후』에서, 무대는 평면적 공간이 아닌 수평적 분할의 수직성을 나타내는 입체적 공간으로 꾸며져 있다. 목신(목축과 야생의 신)이 수평적인 층으로 분할된 배경공간의 윗부분에 위치할 때, 그는 세속의 세계가 아닌 신성한 신(神)들의 공간에 머물고 있는 비범한 존재임을 드러낸다. 그래함의 무용에서 여인의 운명적 고통이 오열하는 처절한 몸부림을 표현할 때, 낙하하는 몸의 땅과의 접촉은 심연의 절망적인 세계로 우리를 이끌고 가는 공간으로 나타난다. 절규하는 몸부림으로 분노의 몸이 빙빙 회전한다. 이때 의상이 그려내는 빠른 속도의 율동과 날카롭게 공간을 찢고 잘라내는 형태는 그녀를 둘러싸고 있는 공간을 그녀의 감정만큼 처절하게 찢어내고 있다. 머스 커닝햄의 무용수들이 우르르 몰려 역동적이고 격렬하고 복잡한 움직임을 보이다, 순간 갑자기 정지된 상태로 고요를 유지할 때, 우리도 숨을 멈추고 그 공간의 고요 속에 빠져든다. 그리고 내면의 공명이 전하는 심연의 소리를 듣게 된다. 이와 같이 공간은 무대 위에 제한된 공간이 아니다. 무용수들의 움직이는 몸과 상상력을 통해 무한대의 공간으로 전환하여 존재하는 것이다. 동작의 끝이 아니라, 동작의 연장선으로의 공간으로 존재한다. 몸을 둘러싸고 있는 공간은 몸의 움직임이 끝없이 그 힘과 에너지를 분출할 수 있도록 장소를 제공해 준다. 또한, 그 에너지와의 관계 속에서 공간 역시 자신의 에너지를 무대너머 관객을 향해 그리고 현실너머 저 멀리까지 확대시켜 투사한다. 동작이 움직일 때 그려내는 선은 보이지 않는 흔적으로 공간에 남는다. 우리는 이렇게 몸이 그려내는 선을 따라 몸의 공간과 그 공간을 둘러싸고 있는

또 하나의 공간의 형태를 감지하며 미적 체험을 통한 감동에 빠져
들게 된다.

현대무용의 움직임

1910년에서 1930년, 표현주의의 무용은 맥박의 고동 같은 자연적
인 움직임을 기초로 하였다. 호흡을 이용한 긴장/이완(tension / relaxation)
의 기본동작은 가능한 가장 멀고 넓은 폭의 움직임을 실행한다. 이
움직임은 대립의 극한 두 정점 사이를 넘나든다. 현대무용에서 초
기 표현주의 공간의 개념은 비어 있는 공간, 공간 위에 구축되어 있
는 것, 무한한 공간 그 자체, 좁고 어둡고 보이지 않는 수평이 있는
공간 등을 내세운 공간의 사용에 대한 새로운 해석을 내놓았다. 특
히 무용수의 신체에 대한 개념이 고전 발레와 다르게 인식되면서,
몸의 공간에 의한 무용을 과감히 표현하기 시작했다. 근육이 그대
로 세세하게 드러나고 움직임이 느껴지는 몸에 꼭 붙는 타이즈를
무용수들이 입었다. 즉, 고전 발레의 기교와 문명에 얽매어 갇혀 있
던 무용수의 자연 그대로의 몸을 해방시킨다. 자연적인 본연의 몸
을 재쟁취하면서 만들어내는 동작 자체가 공간의 형태를 구축하기
시작한다.

2. 몸 공간의 회화적 입체화

1889년 키예프에서 태어난 바스라브 니진스키(Vaslav Nijinski, 1889~
1950)는 1903년 러시아 왕립 발레단에서 활약하게 된다. 천부적인
재질의 그는 1909년 러시아 발레단(Ballet Russia)의 세르게이 디아길
레프와의 만남을 계기로 파리에서 첫 번째 해외 공연을 갖는다.
국제적 무용수가 된 니진스키는 1912년 『목신의 오후』를 발표한
다. 1913년 스트르빈스키의 『봄의 제전』을 안무하기도 한 그는 29
세에 정신분열증으로 나머지 인생을 자신만의 환상의 세계 속에
서 갇혀 살아야 했다. 그가 살아온 29년이 바로 예술의 혼을 불태
웠던 무용가로서의 창조의 삶으로, 그의 인생은 예술 그 자체였다.
니진스키는 말보다는 오히려 단순한 제스처로 자신이 하고 싶은

〈사진 1〉

애기를 할 수 있는 천재적인 육감적 능력의 소유자였다. 아내인 라몰라에게 구혼할 때, 서로 공유할 공통언어가 없어서 제스처로 청혼했다는 일화가 있다. 자연의 리듬에 섬세하게 조율되어 있는, 그의 몸 자체가 바로 동작이자 제스처였고, 언어였다. 그의 동작들은 작품 속의 '목신'을 연상하고도 남은 직한 완벽한 야생적 육체와 무용적 기교를 갖추고 있었다. 니진스키는 육감적인 자연성으로 목신(faune)이 꿈꿀 수 있는 모든 동작들을 자신의 몸의 리듬 속으로 자연스럽게 흡수하였다.

프랑스 시인 말라르메의 시『목신의 오후』에서 영감을 얻은 드뷔시의 음악에서 플룻의 주요 선율을 연주로 니진스키가 1912년 안무한 작품이 바로『목신의 오후(L'apres -midi d'un faune)』이다. 판 또는 불어로 폰(faune)이라고 불리는 이 목신은 숲과 목축과 목동의 신으로 반신반인이다. 더운 여름의 대낮에는 실컷 낮잠을 즐기는데, 누가 소란을 피워 그의 낮잠을 방해하면 분노의 벌을 내린다. 이 작품에서는 목신이 잠에서 깨어나 야산의 젊은 정령인 님프들과 노는 모양을 묘사하고 있다. 파격적인 봄 공간 개념과 금기시했던 성적 유희를 모방하는 몸동작으로 20세기 초반의 발레에 대한 고정관념을 파괴한 작품이기도 하다.

〈사진 2〉

〈사진 3〉

『목신의 오후』에서 목신과 님프의 몸의 공간은 모가 난 느낌, 뒤틀린 부자연스러운 자세, 턴 인(turn in) 스텝, 고정된 손과 발의 측면화 등으로 나타난다. 특히, 목신의 몸의 공간은 이집트 벽화의 인물이 무대위로 튀어 나온 것과 같은 착각을 하게 한다. 발레에서의 양발바깥으로 돌리기(turn out)기법과 부드럽고 공기 같은 가벼운 선이 파괴되면서 당시 뒤틀린 현대인의 내면이 몸의 형태로 묘사되어 나타났다. 『목신의 오후』는 이집트벽화에서 아이디어를 얻어 삼차원적인 움직임의 영상이 돋보이는 작품으로 몸의 공간은 다각적 시점을 갖고 있다. 레옹 박스트(Bakst)에 의한 의상은 목신의 분위기를 살리기 위해 야생적이고 관능적인 면을 돋보이게 만들어졌다.

12분의 발레로 폰(목신)이 낮잠을 자던 어느 오후, 7명의 님프들이 그 근처로 목욕을 나온다. 목신이 님프들을 발견하고 유혹하는 몸짓을 하자 처음엔 호기심으로 다가오던 님프들이 놀라서 달아나고 한 님프만 목신과 어울린다. 하지만 그녀도 스카프만을 떨어뜨리고 달아나 버린다. 홀로 남은 목신은 꿈인지 환영인지 현실인지, 남기고간 스카프를 어루만지며 님프를 꿈꾼다. 스카프에 입을 맞추고 자기의 은신처로 돌아가 스카프 위에서 잠이 든다. 잠들기 전 님프

〈사진 4〉

가 떨어뜨리고 간 스카프 위에서의 성행위를 연상시키는 마지막 동작은 파격적인 안무였다. 당시, 이 장면으로 여러 혹평과 호평의 격렬한 대립이 미술, 문학, 음악 등 모든 예술계를 흔들어 놓았다. 마지막 부분의 삭제 요구가 있었으나, 니진스키는 이 장면을 고집하였다. 스카프 위에 길게 누운 목신은 복부와 요부의 격렬한 동작의 움직임을 실행한다. 복부는 욕망적인 상징성을 갖고 있으며, 생식기관과 배설기관의 요부에는 욕정적이고 본능적인 상징성을 내포하고 있다. 하지만, 신체 동작에서 원천적 에너지라는 중요한 역할을 하는 요부 운동으로 인식할 때, 성(性)적인 제한된 해석에서 벗어날 수 있는 팽창된 의미를 획득할 수 있다. 사진들에서 보듯이, 이 작품은 벽화의 인물을 입체적으로 그려놓은 듯한 몸의 공간을 갖고 있다.

<사진 5>

무용수의 몸의 공간이 벽화 속의 인물의 입체화를 특징으로 하
듯이, 무대의 공간 역시 평면적 공간이 아닌 입체적 공간을 사용하
였다. 무대 공간은 분할된 수평적 선에 의해 세속과 신성의 성격을
구분한다. 무대배경에 삼단으로 나눈 층을 둠으로써, 평면적 무대
에서 좀더 위에 위치한 공간에서 춤추는 목신은 수직적 상승에 의
하여 세속의 인간이 아닌 신적 존재로서의 성격을 획득한다. 목신
이 님프의 체취가 배인 스카프에 취해 환상에 잠기는 이 입체적 장
소는 천상의 영역, 자유로움, 그리고 오후의 찰나적 환상처럼 스쳐
간 꿈의 세계속에 잠든 목신의 공간을 상징적으로 나타낸다.

　이집트 회화는 대부분 머리, 팔, 다리는 측면을 향하고 눈과 가슴은 정면을 향하고 있는 '정면의 법칙'을 이용한다. 이집트 회화에 나타난 조형성은 기하학적 규칙성을 강조하고 사소한 부분을 모두 생략하여 본질적인 것에만 관심을 둔다. 즉, 보이는 대로 자연의 모습을 그리지 않고 기억에 의존하여 표현한 것이다. 『목신의 오후』에서도, 목신(faune)의 얼굴은 측면형으로, 어깨와 가슴은 정면으로, 움직이는 팔과 다리는 측면으로 묘사하는 여러 관점의 혼합을 이용하였다. 상상으로만 존재하는 벽화의 인물이 현실 속으로 등장한 듯한 효과를 주는 목신의 모습이다. 평면적 벽화에서 툭 튀어나와 마치 우리 앞에서 생생하게 움직이는 것 같은 환상을 부각시킨다. 세세한 각도로 몸을 바라보는 다양성은 목신의 거친 면과 야생적 속성의 몸 그 자체에 대한 탐구를 가능케 하였다. 한 공간 안에 그리고 한 시간대에, 하나의 몸의 동시적 존재를 보여주는 것으로 형체의 동시 존재를 가능케 하는 실험적 시도였다. 관객은 한 시점에서 목신을 측면, 정면 등 다각적인 시점에서 바라볼 수 있다. 인물표현의 다원적인 전개의 부자유스런 움직임은 당시 큐비즘과 연관지어 생각할 수 있다. 대상을 해체하여 여러 각도에서 본 것을 동시에 표현함으로써, 눈에 비친 형상의 우연적인 속성을 생략하였다. 삼차원적 구성으로 평면을 공간으로

〈사진 6〉

열고 그 공간에 목신의 모습을 배열한다. 평면 위에 형체가 있는 입체성은 더욱 강렬하게 부각되어 나타난다. 큐비즘의 영향과 함께, 그림에서 입체감을 주기 위해 몸은 똑바로 향하고 팔은 손바닥을 보이고, 얼굴과 발은 옆으로 돌려놓은 형태를 그대로 무용에서 보여 주고 있다.[2]

이처럼, 니진스키의 무용에서 몸의 공간은 다각적 시점을 갖고 있다. 입체적인 몸이 오히려 평면성 속의 입체화와의 결부를 통해 본질적인 몸의 입체적 느낌을 더욱 강하게 만들었다. 목신의 몸은 정면으로 향한 상태에서, 프로필로 돌려진 상태의 머리, 목에서 어깨까지 목의 선은 깨끗한 선과 형태를 드러 내놓는다. 팔의 운동과 손의 동작은 측면을 향한다. 다리는 주로 4번 자세와 6번 자세의 동작을 취한다. 이러한 니진스키의 무용 동작들은 회화, 조각 등 미술 작품으로 포착되어 오페라 박물관 도서관과 프랑스 국립 도서관 등에 소장되어 있다. 이 미술 작품들은 몸의 동작을 이해하는데 중요한 자료가 된다.

형태의 모남, 기하학적인 형태에도 불구하고, 공간 속에 그려지는 니진스키의 몸동작의 단절 없는 연결은 무자극적 충동의 몸짓이라는 아름다움을 선사한다. 공기가 흐르듯 리듬에 조율되는 니진스키의 몸의 움직임은 정해진 역할의 몸 공간 속에서 그리고 무대라는 공간 속에서 점차 한 무용수가 목신으로 변하는 것뿐만 아니라, 가시적인 세계 저 너머에 닿아 있다. 즉, 자연의 현상을 인물화한 목신을 만난 것이다. 이처럼, 니진스키는 그의 예술에 비장

---

2) 이혜자, 「빛과 그림자, 두 공간의 교류—춤추는 몸과 무대」, 『환경과 조경』, No.189, 2004.1, 141면.

한 힘을 교묘히 불어넣는다. 폴 발레리의 표현에 의하면, '춤의 혼'
이라는 그의 소멸될 수 없는 잠재력과 그의 예술은 바로 하늘과
땅 사이에 있는 순간이다. 말라르메는 드뷔시가 작곡한『목신의
오후』를 들으며, 그의 음악이 시의 정서를 잘 연상시키고 그림보
다 더 생생하게 장면을 표현하고 있다고 말했다. 이제, 니진스키는
말라르메의 시를 평면적인 종이에서 꺼내 무대라는 공간 속의 살
아있는 입체적인 몸의 움직임으로 구현한 것이다.

3. 공간과 몸의 리듬

　현대 무용이 이사도라 던컨에 의하여 시작되어 독일의 루돌프
폰 라반에 의해 이론적으로 체계화되었다면, 실기로서 정립한 인
물로 마리 뷔그만(Mary Wigman, 1886~1959)을 들 수 있다. 뷔그만은
움직임 그 자체가 무용의 실체임을 증명한 무용가이다. 최초로 음
악이 배제된 움직임만이 있는 무용을 시도했으며, 이때의 주된 구
성은 긴장과 이완이었다. 뷔그만은 공간의 개념에 대하여 "공간은
단순히 채워지는 곳이지만 때로는 무용수가 움직이는 단 한 영역
만이 아닌 실제적인 힘으로서 마치 물과도 같이 무용수가 헤엄쳐
야 할 곳"이라고 하였다. 팽팽한 공기를 담고 있는 공간은 끊임없
이 무용수에게 거역하고 저항한다. 공간은 무용수가 투쟁해야 하
는 우주를 뜻한다.[3] 뷔그만은 공간의 개념에 대하여 다원화를 주

장하였다. 그녀의 무용은 주로 '음악이 없는 춤', '긴장과 이완', '공간', '표현주의적 춤', '다이나믹한 움직임', '경험' 등을 특징으로 한다. 이런 특징을 이용하여, 내적인 신비로움을 미적으로 승화시켰다. 뷔그만은 영혼적 초월에 대한 삶의 신비한 탐색에 집착해 있었다. 그러나 무용에서는 오히려 죽음의 문제를 다루며, 죽음의 제의, 희생 등을 주제로 하였다. 특히,『무녀의 춤』에서는 바닥에 주저앉아 부동의 자세로 희생적 제의의 반복적 행위와 동작으로 하강의 공간인 바닥과의 접촉을 위주로 무용을 만들었다. 이때의 동작의 급격한 멈춤은 타악기의 리듬이 동반함으로써, 원초적인 공간을 구축한다.

뷔그만은 공간을 기본적으로 다원화하고 공간을 무용가와 상호작용할 수 있는 매개로 보았다. 무용수 내부에서 솟아나는 힘과 공간의 힘의 놀이를 즐기는 것이다. 밀고 당기고 흡수하고 합류하는 증폭적 효과 등 다양한 형태로 몸과 공간은 교류를 이룬다. 이때, 몸과 공간 사이에 흐르는 에너지는 단순한 움직임이 아니다. 무용수를 휘젓는 감정과 영감성은 공간과 유기적으로 육체에 의해 표현된다. 즉, 무용수와 공간과의 관계에 의해 무용은 일차적인 움직임 그 이상의 의미를 부여받는다. 이러한 공간의 개념은 오늘날 현대무용의 공간 개념에도 영향을 끼쳤다. 그녀의 공간 개념과 무용관을 이어받은 제자 중, 크로이츠베르크(Harald Kreutzberg, 1902~1968)가 무용한 작품 〈사진 7〉을 살펴보자. 긴 검은 망토를 입고 빙빙 도는 동작으로부터 마지막에 서서히 주저앉는 움직임은, 마치 검은

---

3) 이덕희, 「표현주의 제창자 마리 뷔그만」,『춤지』, 1984년 11월호, 112면.

잉크가 물에 서서히 퍼지면서 가라앉는 것과 같은 깊은 내면의 하강적 공간을 연출하고 있다. 인간이 죽음이라는 늪으로 서서히 빠져 들어가는 듯한 심연의 비장미를 창출해 낸다. 이때, 몸의 공간은 느린 속도로 점차 심화되는 수직적 하강과 함

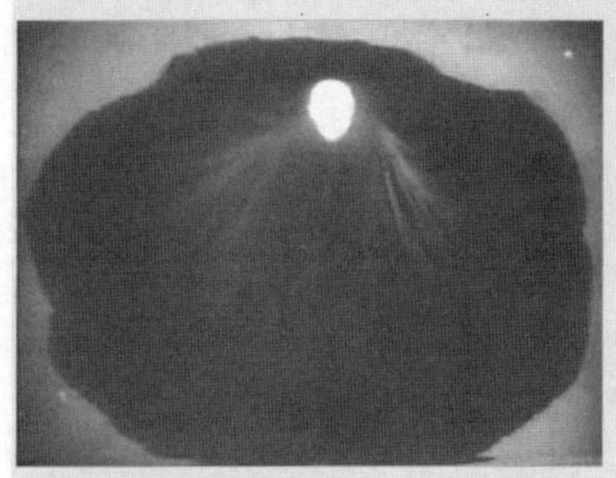

〈사진 7〉

께 검은 옷의 수평적 확대에 의한 증폭이라는 두 방향성을 동시에 실현한다. 의상의 넓게 펼쳐진 수평적 팽창과 공기를 품은 채 서서히 가라앉는 수직적 하강은 인간의 몸의 공기를 흡수하고 내뱉는 행위처럼 우주적 공간과 유기적 관계를 맺는다. 옷이라는 도구의 몸화, 체화(incarnation)에 의한 몸 공간이 공간 안에 그려내는 형태를 중시한 것으로 공간에 흐트러지는 우연적인 선의 아름다움을 창조한다. 즉, 의상은 무용수의 몸으로 체화(incarnation)되어 총체적인 몸 공간을 구성하게 된다. 뷔그만의 신비주의와 표현주의 무용의 흐름을 이은 작품으로 특히 옷을 이용한 몸의 형태와 공간의 수평적 팽창과 수직적 심화는 충격적이다.

1919년 뷔그만은 음악 없는 무용을 시발로 움직임의 동작 영역을 경계 없이 열어 놓았다. 특히, 음악과 신체를 이용하여, 무대 공간 속에서의 움직임의 효과를 특징으로 한다. 무용은 움직이는 몸에 의한 공간 형성의 예술이다. 만들어진 음악의 리듬을 벗어나 무용 그 자체가 갖는 움직임의 리듬감을 연구하였다. 음악 없이 리듬을 느끼는 자연적인 움직임을 위한 무음악 무용을 창조했다. 인간

의 내적 리듬이 흐르는 움직임의 중요성을 인식하고 무용 그 자체의 순수성을 찾으려 한 것이다. 새로운 공간 형성의 시도로『묘표(Totenmal)』가 1930년 발표되었다. 1차 세계대전의 전쟁을 통하여 반전의 정신을 담은 작품으로, 군무의 공간 형성이 돋보인다. 작품 사이사이 음악을 대신하여 편지의 낭독과 독백 또는 무용수의 목소리가 직접 무대 공간 속에서 울려 퍼진다. 음악 대신에 낯설은 소리나 소음, 목소리의 공간과의 결합은 현실적 무대 위의 공간을 뛰어 넘어 우주적인 공간을 만나게 된다. 공간과 음악은 서로 씨줄과 날줄처럼 얽혀져 동작이라고 하는 하나의 그물망을 형성하고 있다. 무용은 공간 속에서 가시적인 몸의 움직임을 행하는 예술이다. 춤추는 주체자인 몸도 하나의 공간이요, 몸의 그 공간이 춤추는 장소 또한 하나의 공간이다. "리듬은 신체 내에서 경험되어 느껴진 인식에 의해 이루어지고 공간적인 형태로서의 리듬을 느끼는 인식을 이해함으로써 춤은 이루어진다."4)

공간에 그리는 몸의 움직임은 그 자체의 개별적인 리듬을 갖고 있다. 바로 몸의 내적 리듬이다. 이 리듬에 의해, 무음악 속에서도 침묵의 공간과의 조화가 이루어지는 동작이 만들어진다. 움직임은 빈 공간 속에서 존재한다. 공간이 없는 움직임은 불가능하다. 공간은 무용수와 불가분의 관계를 이룬다. 무용수가 어떤 의미를 갖고 움직임을 행하기 이전에는 무대는 현실적이고 일상적인 하나의 빈 공간이다. 하지만, 무용수가 그 빈 공간에서 의미를 가진 의도적인 동작을 실행하는 순간, 무대는 하나의 예술적

---

4) 최정자,『안무와 움직임』, 금광, 1988, 104면.

인 공간으로 변하게 된다. 무용수의 움직임이 정지되는 순간, 공간 속에 강하고 날카로운 음악 소리만이 계속되거나, 전혀 음향 효과를 주지 않을 때, 부동이 주는 긴장감에 의한 극적인 효과를 볼 수 있다. 낯설음에 대한 긴장감이요 예견할 수 없음에 대한 긴장감이다. 공간은 무용수의 몸을 지탱하고 있지만, 몸은 공간을 자신의 몸에서 소외시킨 듯한 순간으로 무용수의 몸과 무대 공간은 서로 부유하는 것 같기만 하다. 이때 공간과 관객의 상상력은 더욱 밀착된 관계를 맺게 된다. 이 순간, 예술의 내적 체험을 같이 공유하게 된다. 뷔그만은 바로 공간과 소리, 음악의 관계에서 나타나는 신체적 반응과 내적 정서의 체험을 인식하였다. 무용수들의 움직임이 음악이 있거나, 없는 상태 또는 침묵과 소음이 삽입되는 공간 속에서 어떻게 반응하는가 공간과 음악조건에 따라 다르게 움직이는 몸을 발견한 것이다. 뷔그만은 내적 리듬과 공간의 조화를 기본으로 무용수들의 몸과 그 동작들을 탐구하는 무용관을 내세웠다. 신비로움과 이국적인 면에 치중하여 그녀로부터 돌아선 무용가들이 있지만, 무용수의 신체, 특히 무음악을 통한 내적 리듬과 공간의 관계를 무용으로 실현함으로써 현대무용에 큰 영향을 끼쳤다.

4. 몸 공간의 확대

중력의 공간, 몸

마사 그래함(Martha Graham, 1893~1991)에 있어서 무용기법의 출발점은 삶의 근본적인 행위, 호흡하는 행동으로부터 시작한다. 몸통의 동작과 밀접하게 흐르는 내뱉고 들이마시는 호흡의 공기는 몸 속에서 순환하며 무용수의 몸에 생기를 준다. 그래함의 무용은 생물학적이고 자연적인 리듬으로부터 출발한다. 호흡은 경련적이고, 맹렬하고, 급격하고 충동적인 동작의 긴장감을 유발한다. 마치 거부하는 공간의 팽창된 힘에 저항하듯이, 몸은 무한대를 향해 제한된 공간에 대항해서 싸운다. 그래함의 예술관을 보면, 무용은 공간 속에 생기를 갖는 건축이다. 몸은 이제 더 이상 공기와 같은 가벼움으로 땅으로부터의 탈출을 시도하지 않는다. 무게를 내려놓으려는 듯, 중량감의 하향선을 그리는 바닥으로부터 벗어나려 하지만, 그럴수록 더욱 강한 힘으로 다시 땅으로 끌리듯 떨어진다. 자기(磁氣)를 띤 공간 속에서 무용수의 몸은 당기고 밀어내기의 싸움을 반복한다. 무용수의 몸이 지상적이고 육체적이고 물질적인 공간임을 더욱 강하게 인식하게 한다. 신체적 공간이 그려내는 상승과 하강의 반복에 의한 수직적 이동을 통해 스프링처럼 가장 확대된 공간과 가장 밀착된 공간으로의 미를 창조한다. 최대화된 중력을 이용한 몸의 공간은 이 우주를 떠받드는 원초적인 힘을 가진 땅의 이미지로 나타난다.

　　형태와 관련되는 공간의 특징은 무용수의 신체와 무대 공간의 수직적, 수평적, 사선적 차원의 변화를 들 수 있다. 수직선을 추구하던 발레의 공간과 달리 현대무용은 수직선을 기울이거나 비스듬하게 또는 비틀거나, 접는 공간의 형태로 만든다. 그럼으로써, 표현적 형식가치와 감정의 내면적 힘 그리고 동적인 에너지와 연결하여 미적 해석을 하게 된다. 〈사진 8〉은 1935년 그래함이 공연한 『개척자(Frontier)』 작품이다. 이사무 노구치(Isamu Noguchi)에 의한 무대장치의 공간을 이용하여 미국의 개척자의 영혼을 사선적 분할과 역삼각형의 구도로 나타내고 있다. 공간 안의 삼각형은 안정된 구도를 이룬다. 반면, 역삼각형에서는 지탱하는 한 점으로 모이는 힘을 갖게 된다. 땅과 연결된 오직 한 점에 의지하여 지탱하는 듯 보이는 역삼각형의 구도에 의해 개척자가 짊어진 임무처럼 무용수의 몸으로 무겁게 집중되는 중량감을 느끼게 한다. 동시에 양쪽의 사선으로 공중을 향해 펼쳐진 두 선에 의해 공간의 팽창적 의미를 갖는다. 열려진

〈사진 8〉

이 공간은 무한대를 향하고, 우주 전체를 담을 수 있는 역동적 힘의 공간으로 존재한다. 즉, 실제적 공간의 의미를 넘는 초월성을 획득하는 공간이다.

이 작품에서 무대 공간의 분할은 이처럼 양쪽의 날개와 같은 사선과 역삼각형 구도에서 볼 수 있다. 역삼각형의 구도를 떠받치고 있는 그래함의 몸은 하나의 중심점으로 우주의 에너지를 그녀의 몸의 공간으로 집중시킨다. 우주를 짊어지는 초월적 존재로서의 무용수 그래함은 손을 버팀목에 그리고 발을 바닥에 강하게 딛고, 자신의 몸의 무게와 우주의 무게를 받치고 있다. 중량의 거부가 아닌, 몸과 공간의 무게를 받아들임으로써 공간 안에 교류하는 힘의 응축과 원천을 즐기고 있다. 인간의 몸은 이와 같이 우주적 공기와 조화를 이룬다. 무용수의 몸은 최대한 공기를 이용함으로써 만들어지는 동작과 몸의 형태를 만들게 된다. 동작과 몸의 힘, 움직임의 방향에 의해 공기를 모으고 밀어내고 분해하고 합치고, 퍼뜨리는 등의 공간을 추구하게 된다. 〈사진 9〉에서 사선을 통한 외부 공간적

〈사진 9〉

팽창과 집중만이 있는 것이 아니라, 그래함의 몸 자체에서도 세부적으로 나타난다. 그녀의 몸은 중력을 마음껏 이용한 지탱과 함께 상승하는 비상을 동반하는 동작을 취하고 있다. 하늘 높이 쳐든 왼쪽 손은 수직적인 상승으로 개척자의 극복을 의미한다. 높이 쳐든 왼쪽 발의 사선의 형태는 외부 공간의 사선적 줄과 평행을 이루며 무한대로의 팽창의 의미를 함께 공유한다. 하지만, 그녀는 한가지의 의미와 에너지의 작용으로 만족하지 않는 다의성을 내포하는 동작을 만들어 낸다. 사선으로 높이 치켜든 왼쪽 다리의 무릎을 모가 나게 구부림으로써, 약동하는 손의 방향과 사선으로 올린 다리의 팽창적 에너지를 다시 자신의 몸 내부로 집중시킨다. 바로, 중심점으로의 회귀를 추구하고 있는 것이다.

고정된 공간에서 춤추는 공간으로

『마음의 동굴(Cave of the heart)』은 1946년 그래함이 남편 에릭 호킨스와의 갈등으로 인한 고통을 무용으로 승화한 작품이다. 이 작품은 메디아와 이아손의 신화적 소재를 다루고 있다. 복수의 화신으로의 메디아는 인간 본성의 가장 어두운 곳에 숨어 있는 질투와 부정적 감정을 상징한다. 원제는 『뱀의 마음(Serpent heart)』이었다. 유혹자이자 간교한 자, 파괴자의 본성을 무의식에 담고 있는 인간의 원형을 그려내고자 했다. 이 무용의 주제는 스스로 자양분을 만드는 사랑, 그러나 그 사랑이 반대에 부딪혔을 때 자신의 만족을 복수에서밖에 찾을 수 없는 소유와 파괴를 갈망하는 사랑으로 하고 있다. 인물은 마법사 메디아, 희생자인 크레온의 딸, 모험가인 이아손이다.

〈사진 10〉

노구치는 메디아를 위한 공간으로 거대하고 섬세하며 뾰족하고 날카로운 금속의 장식을 무대 한가운데에 설치한다(〈사진 10〉). 뾰족한 금속의 가지가 수없이 뻗어 있는 이 장식은 무대 한가운데에 고정된 공간으로 설정되어 있다. 이 공간은 질투의 화염이 끓고 있는 폭발 직전의 화산과 같은 존재이다. 강렬하게 치솟는 불길 같은 날카로운 금속들은 메디아의 몸이 스칠 때마다 질투의 불꽃이 흔들거리며 분출하듯이 흐느적거린다. 이 장식은 단순히 기능적인 무대장치로만 존재하는 것이 아니라, 무용의 흐름에 따라 점차 다양한 내적 의미를 담게 된다. 메디아가 지닌 마법의 힘은 영기를 품은 존재이자, 정열의 덫으로 변하기도 하고 마지막에는 다시 돌아가는 태양을 암시하는 다의성을 내포한다. 메디아는 그녀가 사랑하는 이아손이 크레온의 딸과 서로 사랑하는 모습을 금속장식 뒤에 숨어서 바라본다. 질투에 눈먼 유혹자의 모습으로 메디아의 입에선 빨간 뱀이 계속 피처럼 줄줄이 스며 나온다. 질투로 배고픈 뱀처럼, 달콤하게 이브를 꼬여내던 요염한 혓바닥처럼 유혹적인 몸동작으로 이 원통철조망의 장식 안으로 몸이 미끄러져 들어간다. 이제 질투의 가시와 그녀는 하나이다. 등에 활짝 펼쳐진 날개로 질투와 복수의 불꽃을 태우고 있다. 질투의 가시는 춤의 불꽃으로 타오른다. 고정된 공간의 질투의 화염이 움직이는 춤의 불꽃으로 변신한 것이다. 그녀가 움직일 때마다 강렬한 금속성의 날카로움은 조명을 받으며 더욱 차가운 빛을 발산하고 있다. 장식으로의 고정된 공간이 움직이는 몸의 춤추는 공간으로 전이하는 순간이다. 이러한 공간의 전이는 무용수의 무의식에서 상징으로의 공간과 내면의 세계와의 거리가 소멸됨으로써 발생한다. 두 공간사이에 거리가 부재한 상상력과 무의식을 통해 하나가 되어 질투의 불길은 자연스럽게 무용수의 몸으로 옮겨 붙는다. 몸의 부분 부분이 유기적인 연결이 이루어지며 흔들리는 차가운 금속성 가시의 빛은 그녀의 몸으로 체화하여 내면의 질투가 외부의 가시로 솟아오름으로써 분출한다. 도구의 몸화로서 장식의 체화가 발생한다. 고정된 공간은 움직이는 무용수의 몸공간으로 몸화·체화된다.

그래함은 침묵의 공명을 공간 안에 퍼뜨리는 아름다운 조각을 섬세하게 활용하였다. 이러한 장치나 장식은 무대 안의 기능적인 역할과 함께 춤추는 몸이 움직일 수 있는 공간을 제공해 준다. 더나아가, 무대를 작고 은밀한 공간, 폐쇄된 닫힌 공간이나 열린 장소로 분할시키면서 장소의 의미 또한 변화한다.『마음의 동굴』에서는 메디아의 질투와 복수의 불이 타오르는 날카로운 금속으로 된 장식을 무대 한 가운데에 놓았다. 이것은 무대 공간으로서의 기능에서 춤추는 몸의 의상이자 동시에 내면적 감정의 표현인 몸의 움직임으로 변하기도 한다. 고정된 장소로서의 장식은 의미상의 변화뿐 아니라 스스로 춤추는 장소로 변하여 또 다른 공간으로서의 의미를 부여하게 된다.

이와 같이, 무대 공간의 몸과 움직이는 몸은 하나의 공간으로 시로 교류한다. 몸의 수축 / 이완(contraction / release)동작을 통해서도, 외부 공간인 장소와 내부공간인 무용수의 몸들의 대화를 듣게 된다. 이러한 공간은 몸의 이완 동작을 통해 공간 속으로 펼쳐 나가는 또는 멀리 달아나는 선을 만들기도 한다. 반대로 수축 동작을 통해 춤추는 몸의 중심을 향해 공간이 모여지고 닫히기도 한다. 몸은 중심을 결정하는 고유한 공간을 갖는다. 그러나 몸은 외부 공간인 장소에서 움직이기 때문에, 이 중심은 임시적이고 순간적이고 덧없는 것이다. 이러한 의미에서 몸은 장소 속의 또 하나의 장소이다.

그래함의 의상은 길게 늘어지며 세세한 주름을 만드는 치마와 몸의 근육이 그대로 드러나는 타이즈를 자주 이용한다. 몸의 공간이 공간 안에 그려내는 형태를 중요시하여, 공간에 그어지는 선의 아름다움을 창조했다. 그것은 춤추는 몸의 공간이 만들어 가는 순간적 형태와 함께 몸을 둘러싸고 있는 외부 공간이 그려내는 순간적 형태의 아름다움을 동시에 갖춘 창조라 하겠다. 몸의 움직임을 따라 공중에 휘날리는 치마의 흐름을 공간 속의 형태로 이용하였다. 의상의 펼쳐지고 가라앉는 주름에서 생기는 음영의 효과는 움직임의 섬세함과 깊이를 강조한다. 치마의 가장자리는 빈 공간인 공중에 울퉁불퉁한 선을 그려내면서 획을 긋기도 하고 공간을 잘라내는 분할의 역할을 한다. 움직이는 몸을 따라 그려내는 옷의 선을 통해 공간 속의 하나의 형태가 만들어진다. 동시에 펄럭이는 옷의 선에 의한 외부 공간의 형태를 만들어 내고 있다. 조각한 상(像)의 면(面)과 배경이 되는 면의 이중면을 갖는 부조처럼, 두 공간과 두 형태를 만들어 낸다. 마치 부조의 음과 양의 틀과 같이 서로의 존재가 상호보충적이다.

몸의 공간과 외부의 공간과의 역동적 에너지의 교감을 위해, 그

래함은 나선형의 운동감을 이용한다. 서 있는 자세의 수평선에서
몸의 중심점을 향한 나선형의 흡입력, 또는 낙하의 수직적 방향으
로 휘감아 내려가는 나선형의 심연 등 다양한 나선형의 동작을 보
인다. 나선이 소용돌이치는 삼차원의 운동감은 호흡의 수축과 이완
동작을 이용한 것으로 원초적이고 우주적인 공간으로의 심화를 가
져온다. 몸의 중심이라는 공간에 대한 미적 활동이 일어난다. 느리
게 상체를 나사모양으로 비틀며 고통스럽게 가슴을 열어 뒤로 젖
히면서 바닥으로 쓰러지는 모습은 절망감을 느끼는 동작의 이미지
를 연출한다. 〈사진 11〉에서도 나타나듯이, 절망적인 운명은 이마
에 손을 얹는 여인의 비극적인 극적 동작을 통해 실현된다. 이 동작

〈사진 11〉

에 동반하여 펼쳐지는 치맛자락은 더욱 가냘픈 여성적 이미지를
그려내지만, 반면 그러한 강도로 강렬한 내적 힘과 에너지의 메아
리를 공간 속에 흘려보낸다. 치마의 주름과 펴지는 공간 속의 형태
에 따라 상향과 하향의 역동적인 에너지를 전달하게 된다.

그래함은 무용수의 몸으로 새로운 공간을 계속적으로 그리면서
형태를 만들어 간다. 발레의 수직적인 차원의 장소에 새로운 차원
의 공간이 발생한다. '성벽 요철 모양(Créneau)'과 같이 '세 박자 걷기
(Triplet)'는 빈 공간 안에 또 다른 공간이 건축되는 대표적인 경우이
다. 세 박자 스텝에서 두 스텝은 발끝을 세우고 demi-point로 높게
뛰듯이 걷고, 마지막 한 스텝은 발바닥을 바닥에 대며 뛰면서 낮게
몸을 수직적 이동을 하게 된다. 이 동작의 연속은 몸의 공간의 높낮
이가 빈 공간 안에 계속적으로 그려진다. 즉, 연속적으로 이동하는
몸의 공간의 선은 중세 성벽의 요철과 같은 형태를 만들어 내는 것
이다. 보는 사람의 반복에 의한 시각적 기억을 위해 세 박자 걷기
(Triplet)는 빠른 동작으로 이어져야 한다. 이 동작의 흐름은 공간을
수평적으로 둘로 나누고, 세 박자의 수직적 변화에 의해 성벽의 요
철 모양이 만들어진다.

반복 동작과 공간적 증폭

반복적으로 지속된 행동들은 시각적 기억에 의해 이미지화하여
무의식적 고정관념으로 일정한 감정을 지니게 된다. 이러한 동일한
시각적 이미지에 외부의 자극이나 충격을 받으면, 즉각적인 심리적
변화와 그에 따른 발전된 감정을 갖게 된다. 반복되는 동작이 실행

되더라도, 시각적으로 각인된 잔상들보다 더 강한 자극의 반복동작을 대하면, 우리의 감정은 이전과 다르게 반응하게 된다.『미궁의 임무(Errand into the maze)』(1947)에서, 아리아드네가 미궁 속의 실을 따라 걷는 반복동작이나, 커닝햄 무용에서 이시성 반복동작에 의한 시각적 이미지의 통일성을 들 수 있다. 이시성 반복은 공간성과 시간성을 지닌 무용에서 가능한 미적 형식이다. 이시성 대칭형은 우측에서부터 일어난 운동 현상이 끝나는 순간에 좌측에서 같은 현상이 일어난다. 한 공간에서 우측 운동과 좌측 운동은 대칭 운동이지만, 시간적으로는 동시가 아니고 차례 차례로 일어나는 것이다. 이러한 미적 형식은 빈 공간에서 움직이는 몸의 공간 구성으로 커닝햄의 무용에 특징적으로 나타난다. 또는 마리 뷔그만의『무녀의 춤』에서 보이는 반복의 제의적 행위는 신비로움의 세계와 점층적인 환상의 세계로의 초대를 유도한다.『미궁의 임무』에서, 아리아드네가 미궁에서 탈출하기 위해 입구에서부터 풀어놓은 실을 따라가는 미로의 여정은 반복에 의해 그 감정과 공간의 의미가 증식되고 확대된다.

『미궁의 임무』에서, 아리아드네의 실따라 걷는 동작의 되풀이는 변화된 점층적인 반복 효과를 갖고 있다. 처음의 걷기와 달리 두 번째는 음악의 빠른 템포와 함께, 신체적 리듬과 감정의 급박한 변화와 긴박함, 절실함의 더 큰 폭의 움직임과 걸음걸이를 보인다. 즉, 같은 반복이지만 점층적 변형을 갖는 반복이다. 두 개의 사진에서 비교할 수 있듯이, 첫 번째 여정(〈사진 12〉)에서의 아리아드네의 몸의 움직임과 공간의 역동성은 잔잔한 내면의 공포와 미지의 공간을 탐색하는 두려움의 여정이다. 하지만, 두 번째의 여정(〈사진

13)〉은 몸의 움직임이 내적 감정의 리듬을 타고 빠른 속도와 더욱 모난 형태의 몸의 움직임으로 실을 따라 걷는다. 이때 실을 쫓아가는 미로의 공간은 초조함과 두려움의 임박함, 그리고 몸과 공간과의 격렬한 충동과 저항의 역동적 에너지의 움직임으로 나타낸다. 외부 공간과 그 안의 공간인 몸 사이에 움직임의 교감이 활발하게 일어나고 있다. 두 번째의 실을 따라 걷는 공간은 첫 번째의 공간과 다른 역동성을 갖는다. 기억된 시각적 이미지가, 변형된 증폭의 반복 동작에 의해 갑작스런 충격과 긴장감으로 한층 발전된 감정으로 승화시키기 때문이다. 아리아드네의 점차 변형된 반복적 리듬의 몸짓은 수직선의 흔들림을 가져오면서 동적인 힘을 나타낸다. 두 번째의 여정 〈사진 13〉에서 무용수의 몸은 〈사진 12〉에서보다 등이 사선으로 더 뒤로 젖혀져 있다. 또한, 걷는 걸음마다 더 큰 폭의 스텝과 빠른 속도의 걷기가 실행된다. 몸의 움직임의 폭이 넓고 몸의 젖힘의 폭이 넓어짐에 따라, 그려지는 공간 속의 형태 또한 더욱 다양해지고 변화가 크게 나타난다. 두 여정 모두 엇갈리는 발디딤을 볼 수 있다. 그러나 〈사진 13〉에서, 오른쪽 발이 엇갈려 실의 왼쪽 공간을 밟을 때, 몸은 더욱 크게 오른쪽으로 기울여진다.

균형을 이루던 양쪽 팔의 대칭은 척추의 휘어짐과 함께 좌우 대칭
에서 불균형으로 공간의 파괴를 가져온다. 두 발이 실을 따라 걸을
때마다 실 위로 엇갈리는 스텝의 동작은 그만큼 강하게 엇갈려있
는 복잡한 미로를 그려낸다. 그녀의 내면적 갈등의 극렬함만큼 몸
과 부딪히는 공간사이의 역동적 에너지는 공포와 두려움의 현기증
을 동반한다. 또한, 그 미로 안에서 엇갈리는 아리아드네의 출구
찾기라는 내적 의미를 갖고 있다.

5. 동작과 공간

　2차대전 이후, 시대적 요구에 의해 설명적 요소나, 클라이막스적
사건과 이야기 전개, 감정의 투사와 내적 감정의 노출을 제거한 무
용이 등장하기 시작했다. 무용에서 음악, 무대 장치, 무용수가 개별
적 독립성을 유지하면서 각각의 영역에서의 자기도취에 의한 발전
을 꾀한다. 동시에, 독립적 활동의 각 요소들이 한 무대 위에서 춤
추는 몸을 중심으로 같이 호흡하게 된다. 이때, 무용수의 동작 또
한 이전의 무용과는 다른 해석과 의미를 갖게 된다. 즉, 동작은 그
내적 표현과 의미보다 그 행위 자체에서 중요성을 찾는다. 바로 동
작 자체만으로도 충분히 의미성으로 충만해 있기 때문이다.
　머스 커닝햄(Merce Cunningham, 1919~)은 마사 그래함의 무용단에
서 활약하다가 그래함의 유미적인 무용에 반기를 들며 자신의 무

용단을 창립한다. 동작 그 자체를 중시하여, 동작이 갖는 시간과 공간의 상호작용에 의한 무용을 만든다. '모든 움직임은 춤이다'라는 무용관으로 커닝햄은 새로운 시간과 공간의 리듬 구조를 발전시킨다. 신체에서 표현할 수 있는 다양한 움직임은 무용수들마다 다르게 표현된다. 이것은 각각의 몸이 갖고 있는 리듬과 내적 에너지의 개별성 때문이다. 커닝햄의 무용수들은 흐르는 음악에 몸을 움직이기보다는, 음악과 상관없이 내적 리듬에 움직이는 몸을 맡긴다. 몸은 자연적인 리듬이 다르게 실행되는 장소이다. 무용은 몸짓의 음율적인 연속이기 때문에 무용수의 몸은 고요 속에서 자신 내부의 리듬을 발견한다.

"동작과 정신적 그리고 정서적 소유물, 기질 사이의 긴밀한 관계 때문에 각 동작의 고유한 타입을 가르친다는 것이 불가능하다"는 존 마틴[5]의 말을 주의 깊게 생각해 볼 필요가 있다. 즉, 무용수 각각의 몸이 지닌 고유성과 천성적 리듬에 따라 다르게 발생하는 에너지를 발견하게 된다. 순간적으로 창조되는 이러한 무용은 무용수들의 혼이 들어 있는 숙련된 춤으로 자신만의 고유한 미학을 지닌 춤 예술로 발전시키게 된다.

따라서, 한 동작에 대하여 각각의 무용수는 서로가 다르게 갖는 리듬을 측정한다. 이것은 자신만의 동작의 시간을 알아보기 위해서이다. 내적 리듬은 동작의 흐름을 만든다. 각 무용수들은 자신의 몸이 향유하는 한 동작의 시간에 익숙해져야 한다. 또한 각자 다르게 향유하는 한 동작의 공간을 유지하기 위한 시간을 서로가 감

---

5) John Martin, *The modern dance*, *Dance Horizons*, New-York, 1968, p.15.

지해야 한다. 무용수들간의 관계, 무용수들과 공간과의 관계, 무용수들의 내적 리듬과 공간의 관계, 내적 리듬과 동작의 흐름에 의한 공간성, 이 모든 것은 커닝햄의 훈련된 우연의 창조를 만들어낸다. 의미와 정서는 이렇게 고유한 내적 리듬의 공간으로 얽혀 있는 무용수들간의 관계에 의해 구축되는 동작으로 전달된다.

커닝햄 무용은 흩어지고 다시 얽혀지는 무용수들의 동작을 통해, 공기가 펼쳐 나가거나 모아지는 공간을 만들기도 한다. 몸은 중심을 확인시키는 고유한 공간을 갖는다. 그러나 몸은 장소에서 움직이기 때문에, 이 중심은 끊임없는 이동을 한다. 중심은 소멸되는 순간, 또 다른 중심을 만든다. 이처럼, 커닝햄 무용의 공간은 분산적이면서, 순간적인 움직임으로 가득 차있다. 무용수들의 움직임은 에워싸고 있는 공기의 형태에 변화를 주게 되며, 역동적인 활동성을 부여한다. 무용수들의 몸은, 때로는 작은 공간에 닫혀 있기도 하고, 때로는 온 공간을 다 채우기도 한다. 무용은 그만큼 공간 속에서 구성되는 예술 행위인 것이다. 커닝햄의 무용수들의 빠르게 교차하는 몸의 움직임 사이에서 우리는 흐르는 공간을 포착할 수 있다. 그 순간, 몸과 공기 사이에 하나의 형태가 만들어진다. 덧없는 순간적 공간의 형태이다. 곧, 새로운 공간을 만들기 위해 그 형태는 사라지고 다시 만들어진다. 커닝햄의 무용 미학은 이렇게 흐르는 공간의 활기와 생명력에 있다. 이 공간에는 중심점이 없다. 무용수들의 몸이 움식이는 상소라면 어느 곳이는 중심이 될 수 있다. 무용수의 움직임이 갑작스러운 단절과 불규칙적인 리듬을 강조하기도 한다. 안무가에 의해 창안된 동작은, 그것을 실현하는 무용기에 의해 자기 것으로 만들게 된다. 그리고 동작을 직접 체험하는 무용수 자신에 의해 완성된다. 동작 그 자체에 의한 훈련에 의해 무용이 완성되는 것이다. 동작의 감정은 형체화되었을 때, 비로소 그 안에 존재하는 것이다. 훈련에 의한 체험으로 구체적인 동작과 움직임을 구사하는 무용수들은 훈련된 약속의 우연성에 근거한 춤을 춘다. 내적 정서의 외부적 표현으로 의미나 감정을 전달하는 것이 아니라, 동작으로 형태를 만듦으로써 의미를 전달한다. 동작 그자체로서 충만한 의미이다. 안무된 한 동작에도 각 무용수마다의 서로 다른 방식으로의 움직임을 존중하는 동작을 이용한다. 커닝햄의 무용에서는 무대 위를 횡단하는 무용수들이 약속한 한 지점에서 하나의 동일한 동작을 취하도록 하는 훈련을 이용한다. 이때, 자신의 고유한 내적 리듬에 의해 그리고 그 동작의 실행에 의해 각각의 무용수들은 동시에 한 공간에 밀집해 같은 동작을 취하는 무리를 만들기도 한다. 또는 순차적 나열에 의해 바톤을 이어받듯이 한 지점에서 동일한 동작을 실행하고 지나가기도 한다. 계산된 우연적 즉흥 무용은 무용수 개인의 내적 리듬과 동작의 형태에 담기는 또는 발산하는 에너지와 힘의 개별성을 즐기는 것이다.

수평적 공간으로의 척추

깨끗한 척추의 선은 커닝햄 무용의 중요한 동작이다. 척추의 경직이 아닌, 흐름이 정리된 척추의 긴장된 선을 연출한다. 척추는 팔과 다리의 근간으로서의 중심 역할을 벗어 버린다. 그 자체로서 스프링처럼 신축성 있는 긴장과 이완, 그리고 회전을 한다. 그래함의 두 개의 축인 척추와 골반을 요구하는 기법과 달리 커닝햄은 척추의 수직적 운동에 의존한다. 서로 지탱하는 커플의 동작에서도 깨끗한 척추의 긴장된 선을 강조한 순간적 일치를 가짐으로써 현대적 감각의 기하학적 형태를 만들어 낸다. 한편, 무용수들의 동작은 시간적 차이를 두고 각자 다른 장소에서 실행되기도 한다. 이것은 공간 안에 이시성 대칭을 만든다. 즉, 한쪽의 운동 현상의 시각적 이미지가 기억에 남아 있는 동안에 다른 반대쪽의 동작이 반복하여 일어나야 바라보는 사람은 반복 효과를 느낄 수 있다. 반복운동은 잔상이 남아 있는 짧은 시간 안에 다시 실행되어야 의미의 증폭에 의한 감동을 느끼게 된다. 무리에서 떨어져 한 구석에서 자신의 동작에 도취되어 춤추고 있는 무용수의 공간은 밀폐된 듯, 외부공간에 대해 닫혀져 있고 단절되어 보인다. 하지만, 자신의 공간에서의 동작은 동시에 다른 공간의 무리들의 동작과 유기적인 관계를 맺고 있다. 이것은 나의 몸뿐 아니라, 다른 무용수들의 몸도 지각할 수 있는 훈련과 감각에 의해 가능하다. 타자의 몸을 통해 나의 몸을 포착하는 것이다. 두 공간의 분리가 대조적이고 낯설기 때문에, 관객들은 이 두 공간의 관계에 대해 새롭게 구성하는 상상력의 활동을 증폭시키게 된다. 상상력의 유동성에 의해 떨어져 춤추고 있는 두 무리의 무용수의 공간은 더욱 강한 밀착력과 내적 상호작용에 의한 변화의 미를 찾게 된다.

    깨끗한 척추의 선에 대한 몸의 개념은 공간의 형태를 좌우한다. 공간 안에서 그려지는 선과 형태가 척주에 의한

〈사진 14〉

공간 안에서 그려지는 선과 형태가 척추에 의한 수평적 움직임에 의해 건축되기 때문에 이분화된 상·하 즉 하늘과 땅의 분리감이 더욱 부각된다. 이러한 수평적 선과 공간의 개념은 공간의 흐름에 의한 중요한 신체적 움직임을 실행하게 한다. 따라서 커닝햄 무용은 다른 무용단의 몸풀기 연습과는 달리 바닥에서 시작하지 않는다. 동작에서 깨끗한 수직적 척추의 선을 유지하기 위해, 유동성의 서 있는 자세에서 훈련을 시작한다. 물이 흐르듯 항상 유동하는 몸의 공간을 최대한 활용하는 것이다. 신체를 굽히거나, 뒤로 젖히거나, 또는 이 두 동작을 조화시킬 때도, 허리의 선의 흐름은 굴곡을 주지 않는다. 대신 서로에게 기대거나 넘어지는 동작에서 바닥에 닿기 전에 지탱하거나 받치는 동작을 취한다. 이 순간, 무용수들은 근육의 모든 긴장을 이완 상태에 놓는다. 무게의 중력으로부터 벗어난 몸으로 지탱하는 몸을 만나는 것이다. 훈련된 우연은 자연스러운 신체적 접촉을 가져온다. 서로가 불시에 마주치기도 한다. 이 순간 상호신체성이 일어나며 무용수 각각의 몸의 공간의 교류가 활발하게 실행된다. 또는, 훈련된 우연이 만들어내는 두 무용수의 몸의 지탱과 기댐의 관계를 만들기도 한다. 다른 무용수의 몸을 빌어 기대거나, 팔로 지탱하면서 몸의 체중을 길게 늘여주는 이완의 동작을 보인다. 중력을 느끼는 몸이지만, 외관상 중력을 느끼지 못하는 몸처럼 보인다. 지구 인력에 의한 낙하에 대항하기 위해 몸을 비틀지 않는다. 땅으로부터 벗어나기 위한 역방향의 힘도 보이지도 않는다. 오히려 무게의 흐느적거림을 몸에 담고 즐기는 듯하다. 그들의 몸은 수평적 공간을 유지하고 있을 뿐이다. 몸의 중력을 최대한 이용한 그래함의 무용은 바닥으로의 하강과 더불어, 몸의 수직적 변화와 이동을 중요시한다. 반면에, 몸의 중력을 무시하는 커닝햄의 무용은 바닥으로의 완전한 낙하는 거부하며 수평적 이동으로의 변화를 갖는다. 하지만, 공중에 떠있는 상태와 같은 가벼운 공기의 몸을 만드는 고전 발레의 중력의 부정과는 다르다. 무중력의 환상은 무용수들의 높이뛰기에서 그 빛을 발한다. 마치 상승의 절정에 도달한 듯한 초월의 의미를 이 동작에서 읽게 된다. 무중력의 환상의 동작은 몸의 이완이 수반되기 때문에 다른 무용수의 지탱에 의해 이루어진다. 인간의 몸이 중량적 존재, 질료적 존재, 지상적 존재이지만, 몸이 땅으로 낙하하기를 거부한다. 신체의 동작들은 서로 제멋대로 얽혀 있는 듯하고 공간은 집중된 무용수들의 치중으로 공간의 무게감이 불균형하게 보인다. 하지만, 그 안에는 통일성과 조화가 지탱하고 있다. 감정을 외부로 표현하지 않고, 단지 동작으로 전달한다.

상체의 구부림 동작에서도, 〈사진 15〉에서 보듯이, 척추는 항상 깨끗한 선을 유지한다. 척추의 선의 지탱과 달리 두 팔은 무기력하게 떨어져 있는 모습을 확인할 수 있다. 팔과 다리와 상관없이 척추의 운동감을 갖고 있다. 신체의 체중을 이용할 때도 그대로 바닥으로 낙하하지 않는다. 척추의 수직선을 유지하며 수평적으로 이동하면서 동작은 공중에서 실행된다. 수직 대신 사선의 다리와 긴장된 그러나 경직되지 않은 척추의 꼿꼿함을 보인다. 이 형태는 현대의 특징인 사선과 각도를 유지하는 공간의

〈사진 15〉

팽창된 힘을 강조한다. 몸은 동작 그 자체를 통해 형체화한다. 무의미하고 다듬지 않은 질료적인 몸은 순간적 동작을 통해, 형태를 만들게 된다. 기하학적인 현대적 선과 형태 그리고 기계적인 느낌이 드는 감정 배제의 동작들의 실현을 통해, 오히려 예기치 못한 인간의 몸의 결함을 발견하게 된다. 이러한 동작은 인간의 모습을 있는 그대로 반영하는 인간적 공간으로 제공된다.

커닝햄의 무용은 무용수의 몸이 갖고 있는 각자의 내적 리듬과 움직임의 형태가 품어내는 에너지로부터 출발한다. 그로 인해 만들어지는 공간 형태의 교감에 의한 계산된 순간적 우연의 예술을 향유한다. 우연에 의한 공간의 형태를 만들며 동시에 구축된 공간을 분산시킨다. 〈사진 16〉의 무용수들은 모두 같은 동작의 형태를 취하고 있지만, 그들의 몸의 방향과 기울인 각도 등에 의해 다른 동작의 실현처럼 보인다. 뒤로 젖혀진 동작에서도 항상 척추의 선은 깨끗하게 정리되어 있다. 신체의 부위들은 약간 휘어진 긴 직선을 이루는 선의 미를 특징으로 한다. 무용수들은 갑자기 한 방향으로 물고기떼처럼 몰려가기도 하고, 갑자기 물의 흐름이 끊어진 것처럼 한순간 여러 방향으로 흩어지기도 한다. 보이지 않는 공기의 역동적 흐름을 감지하면서 무용수들은 제각기 자신의 방향으로 다양하게 흩어지고 한 공간으로 집중되기도 한다. 이때의 분산과 모임의 구성은 무용수들이 나의 몸과 다른 무용수들의 몸 그리고 무대라는 공간 의식을 끊임없이 갖고 있는 고도의 훈련을

〈사진 16〉

통해 가능하다. 서로의 우연적 동작을 통해, 무용수는 자기만의 동작을 상대를 통해 발견하게 된다. 마치 거울의 작용과 같다. 타인을 몸을 통해 자신의 신체를 느끼고 통제하고 형태를 완벽하게 구성한다. 모든 공간은 춤추는 장소로 제공된다. 우연이 만들어내는 공간과 힘의 관계에 의한 미학을 무용수들의 몸 공간의 교류, 즉 신체 상호교류에 의해 발견하게 된다.

커닝햄의 무대 공간은 분산적면서도 밀집적이다. 사건은 여기저기서도 일어나고 한 곳에 집중해서 일어나기도 한다. 다발적이고 비순차적이면서도 동시에 일어난다. 무용수들은 혼자 자신의 동작에 취해서 춤을 추다가도 갑자기 우르르 몰려 한 무리가 된다. 한 쌍을 이루기도 하고, 무리를 형성하기도 하고, 갑자기 흩어져 혼자가 되기도 한다. 또는, 몇몇씩 무리진 무용수들이 각자의 점유한 장소에서 동시에 같은 동작을 취하기도 한다. 〈사진 17〉에서도, 기댐과 지탱이라는 형태로 커플의 동시적 동작이 실현되는 순간이다. 그러나 각 커플이 공유한 공간에서 그들만의 개별성을 지닌 동작을 연출해 낸다. 커닝햄의 무용은 우연의 연속과 무용수들의 공간 이용과 교류를 중시한다. 공간에는 고정된 지점이 없다는 기본 미학의 개념을 갖고 있다. 커닝햄 역시 그래함처럼 70대 노령에도 무대위에 선다. 하지만, 관절의 노화와 마비 등으로 인한 장애에도 불구하고 무대 위의 그는 아주 예리한 시선으로 공간을 감지한다. 그리고 잘 훈련된 노련한 그리고 분명한 동작으로 공간

〈사진 17〉

의 전체 구성과 세부 구성을 동시에 인식하면서 동작을 만들어 간다. 즉 나의 몸이 공간 속에서 어떠한 형태와 공간을 만들어가는지 의식하고 느끼고 있다는 것이다. 그것은 순간적이고 우연적이고 동시적으로 일어난다. 무대 위의 공간 이동은 규칙적이면서도 불규칙하다. 이것은 현대인들이 자유에 대해 갈구하는 모습 그 자체를 나타내고 있다. 커닝햄의 무용은 에너지가 물살의 힘에 의해 물고기떼가 몰려가고 흩어지듯이, 무리들이 몰려 한꺼번에 밀려갔다 밀려오기도 하는 내적 리듬감을 갖고 있다. 이런 집중된 밀집 상태에서 갑작스런 정적으로 긴장된 순간을 갖는다. 고요는 자연의 한계를 넘나드는 무형적 존재이다. 그 순간적 절정은 관객의 집중된 시선과 숨이 멈추는 순간이기도 하다. 또한 고도의 긴장감이 무대 공간과 관객석 공간을 긴밀한 끈으로 연결하고 있는 순간이기도 하다.

공간을 형성하는 가장 기초적인 요소는 신체의 공간이다. 신체의 공간은 형태를 만들고 이것은 곧 미적 감각, 형식미로 전달하게 된다. 무용수들은 거추장스런 치장과 의상을 벗어 던지고 근육의 세세한 움직임까지 느낄 수 있는 꽉 끼는 타이즈를 입고 춤을 춘다. 가장 최상의 몸, 있는 그대로의 몸으로 움직임을 보여주는 것이다. 공간 속에 움직이는 육체가 할 수 있는 모든 동작, 이 동작들의 탐색으로 무용을 창조한다.

〈사진 18〉에서 커닝햄 무용수들은 같은 형태의 동작을 취하고 있다. 그러나

〈사진 18〉

가운데 원을 중심으로 다른 방향을 향함으로써, 다양한 형태와 분산된 공간을 만들어낸다. 형태의 다양함과 공간의 에너지가 관계를 맺음으로써 분출하는 힘의 운동감을 느끼게 한다. 무용수들의 다양한 몸짓은 공간 속으로 분산되는 선을 그려내기도 하고, 춤추는 몸을 중심으로 집중되는 공간을 만들기도 한다. 몸에 붙는 타이즈를 입음으로써 자유로운 몸의 움직임과 몸이 그려내는 형태를 강조하는 운동 자체의 표현에 치중한 무용이다. 특히, 이들의 동작은 같은 동작의 다른 방향을 가짐으로써, 각각의 무용수마다 공간 속에 다른 형태와 다른 에너지를 분출하게 된다. 벗은 것과 같이, 몸의 근육이 세세하게 그대로 드러나는 타이즈를 입은 무용수들의 몸은 자연 그대로의 몸의 움직임을 보여주는 나체의 의미와 통한다.

그래함의 무용에서도 몸이 그대로 드러나는 타이즈를 입은 무용수들을 통해, 벗은 몸을 연출한다. 벗은 몸은 인간이 가장 자연스럽고 편하게 연출할 수 있는 하나의 의상이다. 단순하게 끈으로만 나선으로 휘감은 몸은 인간의 내적 에너지의 강렬함과 격렬함이 동시에 욕망으로 억압되어 있음을 상징한다. 무용의 도구인 몸의 벌거벗음은 중요한 코드로 등장한다. 육체적 벌거벗음은 곧 정신적 벌거벗음을 의미한다. 즉, 이전의 자신의 존재를 무형화하여 거듭날 준비가 되어 있는 입문자와 같은 상태이다. 벗은 몸은 이처럼 영혼과 육체의 융합의 물질화로서, 나체는 바로 다른 영혼의 세계와의 만남의 가능성을 열어놓은 준비상태라고 볼 수 있다. 영원한 가치의 획득을 벌거벗음이란 상징적 코드를 통해 얻게 된다. 벌거벗음은 재료로부터 형태로의 가장 완벽한 변신이 가능하다.

즉, 다듬지 않은 무의미했던 물질은 하나의 형태로서 의미를 담게 된다. 따라서 자연 그대로의 몸의 재쟁취를 통해 근원의 세계에 대한 우주창조의 개념을 되찾게 되는 인간성 회복의 의미를 갖고 있다. 현대에 와서는 특히 커닝햄의 무용에 대한 기호학적 연구가 활발히 이루어지고 있다.

6. 예술 공간의 창조

공간은 무용수의 몸이라는 공간과 서로 불가분의 관계를 맺는다. 점의 구심적 긴장감이 파괴되어 사라지면 동작에 의해 또 다른 점으로의 이동을 하게 된다. 이런 점들의 흔적을 연결해보면 線이 그려진다. 동작은 이 점들의 흔적을 공간 안에 그려가는 것이다. 이 선은 공간 속에 여러 형태를 만들어낸다. 선으로 어떤 형태를 둘러싸면 면을 구축하게 된다. 면은 공간에서 동작과 동작의 연결 부분에서 형성된다. 이 공간은 수직적이거나 수평적인 움직임 등 다양하게 나타난다. 동작을 행하는 몸은 중심점이 있다. 이동하는 방향이나, 몸의 무게의 치중에 따라 중심점은 이동한다. 이렇게 동작은 중심의 연장이라고 볼 수 있다. 중심점의 흔적들을 이어보면 하나의 동작의 움직임이 공간으로 존재하여 공간 속에 생동하고 있음을 발견하게 된다. 동작은 장소를 차지하고 장소라는 공간과 더불어 몸의 공간도 존재한다. 서로에 의해 존재를 확인하는 빛과 그림자와 같이 에워싸고 안기는 두 공간, 무용수의 몸과 무대의 공간은 이렇게 불가분의 교류 속에서 의미를 갖는다. 결국 무용수의 몸과 함께 외부 공간도 스스로 춤추는 몸으로서의 생명력을 획득하게 된다.

부조는 조각한 상(像)의 면(面)과 배경이 되는 면의 이중면을 갖는다. 마치 부조의 음과 양의 틀과 같이, 서로 감싸고 안기는 두 공간과 두 형태를 만들어 내는 것이 무용이다. 즉, 무용이 행해질 때, 춤추는 몸과 몸을 둘러싸고 있는 또 하나의 몸인 공간이라는 두 공간이 생겨난다. 그리고 춤추는 몸이 만드는 형태와 그 형태를 감싸며 자신의 형태를 만드는 공간의 형태가 만들어진다. 하지만, 동작이 만들어 낸 두 공간이나, 두 형태, 어느 것도 자신의 흔적을 남기지 않고 사라진다. 공간 속에서 만들어지는 하나의 동작은 또 다른 동작을 탄생하기 위해 스스로를 파괴한다. 하나의 파괴는 또 다른 하나의 건축을 암시한다. 무용은 가시적인 동작으로 빈 공간에 보이지 않는 선을 그려내고 공간을 만들어 가는 순간의 예술이다. 공간에 그려지는 보이지 않는 동작들의 흔적, 이 심상들이 우리의 상상력 속에서 원하는 대로 자유롭게 움직이도록 내버려두어야 한다. 이러한 시각적 이미지의 잔상은 무용수의 몸이 건축하는 동작들과 결합함으로써 현실 공간과 다른 예술 공간을 창조할 수 있는 것이다.

참고문헌

그래험 맥피, 김현숙 역, 『무용의 철학적 이해』, 철학과현실사, 1999.

김정민, 『서양 무용비평의 역사』, 삼신각, 2001.

메를로 퐁티, 오병남 역, 『현상학과 예술』, 서광사, 1983.

__________, 류의근 역, 『지각의 현상학』, 문학과지성사, 2002.

박중길, 『미학과 무용비평』, 대한미디어, 1996.

소림신차, 김경자·정화자 역, 『무용미학』, 고려원, 1983.

수잔 오, 김채현 역, 『서양 춤예술의 역사』, 이론과실천사, 1992.

알마 M. 호킨스, 이숙재 역, 『안으로부터의 움직임』, 현대미학사, 1994.

육완순, 『현대무용』, 이화여대 출판부, 1982.

에릭 프랭클린, 박명숙·김양근 공역, 『테크닉과 공연을 위한 무용심상』, 금광, 2000.

이혜자, 「미궁 속의 몸, 몸 속의 미궁—마사 그래함의 무용미학」, 『몸과 몸짓 문화의 리얼리티』(성광수, 조광제, 류분순 외저), 소명출판, 2003.

______, 「빛과 그림자, 두 공간의 교류—춤추는 몸과 무대」, 『환경과 조경』, No.189, 2004.1.

쥬디스 맥크럴, 박명숙 역, 『무용감상법』, 삼신각, 1998.

최정자, 『안무와 움직임』, 금광, 1988.

허영일, 『포스트모던댄스의 미학』, 정문사, 1989.

Bernard Michel, *Le corps, L'expressivite du corps*, Chiron, Paris, 1976.

John Martin, *The modern dance, Dance Horizons*, New-York, 1968.

Martha Graham, *Russell Freedman*, Clarion Books, New York, 1998.

Nijinski, Martine Kahane, *Erik Naslune*, Blanchard fils, Plessis-Robinson, 2000.

사건의 철학과 조경 설계

김정호

1. 사건과 설계

사건과 조경 설계라는 두 가지의 개념은 서로 공존할 수 있는 것일까? 언뜻 생각하면 별무리가 없을 것 같이 생각되지만, 사실은 이 두 가지 개념을 공존시킨다는 것은 그리 만만한 작업은 아니다. 사건은 순간적이고 우연적인 것, 지속성을 가지지 않는 것으로서 시간 속에서 생성, 소멸하는 특징을 지니며, 조경 설계란 외부공간을 새로운 형태로 변화시켜 외부 공간을 새로운 '장소'[1]로

---

1) 여기서 말하는 공간이란 주체의 개입이 없는 객관적이고 물리적인 환경을 의미하며, 장소란 주체의 개입으로 인해 다른 공간과는 분리되는 독특한 특성을 가지는 한정된 물리적 공간, 즉 행동환경, 인간학적 환경을 말한다.

변모시키고자 하는 작업이다. 따라서 사건과 조경 설계를 공존시키킨다는 이야기는 시간에 따른 변화와 고정적 형태를 지니는 물리적 공간이라는 두 가지 요소를 동시에 고려해야 하는 결코 쉽지 않은 작업이다.

조경사의 궤적을 따라가 보아도 조경 설계시 시간성이나 사건의 변화와 같은 동태적 요소들을 고려하기보다는 공간의 특성이나 형태의 고정된 의미를 중시하는 정태적 특성을 지향하는 설계 방법이 주류를 이루었음을 알 수 있다. 역사의 변천에 따라 조경 분야에서는 다양한 사조가 명멸하였지만 크게 구분하여 보면 평면 기하학식 정원처럼 기하학적 질서를 추구하거나, 자연 풍경식 정원과 같이 '그림 같은' 자연을 있는 그대로 모방하고자 하는 두 가지 경향으로 양분해 볼 수 있다. 기하학적 질서를 추구하는 설계 방법은 축과 대칭을 강조하며 직선을 선호하는 반면, 자연 풍경식 설계방법은 자연스러운 곡선을 즐겨 사용했다는 점에서 서로 극단적으로 대치되는 형태적 특성을 보이지만, 시간성을 고려하기보다는 형태를 통하여 주어진 공간의 의미를 고정시키려는 형태 중심적 사고의 각기 다른 형태의 표현 방식이라는 점에서 이 두 가지 방법은 공통점을 지닌다. 이러한 형태 중심적 사고의 기저에는 주어진 공간의 형태는 인간의 행동을 결정한다라고 하는 형태 결정론적 신념이 깔려 있는데, 이로 말미암아 현재까지 조경 설계는 시간에 따른 변화보다는 공간 자체의 고정적인 형태적 특성만을 강조하고자 하는 설계 경향이 주류를 형성하였던 것이다. 그러나 최근 들어 시간성이나 사건을 중시하는 설계 경향이 조금씩 실험적으로 시도되고 있다.

　　본 글에서는 형태 중심적 설계를 지향하였던 기존의 조경 설계의 특징을 역사적으로 간략하게 일견하여 보고, 1990년대에 이르러 새로이 등장하고 있는 최근 조경 설계 경향을 살펴봄으로써 조경 설계와 사건의 만남 가능성을 타진해보고자 한다.

2. 조경 설계의 변천

　　기존의 조경 설계는 단순성과 비례의 조화를 추구하는 형식 미학의 영향을 받아 발전되어 왔는데, 이는 투시도 기법의 발명으로 인하여 더욱 가속이 붙게 된다. 투시도 기법에 따른 축과 대칭을 이용하는 설계방식은 16세기 이탈리아 빌라 정원에 적용된 노단식 정원에서 시작되어, 17세기 프랑스의 보 르 비꽁뜨(Vaux-le-Vicomte)와 베르사이유 궁전의 평면기하학식 정원에 이르러 바로크 조경 양식으로 절정에 이르게 되었다. 그러나 18세기 영국의 낭만주의 양식에 근거한 자연 풍경식 정원의 등장으로 기하학적이며 바로크적인

〈그림 1〉 베르사이유 계획도(1746)

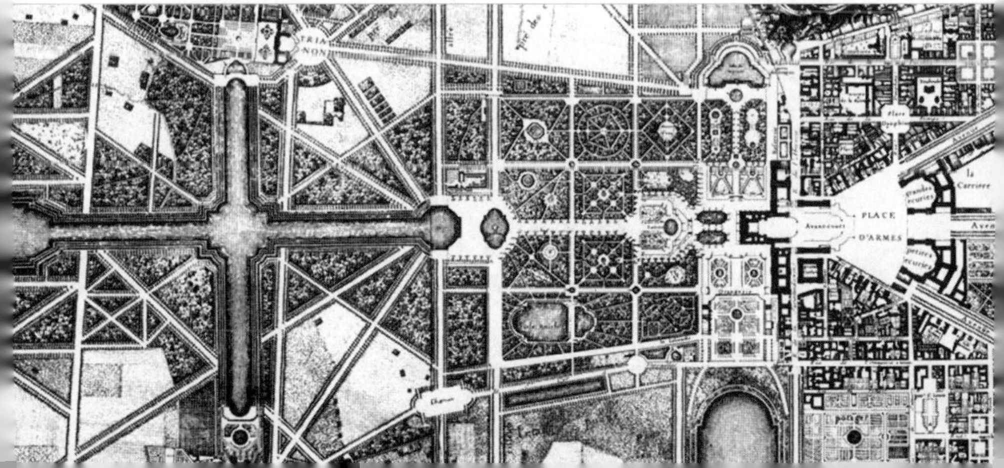

<〈그림 2〉 베르사이유 정원>

조경 양식은 쇠퇴의 길을 걷게 되었다. 자연 풍경식 정원 양식이 18세기 말에 이르러 하나의 양식으로 자리잡게 되면서, 이후 조경 양식의 주류로 등장하게 되었는데, 이러한 자연 풍경식 정원 양식에 영향을 받은 소위 옴스테드 양식[2]은 미국뿐만 아니라 전세계를

<그림 3> 영국 풍경식 정원

풍미하면서 20세기까지 지속적으로 영향력을 미치게 되었다. 그러
나 20세기에 들어서는 이러한 낭만주의적 영향 속에서도 모더니즘
적 조경 양식이 태동하기 시작하며, 이후 1930년대에 이르러 본격
적인 모더니즘 조경을 실현하기에 이른다.

---

2) 낭만수의석 풍경식 성원양식을 활용하여 뉴욕에 센트럴 파크(Central Park)를
설계한 옴스테드(Frederick Law Olmsted)는 이로 말미암아 세계적인 명성을 얻게
되면서 현대조경의 아버지라는 칭송을 얻게 되었는데, 그의 이러한 설계방식은
우리나라의 올림픽 공원에서도 감지될 수 있는 것처럼 현재까지도 전세계적으
로 막강한 영향력을 행사하고 있다.

〈그림 4〉 Dan Kilev의 모더니즘 조경

모더니즘 조경의 특징을 한마디로 표현한다면, 경관을 정태적인 대상으로 간주하여 주로 단순미와 비대칭에 의한 조형성을 강조하는 것이라 할 수 있다. 이러한 형태 결정론적 사고에 의한 지나친 조형성의 강조는 장소성과 같은 현실적 측면을 등한시하게 되어 사실성이 결여되어 있다는 비판을 받게 되면서 포스트모더니즘의 등장을 야기시키게 된다.

포스트모더니즘 조경은 모더니즘 조경과는 다른 특징을 보이지만, 미니멀한 형태를 추구하는 미니멀리즘적 조경은 포스트모더니즘 조경의 특성을 보임에도 불구하고, 형태 중심적 사고에서 탈피

〈그림 5〉 Martha Schwartz의 미니멀리즘 조경

하지 못하고 있다.3) 모더니즘 이후의 대표적인 미국의 조경가라 할 수 있는 피터 워커와 마샤 슈왈츠의 미니멀리즘적인 설계 방식도 표현기법은 다르지만 동일한 형태 중심적인 설계를 지향하고 있다. 이들은 '조경은 눈에 보여지는 것이라야 한다'라는 믿음 아래 평면적 공간과 미니멀한 정형적 형태에 의한 강력한 시각적 자극을 통하여 조경을 배경이 아닌 오브제로서 표현하고자 하였다.4)

---

3) 포스트모더니즘 조경은 과거의 양식을 재현하는 역사 / 맥락주의적 경향과 아방가르드적 성격을 가지는 미니멀리즘적, 해체주의적 경향으로 나누어 볼 수 있다.

4) 피터 워커는 벽면을 제거한 미니멀리즘적인 조경의 특성을 제스처(gesture), 바닥의 견고성과 평면성(hardening and flattening of the surface), 그리고 연속성(seriality)을 들고 있다.

　이와 같이 평면기하학식 정원에서부터 풍경식 정원, 모더니즘, 그리고 미니멀한 정형적 형태를 강조하는 포스트모더니즘 조경의 한 형태인 미니멀리즘적 조경 양식을 관통하는 사고는 모두 고정적 의미의 형태를 강조하는 형태 결정론적 태도를 취하고 있다는 점이다.

3. 최근 조경 설계의 경향

　서구의 사상적 흐름을 돌이켜보면, 시간보다는 공간을 중요시하고 있음을 알 수 있는데, 그 이유는 변하지 않는 영속적인 것일수록 더 가치 있는 존재인 것으로 생각하는 플라톤의 이데아론에서 그 연원을 찾아볼 수 있다. 시간보다는 공간, 변화보다는 불변성을 중시하는 서구의 이러한 가치－존재론적, 결정론적 사고의 영향으로 시간이나 사건과 같은 변화하는 존재들은 철학적 담론의 중심에서 논의되지 못하다가 20세기에 들어 비로소 새로운 사유로서 등장하게 되었는데, 이에 대표적인 철학자가 베르그송이다. 베르그송은 존재하는 것은 오직 과정이나 사건, 생성이나 지속뿐라고 주장하면서 공간보다는 시간을 중요시하는 사유를 전개하였다. 후기 구조주의 철학자인 질 들뢰즈는 베르그송의 이러한 지속의 개념을 강조하며 "공간의 양태적 본성은 공간의 고유한 통일성을 제고하지 않으므로, 존재의 본질적 본성을 실체적 통일성으로서 인식하기 위해서는 존재를 시간에 의해 사고해야만 한다"[5]고 주장하면서 시간, 생성, 사건의 의미를 강조하였다.

조경 설계 분야도 상술한바와 같이 시간에 따른 변화보다는 고정된 형태적 의미를 강조하는 공간 만들기에 주력하였다. 그러나 근자에 이르러 형태 중심적 설계에서 탈피하여 미래의 변화를 내다보려는 새로운 흐름이 전세계적으로 나타나고 있는데, 이러한 흐름은 시간, 생성의 의미를 강조하는 최근의 철학적 사유와 무관하지 않은 것처럼 보인다. 우선 최근 국제 설계 경기 당선작들을 중심으로 이러한 세계적 반향들을 읽어보고, 이어서 물리적 형태의 고정된 의미보다는 형태의 변화와 사건을 중시한 최근의 설계 경향에 대하여 살펴보기로 한다.

1) 공간에서 . 시간으로

2000년 벽두에 캐나다 토론토에서 열렸던 다운스뷰 파크 국제 설계 경기(Downsview Park International Competition)에는 22개국에서 179개 팀이 제안서를 제출하여 치열한 경합을 벌였는데, 그 중에서 5개 팀이 1차로 선정되었으며, 최종심사를 거쳐 2000년 5월 말, 렘 쿨하스 팀의 '나무 도시(Tree City)'안이 최종 당선작으로 선정되었다.[6]

---

5) Hart, Michael, *Gilles Deleuze : An Apprenticeship in Philosophy*, 1993; 이성민 외역, 『들뢰즈의 철학사상』, 갈무리, 1996, 59면.

6) 다운뷰파크 부지는 320에이커의 면적으로 1940년대 이래 캐나다의 공군 기지가 있었던 지역인데, 이 공군 기지는 1994년에 폐쇄되었다. 1996년부터 일반에게 공개된 이 부지는 캐나다 최초의 국립 도시 공원을 지향하며 국제 설계 경기에 붙여졌다.

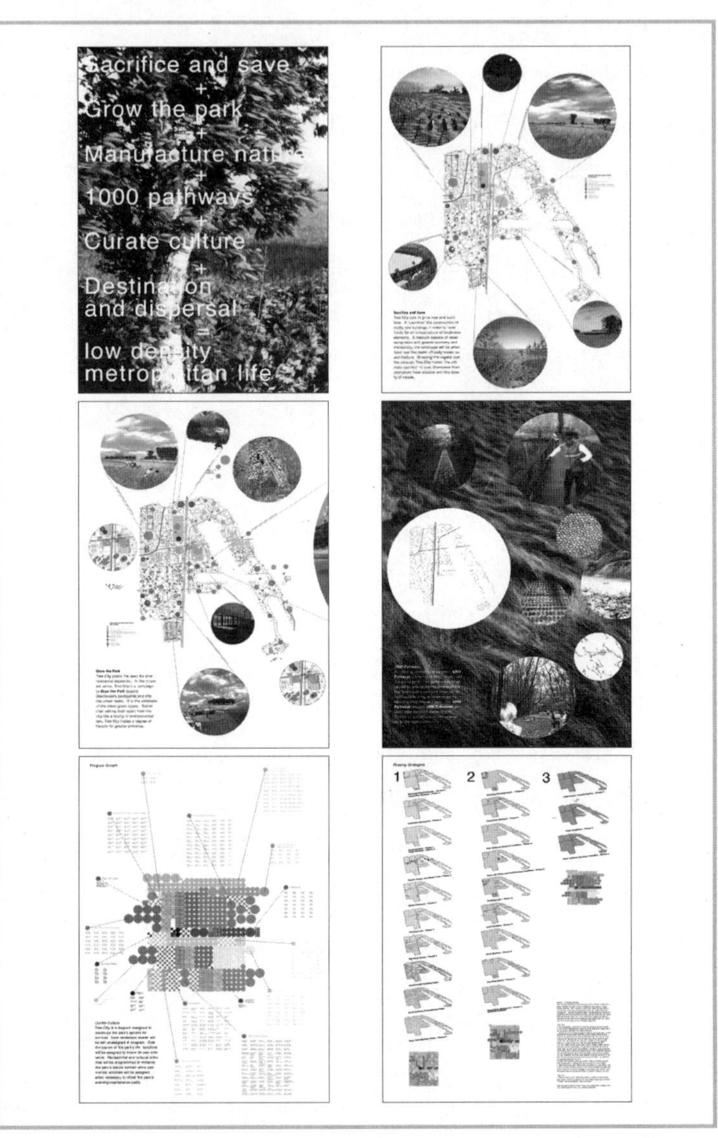

〈그림 6〉 렘 쿨하스의 당선안 나무 도시(Tree City)

당선작인 렘 쿨하스의 '나무 도시' 설계안을 살펴보면, 폐쇄된 공군 기지인 대상지를 복원하기 위하여 적극적인 생태적 설계방법을 시도하기보다는 공원의 완공 시기인 15년 후를 내다보며, 공원의 경계가 모호한 열린 공간에서 시간에 따라 진행되는 예측할 수 없는 공원의 성장과 생태적 과정의 잠재력을 중시하고 있다. 그는 대상지의 복원 계획을 토양을 개선하기 위한 1단계(2001~2005), 소로의 네트워크를 구축하는 2단계(2006~2010), 전체면적의 25%가 나무군락으로 조성되며 나머지는 초지, 운동장, 정원으로 보강되는 3단계(2011~2015)로 나누어 미래의 변화에 대처하고 있다.

렘 쿨하스의 당선안은 5개의 결선 진출안 중에서 가장 명백하지 않은 애매모호한 개발 안을 제시하면서, 대상지의 개발을 장기적인 안목에서 조망하였는데, 발트하임(Waldheim)의 평가처럼 '다년간의 야망에 넘친 계획의 희생을 통하여 미래의 작업을 위한 귀중한 자원을 보전하게 됨으로써 공원의 성장을 위한 투자를 할 수 있게 된 것'이다.[7] 설계 경기의 목적에서 '설계란 시간의 흐름에 따른 변화와 성장에 대하여 열린 채로 대상지의 변형을 시도하고 구성하는 것이다'라고 규정한 것에서 알 수 있듯이, 렘 쿨하스의 이러한 명확하지 않은 개발 전략이 오히려 불확정적인 미래의 변화에 가장 잘 대처할 수 있는 안이라는 심사위원들의 만장일치의 평가를 이끌어낸 것이었다. '나무 도시'라는 설계안의 제목에서도 알 수 있듯이, 도시화의 촉매제로서 건물보다는 나무를 선택하여, 도시와 공원, 즉 문화와 자연을 이분법적인 사고가 아닌 연속선상

---

7) Waldheim, Charles, "Park=City? : The Downsview Park International Design Competition", *Landscape Architecture*, Vol.91, No.4, 2001, p.99.

에서 보고 있다. 또한 자전거 이용자, 보행자, 조깅하는 사람들을 위하여 1,000개의 동선을 계획안의 기본형태인 원형의 나무 군락 및 수경 공간과 무차별적인 리좀적 방식으로 연계시킴으로써 불확정적인 미래의 변화에도 유연하게 대처할 수 있는 빈공간을 조성하여 공원의 지속적인 성장, 진화가 가능하도록 계획하였다.

'나무 도시'는 더 이상 인공적인 도시 안에서의 그림 같은 자연을 상징하는 도시공원이 아니라, 도시 문화의 중심에서 인간의 일상적인 삶의 시간 속에서 동시에 호흡하며 살아가는 시간 속의 공원이다. 이는 자연과 문화의 이원론적 사고를 허물고자한 조경 역사의 새로운 사건으로 기억될 만하다. 그 동안 자연은 인간의 삶과 문화로부터 동떨어진 신비의 영역이었고 조경은 이러한 바라보기 위한 녹색 자연을 재생산하는데 골몰해 왔다. 하지만 나무와 도시가 은유하는 것처럼 '나무 도시'에서 표상하는 도시 속의 공원이란 도시와 별개로 존재하는 한 폭의 그림 같은 공원이 아니라 도시의 문화적 자연의 생성에 참여하는 구성요소로서의 공원을 의미한다. 나무 도시라는 이름은 공원이란 곧 도시이며 도시는 곧 공원이라는 것을 함의하고 있는 것이다.

프레쉬 킬스는 뉴욕시의 일부인 스테이튼 아일랜드 서쪽에 있는 세계 최대규모의 쓰레기 매립지로 면적은 약 2,200에이커로 뉴욕 센트럴 파크의 3배에 해당하는 면적이다.[8] 30년 후의 장기적인 공원화 계획을 위하여 2001년에 실시했던 프레쉬 킬스 국제 설계

---

8) 2001년 3월 공식적으로 매립지는 폐쇄되었지만, 9·11테러사건으로 인하여 이 뒤인 9월 13일 재개장되어 세계무역센터의 잔해들이 이곳으로 옮겨지고 있다. 이로 인하여 표면안정계획은 1년가량 연장되었다.

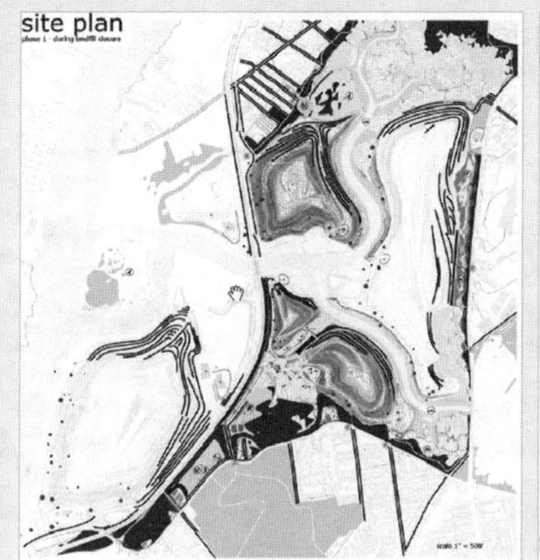 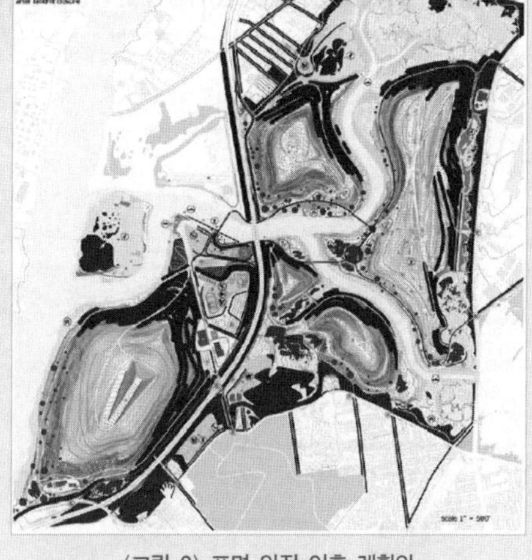

〈그림 7〉 표면 안정 이전 계획안   〈그림 8〉 표면 안정 이후 계획안

경기에서는 치열한 경합을 거쳐 최종적으로 6개의 팀이 선정되어 최종 경쟁을 하였는데, 2001년 12월 말에 제임스 코너가 운영하는 설계 사무소인 필드 오퍼레이션(Field Operation)의 안이 당선 안으로 선정되었다.

당선 안은 크게 4단계의 과정으로 개발 계획을 설정하였다. 첫 번째 단계는 씨뿌리기의 단계(seeding)로 대상지가 가지고 있는 위험 으로부터 공공의 안전을 도모하고 생태계의 복원을 위한 방안을 제시하며, 지역 주민에게 편의 시설을 제공하는 단계이고, 두 번째 는 기반 시설(infrastructure)의 단계로 5년 이상의 시간이 경과하여 어 느 정도 매립지의 지반이 안정화된 후 다음 단계의 프로그램을 수 용할 수 있는 프레임을 잡아가는 단계이며, 세 번째는 프로그래밍 (programing) 단계로 다양하고 역동적인 프로그램을 제시하는 단계이

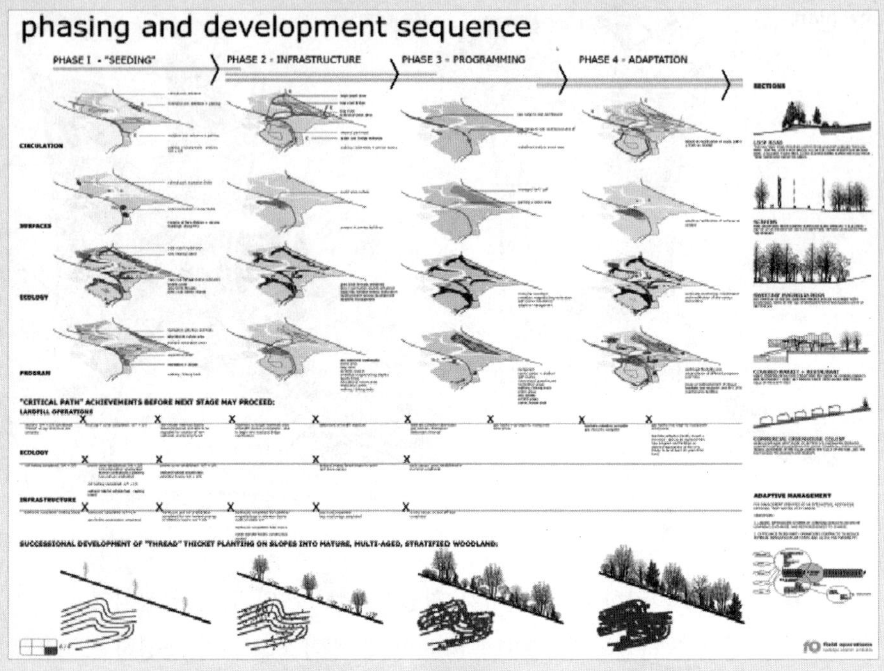

〈그림 9〉 프레쉬 킬스의 단계별 개발계획

다. 설계안에서는 다양한 프로그램을 제시하였지만 실제로 도입될 프로그램은 향후 미래의 변화에 따라 달라질 수밖에 없으므로 유동적으로 조정될 수 있도록 하였다. 마지막은 보완의 단계(adaptation)로 미래에 여건에 맞추어 공원을 계속 수정, 발전시킬 수 있도록 계획하였다.

이상과 같이 최근 조경계에서 가장 큰 전환점을 제시한 두 개의 국제 설계 경기에서의 설계안들을 살펴보면 다음과 같은 공통적인 경향을 보인다. 첫째로 도시 공원의 성격 자체가 그림 같은

자연을 도시의 인공 환경 속에 재현시킨다는 개념에서 벗어나 점
차 다양한 도시 내의 공간으로 확대되어 가고 있다는 것이다. 상
술한 쓰레기 매립지나 폐쇄된 공군 비행장과 같이 더 이상 이용
가치를 상실한 아름답지 못한 공간은 앞으로 시간이 지날수록 더
욱 늘어날 것으로 예상되며, 따라서 두 개의 최근의 설계 경기는
미래에 도시 공원이 나아갈 새로운 지평을 제시하고 있다고 볼 수
있다.

둘째로 두 공원 모두 형태 위주의 설계에서 탈피하여 공간의
진화나 시간적 과정을 중시하고 있다는 점이다. 다운스뷰 파크의
경우는 공원의 완공시기를 15년 후, 프레쉬 킬스의 경우는 30년
후로 책정하고 있기 때문에, 불확정적인 미래의 변화에 유연하게
대처하기 위하여 앞으로의 변화를 위한 빈터를 남겨두는 열린 설
계를 지향하고 있는 것이다. 이러한 접근 방법은 대상지 자체의
잠재력을 극대화시키기 위한 하나의 방안이 될 수 있을 것이다.

2) 형태에서 사건으로

최근 조경 설계 동향에서 주목할 만한 또 다른 특징은 물리적
형태를 통하여 공간의 고정된 의미를 전달하려는 기존의 설계 관
점에서 탈피하여 시간에 따른 변화에 의하여 발생하는 사건을 설
계 요소로 고려함으로써 공간의 변화나 일시적 경관에 주목하려
고 한 점이다.

1997년 미국에서 열렸던 스폴레토 아트 페스티벌(Spoleto Arts Festival)

〈그림 10〉 늪지 정원

에서 아드리안 허즈가 찰스턴 (Charleston)에 조성한 늪지 정원 (swamp garden)은 물질적, 문화적 체험을 통하여 대상지 변화의 모습을 보여주는 사례이다. 늪지 정원은 쇠줄(steel wire)로 연결된 철기둥(steel poles)에 의해 사각형의 구조로 조성되어 있는데, 이끼로 덮여있는 쇠줄로 형성된 출렁이는 벽은 주변의 강인한 형태의 사이프러스 나무의 줄기와 늪지에 우글거리는 악어와 형태적으로나 물질적으로 이질적인 대조를 이루는 동시에 묘한 조화를 이루는 환상적인 실루엣을 연출하고 있다. 공간은 고정된 형태 속에 안주하지 않고 시간에 따른 햇살의 변화와 달빛의 감촉에 따라 지속적인 분위기의 변조를 이룬다.

늪지 정원은 사이프러스 나무와 쇠줄로 대비되는 이질적인 재료의 사용을 통하여 형태적 특성을 부각시켰다는 점에서 형태 중심적인 설계의 일환이라고 볼 수도 있겠으나, 주변에 악어와의 만남, 매우 습한 기후, 이질적인 재료 및 형태와의 조화를 통하여 이 장소만이 가지고 있는 잠재적인 힘을 최대한 표현함으로써9) 끊임

---

9) 아드리안 허즈는 이 작품을 통하여 도시인과 야생환경과의 조우를 통하여 명상을 위한 禪的 분위기(Zen emotion)를 표현하려 하였다.

<그림 11> Fiber Wave

없이 다양한 주관적인 체험을 느낄 수 있는 장소로 변모시켰다는 점이 확정적 형태에 의한 동일한 체험을 강요하는 형태 중심적인 설계와는 구별되는 특징이라고 생각된다.

일본의 건축가인 마코토 세이 와따나베는 여러 개의 프로젝트에서 다양한 형태의 화이버 웨이브(fiber wave)를 사용하여 순간순간 변하는 일시적 경관을 연출하고 있다. 그는 생태계가 파괴되어 볼 것이라고는 없는 버려진 케이 박물관(K-Museum)에 화이버 웨이브를 설치하여 죽어가는 도시에 활력을 불어넣고 있다. 그는 4.5m의 높이의 가느다란 카본 화이버 줄을 150개 설치하고, 각각의 가느다란 화이버 줄 끝에는 태양열에 의하여 푸른 빛을 방출하는 진공관을 부착하였다. 이 가느다란 화이버 줄은 바람에 의해 항상 움직이며, 밤에는 진공관이 푸른 불을 비추면서 도심지의 별로 변신한다. 아울러 바람과 비, 빛과 기온에 따라 변화하는 이 유연한 구조물(supple structure)은 에너지의 최소화를 표방하는 상징물로서도 자리매김 되고 있다.

미국의 월터 후드는 공간의 일상적 특징을 설계에 반영하기 위한 방법으로서 즉흥성(improvisation)이란 설계 개념을 도입하고 있다.10) 그는 듀런트 미니공원(Durant Minipark) 5일간의 관찰을 통해 매일 다른 공간적 프로그램을 즉흥적으로 제안한 바 있다.

첫째 날은 대상지의 수목과 화훼의 아름다움을 관찰하고, 화훼와 경작을 위한 정원만들기를 제안하였으며, 둘째 날은 기존 놀이시설물의 이용이 거의 이루어지지 않는 것을 발견하고 모래상자

---

10) 그는 즉흥적 설계란 명확한 틀에 의해 생성된 공간적 장(spatial field) 안에 있는 비구상적 구성요소와 전통적 설계요소들의 자발적인 변화이며, 율동적인 치환이라고 설명하고 있다. 이러한 즉흥성을 통하여 존재하는 설계원형(design archetypes)과 전통적 형태는 새롭고 독특한 형태로 탈바꿈되는 것이다. 이는 직관적인 공간해석을 통한 영감을 설계언어로 변환시켜 다시 공간에 투사하는 설계방법론이라고 할 수 있다.

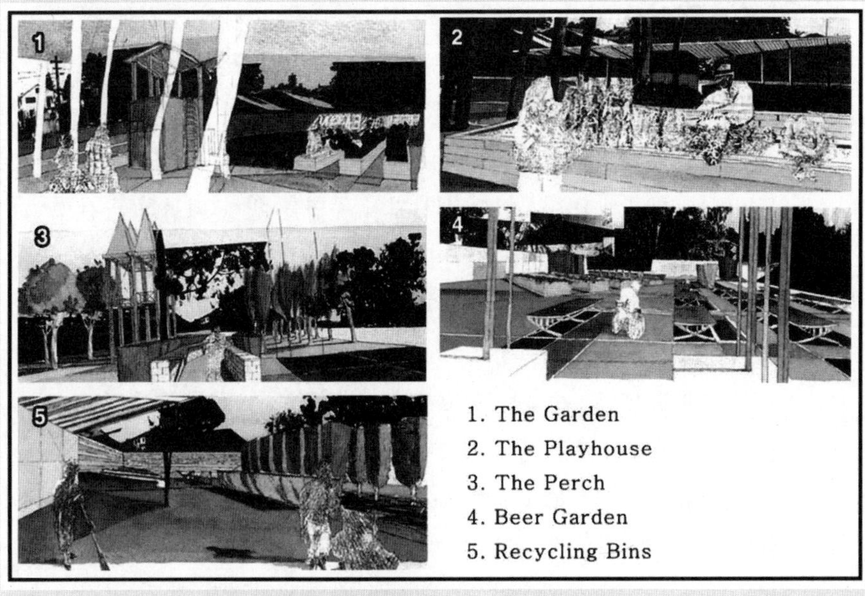

〈그림 12〉 듀런트 미니공원의 5일간의 일기

와 잔디, 화강석을 활용하여 다양한 자율적인 활동이 발생할 수 있는 놀이터를 조성하였으며, 셋째 날은 피크닉 테이블에 앉아있는 연인들을 위하여 사적 공간을 보장받으면서 높은 곳에서 공원을 조망할 수 있는 단순한 형태의 퍼치(perch)를 제안하여 만남과 대화와 사랑의 기능을 담당하도록 하였다. 넷째 날은 인근 가게에서 맥주를 사가지고 공원에 와 벤치에 앉아서 마시고 가는 사람을 발견하고,11) 많은 사람들이 즐겁게 주위를 관망하면서 맥주를 마실 수 있는 맥주 공원(beer garden)을 조성하였고, 다섯째 날은 쓰레

---

11) 기존의 공원에는 1개의 피크닉 테이블과 2개의 벤치밖에 없었다.

기 수거를 위해 지나가는 카트(cart)의 아름다운 소리에 영감을 받아 쓰레기의 분리 수거와 재활용을 위한 재활용 통을 설치하였다. 후드는 이와 같이 공원에서 발생하는 일상적 사건의 관찰을 통한 즉흥적 영감으로 구성된 레이어(layer) 중첩을 통하여 공원의 전통적 형태를 새롭게 변형시킴으로써 지역 주민을 위한 다목적 공간을 제안하고 있다. 이 공원은 어떠한 하나의 설계 요소도 공원 전체의 특징을 점유하거나 강요함이 없이 다양한 요소가 결합하여 다양한 의미를 생성하는 장소로서 기능하고 있다.

점차 세계적으로 주목을 받고 있는 네덜란드의 젊은 조경가인 아드리안 허즈의 작품 중에 빼놓을 수 없는 것은 바로 1997년에 완공된 극장 앞 광장(Theatre Square)인 쇼우베흐플레인(Schouwburgplein)이다. 그는 계절, 날씨, 온도나 태양의 조도의 변화에 따라 항상 다른 모습을 보이는 광장이 될 수 있도록 계획하였다. 바닥 포장 재료로는 나무, 고무, 애폭시(epoxy), 철판 등의 다양한 포장 재료로 모자이크 처리하여 광장에 어떠한 특정한 기능을 부여하지 않으면서도 포장 재료의 각기 다른 특성으로 인하여 다양한 사건들이 자발적으로 일어날 수 있도록 사건의 발생을 유도하고 있다. 또한 나무나 철판과 같은 재료를 사용하면서 아드리안 허즈는 시간의 경과에 따라 철판이 녹슬면서 변화하는 광장의 분위기, 그리고 나

〈그림 13〉 Schouwburgplein

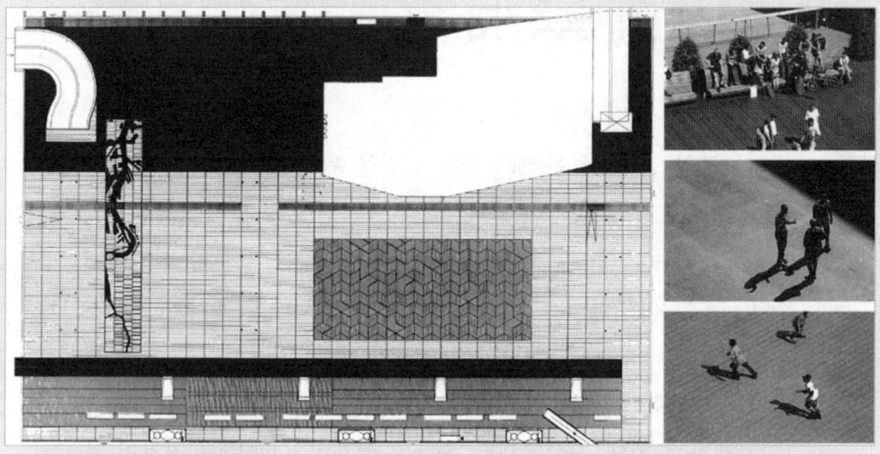

〈그림 14〉 나무, 에폭시, 철판 등 다양한 바닥 포장 형태

무에는 여러 사람들이 다양한 낙서를 새기면서 시간의 흔적을 보여줄 것이라는 즐거운 상상을 기대하고 있다.

이 광장은 매일 매일 다양한 사건의 발생을 통하여 새로운 광장으로 생성되며 하루 중에도 수없이 다른 모습으로 탈바꿈하면서 이용객들을 관람자에서 공연자로 변신시킨다. 광장에 조성된 물리적 요소로는 움직이는 붉은 색의 가로등과 환경 조형물의 역할을 겸하는 환기통, 그리고 70m 길이의 벤치 외에는 특별한 시설이 없으나 광장은 항상 다양한 사건으로 활기에 넘친다. 흥미로운 것은 35m 높이의 4개의 거대한 붉은 색 가로등은 이용자가 광상에 설치된 기계에 동전을 넣으면 움직이도록 설계되어 있어, 이용자들은 거대한 철구조물에 의한 발레 공연을 감상할 수 있다.

4. 공간의 변화와 사건

대부분의 설계가들은 자기들이 인간을 위하여 바람직한 공간을 만든다고 믿고 있지만, 그들이 조성한 공간이 반드시 그 공간을 이용하는 이용자들에게도 똑같이 인식되지 않는 경우가 비일비재하다. 그 이유는 설계가들이 조성한 구축 환경과 이용자의 행태간에는 불가피하게 괴리 현상이 발생하기 때문이다. 이러한 괴리 현상이 발생하는 이유는 여러 가지가 있겠으나 가장 근본적인 이유는 설계가는 형태 중심적으로 공간을 설계하기 때문에 공간의 물리적 형태를 통하여 인간의 행위를 가능한 한 규정하려고 하는 반면, 이용자들은 물리적 형태에 어느 정도 행동의 규제를 받으나, 나름대로 또 다른 새로운 행동을 지속적으로 창출하려하기 때문이다. 서두에 사건과 설계를 공존시키기 어렵다고 언급한 것도 이와 같은 맥락이다. 설계가는 공간의 물리적 형태에 고정적 의미를 부여하고자 하며, 이용자들은 그러한 물리적 형태를 이용하면서 시간의 흐름에 따라 주어진 공간 속에서 설계가가 예기치 못한 다양한 사건을 발생시키기 때문이다. 이러한 난제를 극복하기 위하여, 앞에서 살펴본 바와 같이 최근에는 미래의 변화에 유연하게 대처할 수 있도록 시간에 따른 공간의 진화에 관심을 가지고 장기적인 안목에서 열린 설계를 한다거나, 공간의 의미를 고정시키지 않고 다양한 사건이 발생할 수 있도록 유도하며, 공간의 고정된 의미보다는 순간적으로 항상 변화하는 일시적인 경관에 주목하는 등 다양한 시도가 모색되고 있다.

　그러나 이러한 새로운 시도에 대한 반론도 만만치 않다. 공간의 진화에 염두를 둔 비결정적인 열린 설계가 과연 미래의 변화에 유연하게 대처할 수 있는 것인지, 위와 같은 새로운 실험적 설계들이 과연 미래의 이용자의 만족을 채워줄 수 있을 것인지, 아니면 설계가의 의도와 미래 이용자의 만족은 만날 수 없는 평행선을 그릴지, 어떨지는 아무도 예측할 수 없기 때문이다. 이러한 비결정적인 설계는 이용자의 행태와 물리적 환경사이에 꼭 들어맞는 적합성이 없다는 것을 의미하는 것이기 때문에 훌륭한 설계라고 평가받지 못할 수도 있다. 그러나 이는 시간의 변화를 수용할 수 있는 유연성을 가지고 있다는 점에서 분명한 장점을 지닌다. 알렉스 월은 보다 창조적인 설계 전략을 위해 제시하고 있는 두껍게 하기 (thickening), 접기(folding), 새로운 재료(new materials)의 사용, 프로그램이 없는 이용(nonprogrammed use), 일시성(impermanence), 운동성(movement)의 개념을 제시하고 있는데, 이러한 그의 설계 전략도 시간성을 고려한 비결정적인 설계 방안 모색의 일환인 것이다.

　현대의 삶은 정체성을 상실한 채, 내일을 예측할 수 없을 정도로 급변하고 있으며, 끊임없는 욕망의 탈주를 통해 생성되는 수많은 사건들은 빠른 속도로 다양성의 폭을 넓히고 있다. 따라서 급변하는 현대의 다양한 일상을 고려하지 않고 기존 가치관의 테두리 속에 안주하거나, 새로운 변화에 대한 검증되지 않는 회의를 가지는 것보다는 새로운 가치관에 따른 새로운 설계 경향의 변화를 인정하고 이를 토대로 조경 설계의 나아갈 방향을 다양하게 모색할 필요가 있다.

　형태란 공간을 구성하는 요체인 동시에 설계의 원천이다. 조경 설계는 형태 없이 존재할 수는 없다. 하지만 아무리 완벽한 형태를 구성하고 있는 공간이더라도 시간의 변화를 초월할 수는 없다. 또한 아무리 뛰어난 설계가라고 할지라도 공간의 특성을 완벽히 이해하고 설계하는 것은 불가능하며, 설계에 의한 공간적 의미의 완벽한 재현은 분명 한계를 가진다. 공간과 공간에 존재하는 인간은 지속적인 변화를 창출하는 생명체이기 때문이다.

본 글의 의도는 형태의 중요성을 간과하자는 것이 아니며, 다만 시간성을 배제한 채, 형태의 의미를 고정적으로 규정하는 형태 결정론적인 시각에서 벗어나고자 하는 것이다. 즉 형태 결정론적인 사고에서 비결정적인 사고로의 전환을 통해 형태는 하나의 기능에 의하여 결정되는 것이 아니라 시간의 흐름에 따라 인간의 일상적 삶과 더불어 변모하는 다양한 기능의 변화를 수용함으로써 형태의 진정한 의미를 획득할 수 있다는 것을 전달하고자 하는 것이다. 인간의 삶이란 사건의 연속선상에 존재한다. 사건이란 스쳐 지나가는 비가시적인 실체이며, 우리의 삶을 지탱시켜주는 요체이다. 사건에 따른 변화에 의하여 모든 대상은 각자의 의미를 달리하면서 시간 속에 존재한다. 형태는 공간에 의미를 부여하며, 이러한 공간의 의미를 변화시키는 것은 다름 아닌 시간 속에서 생성, 진화하는 사건인 것이다.

참고문헌

김영대, 「모더니즘조경의 설계특성에 관한 연구―신고전주의 이후 나타난 정원설계를 중심으로」, 『한국조경학회지』 제22권 제4호, 1995.

김정호, 「사건의 특성으로 본 외부공간 해석방법」, 서울시립대 박사논문, 2002.

배정한, 「다운스뷰파크 국제설계경기를 통해 본 조경 설계의 새로운 전략」, 『한국조경학회지』 제29권 제6호, 2002.

조경진, 「현대서양조경에 나타난 포스트모더니즘의 경향과 의의」, 『한국조경학회지』 제21권 제1호, 1993.

Amidon, Jane, *Radical Landscapes : Reinventing Outdoor Space*, Thames & Judson, London, 2001.

Geuze, Adriaan, "Theatre Square", in Luca Molinari, ed., *West8*, Skira, Milano, 2000.

Hart, Michael, *Gilles Deleuze : An Apprenticeship in Philosophy*, 1993; 이성민 외역, 『들뢰즈의 철학사상』, 갈무리, 1996.

Levy, Leah, ed., *Walter Hood : Urban Diaries*, Spacemaker Press, Washington DC, 1997.

Powell, Kenneth, *City Transformed : Urban Architecture at the Beginning of the 21st Century*, Calmann & King Ltd, London, 2000.

Richardson, Tim, ed., *The Vanguard Landscapes and Gardens of Martha Schwartz*, Thames & Hudson, London, 2004.

Waldheim, Charles, "Park=City? : The Downsview Park International Design Competition", *Landscape Architecture*, Vol.91, No.4, 2001.

Walker, Peter, "Minimalist' Gardens without Walls" in Francis, M. and Randolph T. H. Jr. eds., *The Meaning of Gardens*, The MIT Press, Cambridge, 1990.

Wall, Alex, "Programming the Urban Surface" in James Corner, ed., *Recovering Landscape : Essays in Contemporary Landscape Architecture*, Princeton Architectural Press, New York, 1999.

놀이공간으로서 대도시와 새로운 예술 체험[*]
발터 벤야민 이론을 중심으로

심혜련

1. 새로운 공간으로서의 대도시

현대를 살아가는 우리들에게 대도시는 단지 기본적인 삶을 영위해나가는 일상적인 공간만을 의미하지는 않는다. 대도시는 일상적인 삶과 문화, 교육 등 정신적인 삶과도 매우 밀접한 관련이 있다. 대도시를 둘러싸고 일어나는 모든 현상들은 이중적 잣대로 모색된다 대도시에 관한 것을 다루는 이론들뿐만 아니라, 우리의 감성 또한 대도시를 묘한 감정을 가지고 볼 수밖에 없다. 살기 위해서 도시로 진입할 수밖에 없으며, 또한 동시에 살기 위해서 도시

로부터 탈주를 꿈꾼다.

사실 인간의 역사를 보면 도시라는 현상은 아주 기본적인 현상이었다. 그러나 지금과 같은 거대 도시로서의 대도시는 그다지 역사가 긴 편은 아니다. 지금과 같은 대도시의 출발은 산업혁명과 맞물려 있기 때문이다. 대도시 형성과 발전은 산업혁명 이후 빠르게 전개된 하나의 두드러진 현상이었다. 대도시 형성은 커다란 사회적 변화와 맞물려 있으며 또한 대도시 형성이라는 현상 자체가 하나의 사회적 변화였다. 산업혁명 이후 인간은 엄청난 사회적 생산력의 발전을 경험했다. 이 엄청난 사회적 생산력의 발전은 일상생활의 곳곳에서 감지할 수 있었다. 특히 대량 공업 생산의 방식으로 대규모로 생산된 상품들과 그것을 수송하는 교통수단의 발전, 그리고 그것을 생산하고 동시에 소비하는 대도시의 등장은 일상생활의 모든 것들에 눈에 띄는 변화를 초래했다. 그러나 교통수단의 발전과 대도시의 탄생은 단지 경제적 변화만을 의미하지는 않는다. 교통수단의 발전과 대도시의 탄생은 하나의 커다란 사회적 변화이자 문화적 변화를 의미한다. 즉 대도시는 하나의 은유로서 사회 문화적 현상을 읽는 하나의 중요한 실마리로 작용한다.

대도시의 형성기에 대도시의 모든 것을 주의 깊게 관찰한 한 명의 사상가가 있다. 그가 바로 발터 벤야민(Walter Benjamin)이다. 벤야민에게 대도시는 하나의 새로운 체험의 장이자 새로운 예술적, 문화적 놀이 공간을 의미한다. 벤야민은 소위 '보들레르-연구'라고 불려지는 일련의 논문들과 그리고 미완성으로 남은 유작 『파사주 베르크(Passagen-Werk)』[1])에서 대도시의 체험을 자신의 철학적 미학적 주제로 삼는다. 벤야민의 대도시에 대한 이론은 『파사주 베르크』를 통해 잘 알려져 있지만, 사실 대도시에 대한 그의 관심은 일찍부터 시작되었다. 다시 말해서, 대도시에 관한 벤야민의 관심은 자신의 후기 저작에서뿐만 아니라, 그의 전기의 다른 저작들 즉, "19세기 베를린의 어린 시절(Berliner Kindheit um Neuzehnhundert)", "일방 통행로(Einbahnstraße)" 그리고 "베를린 연대기(Berliner Chronik)"에서도 볼 수 있다.

벤야민은 항상 대도시의 모든 현상들을 '보고' 그리고 심지어 '읽으려고' 노력하였다. 왜 벤야민은 대도시라는 공간에 몰두하였는가? 대도시라는 새로운 공간은 그 자체가 벤야민에게 하나의 커다란 "도서관"(IV.1, p.356)[2])이었으며, 더 나아가 현실을 반영하는 하나의 커다란 "거울 도시(Spielstadt)"(V.2, p.666)와 같은 역할을 했기 때문이다. 벤야민이 1933년 망명이래 죽을 때까지 머물렀으며 또 그가 '19세기 수도'라고 일컬었던 파리는 그에게 모든 것을 보고 체험할 수 있는 새로운 공간으로 다가왔다. 대표적인 대도시 파리에서 벤야민은 전통의 몰락과 새로운 것의 탄생을 지켜보았다.

대도시와 현대(Modern)는 벤야민에게 있어서 하나의 양가 감정 그 자체였다. 대도시는 필연적으로 풍요로움과 그리고 미래에 대한 장밋빛과 함께 등장할 수밖에 없는 현상임과 동시에 상품성과

---

1) 파사주(Passage)란 통과, 통행 노는 좁은 통로 등을 의미하는 단어이자 동시에 주료 유리로 지붕을 덮고 있는 연결 통로이자 상점을 의미한다. 즉 아케이드 상가 또는 쇼핑센터가 바로 파사겐이다.

2) Walter Benjamin, *Gesammelte Schriften. Bd.* I~VII. Unter Mitwirkung von Theodor W. Adorno und Gerschom Scholem, Herausgegeben von Rolf Tiedemann und Hermann Schweppenhäuser, Frankfurt am Main, 1972~1989. 앞으로 이 글에서는 벤야민 선집을 로마자와 아라비아 숫자로 표시하겠다.

함께 발전할 수밖에 없는 어두운 그림자를 내재적으로 가지고 있
는 미묘하고 복잡한 공간이다. 이 새로운 공간에서 벤야민은 새로
운 공간에 대해 때론 경탄하고 또 때로는 절망한다. 대도시가 가
지고 있는 새로움과 마술환등(Phantasmagoria) 같은 세계가 그의 눈앞
에 파노라마(Panorama)처럼 펼쳐진 것이다.

이 파노라마적 공간에서 벤야민은 또한 이것을 즐김과 동시에
비판할 수 있는 새로운 주체를 꿈꾼다. 이 새로운 주체는 인간의
새로운 집단 유형인 대중(Masse)이라는 모습으로 나타난다. 새로운
집단인 대중과 그 안에서 다시 새로운 개별자를 벤야민은 주시한
다. 이 새로운 개별적 주체를 벤야민은 때로는 시인의 이름으로
또 때로는 산보자라는 이름으로 고찰한다. 이 새로운 주체는 바로
대도시가 가져온 지각의 변화를 몸소 체험한다.

바로 '이러한 파노라마적 공간인 대도시와 그곳에 등장한 대중
과 산보자 그리고 새로운 지각 방식과 예술 체험에 대해 벤야민이
20세기 초에 어떻게 바라보고 있었는가'가 필자가 이 글의 다루고
자하는 주제이다. 필자는 대도시과 관련된 벤야민의 분석들은 현
실에 대한 철학적·미학적 고찰이라는 점에서 매우 의의가 크다
고 생각한다. 왜냐하면 벤야민은 우리가 일상적으로 삶을 영위하
는 공간이 바로 물질적 공간임과 동시에 철학적 사유의 대상이 될
수 있음을 보여주었기 때문이다. 다시 말해서 일상이 일상으로 끝
나는 것이 아니라, 바로 일상이 사유의 대상으로 전환됨으로써 사
유와 일상이 연결될 수 있음을 필자는 벤야민의 이론을 통해 구체
적으로 살펴 볼 수 있었다. 따라서 필자는 이러한 벤야민의 이론
을 고찰하는 작업은 지금 우리가 살고 있는 현재의 대도시를 문화

적 현상으로 고찰하는데 하나의 이론적 단초를 제공해줄 수 있다
고 생각한다.

2. 대도시 삶의 특징

일찍이 게오르그 짐멜(Georg Simmel)은 대도시로 인하여 파생된 양
적 변화뿐만 아니라, 질적 변화에 주목하면서 대도시의 등장과 발
전이라는 현상을 일상생활에서의 변화에서뿐만 아니라, 인간의 심
리적인 변화와 연관시켜 파악했다. 그는 "대도시들과 정신생활(Die
Großstädte und das Geistesleben)"(1903)이라는 글에서 대도시가 심리적인
조건들을 창출했다고 서술한다. 즉 많은 거리들, 속도감 그리고 경
제적, 직업적 그리고 사회적 삶의 다양성들은 이미 인간의 정신적
인 삶에 결정적인 요소로 작용한다는 것이다.[3] 짐멜이 파악한 대
도시와 이에 상응하는 정신적인 삶은 바로 현대(Moderne)의 경험과
맞물려 있다. 짐멜은 우려의 눈으로 대도시를 중심으로 형성된 현
대의 불안과 혼란을 응시한다. 대도시를 중심으로 형성된 개인들
또한 아주 예민하고 불안한 삶을 체험한다고 한다.[4]
　그렇다면 대도시의 삶을 어떻게 그 이전의 삶과 구별할 수 있

---

3) Georg Simmel, "Die Großstädte und das Geistesleben", *Soziologische Ästhetik*(Hrsg.
Klaus Lichtblau), Bodenheim, 1998, p.120.
4) Georg Simmel, Ibid., p.119.

는가? 더 나아가 어떻게 대도시에의 삶이 인간의 지각 방식과 더 나아가 정신적인 삶에 영향을 미칠 수 있는가? 왜 대도시에서 개인들은 유난히 개인성과 개별성이라는 것을 체험함과 동시에 불안과 혼란을 체험하게 되는 것인가?

대도시는 이전의 전통적인 농촌 사회, 또는 소도시와는 양적 측면에서 뿐 만 아니라, 질적인 측면에서도 확연히 구별된다. 대도시에서 사람들은 이전의 전통적인 도시에서의 삶과는 확연히 구별될 수 있는 삶의 양식을 체험한다.[5]

삶의 양식에서 큰 변화 중의 하나는 바로 사적 영역과 공적 영역이 분리되었다는 점이다. 전통적인 농경사회나, 소도시에서는 어떤 인간이 일상적으로 거주하는 공간이 바로 또한 일하는 공간이기도 했다. 한 공간에서 일상적인 삶을 영위하고 또 자신의 경제 활동을 했다. 사적 공간과 공적 공간의 구별이 아직 이루어지지 않았던 것이다. 대도시를 중심으로 많은 공장들과 사무실들이 생기면서 인간의 삶의 방식은 변화한다. 즉 개인의 일상적인 삶을 영위하는 사적 공간과 공적인 삶을 살아가는 공적 공간이 구별되기 시작했다. 출퇴근 시간, 사무실, 그리고 사무실의 인테리어와 대도시의 많은 건축물들은 이 일상적인 삶과 경제 활동이 구분되는 지점에서 활발히 형성되기 시작했다고 보아도 과언이 아니다.[6]

---

5) 본 논문에서 필자는 대도시가 가져온 일상생활의 변화를 자세히 언급하지 않겠다. 다만 일상생활의 큰 변화를 가져왔다는 일반적인 전제 아래에서 정신적인 삶의 변화에 대해서만 언급하고자 한다.

6) 대도시의 등장과 발전으로 인해 일어난 사적 공간과 공적 공간에 대한 구별과 의의에 대해서는 다음의 책에 상세히 서술되어 있다. 이진경, 『근대적 시공간의 탄생』, 푸른숲, 2002, 241~306면을 참조

바로 이러한 삶의 공간의 분리와 더불어 '개인에 대한 의식'이 자리잡기 시작했다.

개인을 중심으로 각각의 공간에 거주하는 인간의 유대관계에도 큰 변화가 일어났다. 전통적인 사회에서 사람들은 '한 명의 개인'으로 존재하기보다는 하나의 공동체의 일원으로 존재한다. 즉 개별화된 개인으로서보다는 오히려 어디어디에 속한 또는 어느 가족의 일원이라는 의미에서 자신을 드러내고, 또 인정받는다. 전통적인 거주 공간에서 개인인 '나'는 여러 가지 측면에서 활동에 제약을 받는다. 왜냐하면 개인인 '나'는 나로 보여지고 평가받는 것이 아니라, 어디에 속한 '나'로서 평가받기 때문이다. 다시 말해서 전통적인 사회에서 사람들은 그 어떤 공동체적인 삶의 느낌을 받을 수밖에 없다. 물론 그것이 때론 긍정적으로 또 때로는 부정적으로 작용하기도 한다.

반면, 대도시에서의 삶은 공동체적인 느낌보다는 '자유롭게 떠도는 대중' 속에서의 '익명의 개인적인 삶'이다. 따라서 대도시는 이러한 느낌을 강하게 체험할 수 있는 공간이 되었다. 익명성이 보장되고, 거주 공간인 사적 영역과 일하는 공간이 구별된 대도시에서 사람들은 말 그대로 개인으로 존재하고 개인으로 평가를 받는다. 대도시 어느 곳에서든 개인인 '나'는 '나'로서 존재하며, '나'로서 살아간다. 대중으로서의 '나'와 개인으로서의 '나'는 이중적 모습을 띤 채, 도시에서 살아간다. 대중으로서의 '나'는 '나'보다는 대중으로서 모습을 드러내기 때문에 좀더 자유스럽고 때론 무책임하나. 개인으로서의 '나'는 타인의 개입에 방어하고 '나'를 지키려고 노력한다. 이러한 속성이 바로 대도시에서의 삶이다. 바쁘게 돌아가고 또 익명적인 삶이 보장된 대도시에서의 삶과 새로운 자본주의 생산 방식에 의해서 그 모습을 드러내게 된 새로운 자유로운 시민의 등장은 대도시가 새롭게 갖게 된 현상이다.

정신적인 측면에서 농촌 사회나 소도시에서의 삶이 심리적 안정감과 더불어 천천히 움직일 수 있는 삶이었다면, 대도시에서의 삶은 심리적 불안감과 더불어 속도와 빠름으로 상징된다. 이러한 현상은 바로 대도시 형성에 결정적인 영향력을 행사하고 또 대도시와 일종의 공생 관계를 형성하고 있는 교통수단의 발전과 깊은 연관을 맺고 있다. 계속적으로 진행되는 산업화와 철도의 발전은 도시와 농촌의 기본적인 관계에 질적으로 그리고 양적으로 변화를 가져왔다.

교통수단의 발전과 밀접하게 연관된 대도시인들의 삶은 한마디로 '일시성(Flüchtigkeit)'과 '속도(Tempo)'로 요약할 수 있다. 이러한 일시성과 속도감은 인간의 지각과 밀접하게 연관된다. 일시성과 속도감은 일회성으로 자신의 모습을 드러낸다. 즉 모든 것들이 고정되고 보존되기보다는 변화와 사라짐으로 매번 다른 모습을 보여준다. 일시성과 속도감은 대도시에서 특히 철도 여행을 통해 체험할 수 있었다.[7]

상이한 그리고 먼 곳에 있는 공간들을 짧은 시간 내에 통과하는 철도 여행의 체험은 바로 새로운 지각 방식 그 자체이다. 철도 여행은 바로 우리가 가지고 있었던 물리적이고 자연적인 시간과

---

7) Paul Virilio, *Der negative Horizont*, Frankfurt am Main, 1995, pp.7~26을 참조. 여기서 비릴리오는 철도 여행과 지각의 방식 변화를 '운동, 속도, 그리고 혼란'이라는 개념으로 정리하고 있다.

공간의 개념을 흔들어 놓은 것이다. 사람들은 많은 시간을 소요하면서 도달할 수 있었던 먼 곳의 공간은 이제 공간의 축소로 인하여 짧은 시간에 많은 공간들을 경험할 수 있었다.

뿐만 아니라 교통수단의 발전으로 인하여 대도시에서 이전과는 다른 새로운 시공간적 체험이 가능해졌다. 사람들이 이전에 가지고 있었던 자연적인 시공간적 감각마저도 교통수단의 발전으로 흔들렸다. 이제 먼 곳의 공간은 먼 곳의 공간으로만 머무는 것이 아니라, 가깝게 다가설 수 있는 공간으로 되었고, 동시에 여러 곳에서 '지금'이라는 현재적 시간을 체험할 수 있게 되었다.

빠른 속도로 움직이는 기차는 주변의 경치를 다시 보여준다. 우리의 시각에 따라 그 모습을 자연적으로 드러내던 경치는 이제 새로운 경치를 만들어준다. 기차나 대중교통 수단을 이용할 때, 밖에 보이는 풍경은 마치 하나의 파노라마처럼 사람들에게 펼쳐진다. 이러한 새로운 경치의 체험을 볼프강 쉬벨부쉬(Wolfgang Schivelbusch)는 "파노라마처럼 펼쳐지는 여행"이라고 정의한다.[8] 즉 기차를 타고 있는 승객들에게 입체감 있게 밖의 풍경이 다시 조립된다. 주변의 풍경은 빨리 스쳐지나가며, 또 한번 지나간 풍경을 우리는 되돌려 볼 수 없다. 즉 찰나적이고 일시적인 풍경일 뿐이다. 기차를 타고 있는 승객들에게 기차 여행은 파노라마 같은 새로운 시각적 구경거리(Spektakel)를 제공한다. 즉 기차를 타고 가는 승객들에게 주변의 단조로운 풍경들은 새로운 풍경을 연출함으로써 풍경은 색다른 미적 체험으로 다가온다.[9]

---

8) 볼프강 쉬벨부쉬, 박진희 역, 『철도 여행의 역사』, 궁리, 1999, 70면.
9) 볼프강 쉬벨부쉬, 박진희 역, 위의 책, 81면.

철도 여행이 시간과 공간의 새로운 종류의 경험을 현실화했다면, 대도시는 지각과 관련해서 새로운 지각 방식을 제공하고 그것을 재현하는 하나의 특별한 장소를 의미한다. 대도시와 인간의 지각 방식에 벤야민이 주목하는 것도 바로 이런 이유에서이다.

3. 벤야민과 대도시 체험

1) 새로운 놀이 공간으로서의 도시

벤야민은 대도시의 많은 것들을 새로운 지각의 체험을 가능케 하는 장소로 파악했다. 또 이 새로운 지각은 바로 예술 체험과 연관된다. 일상적인 삶이 영위되는 공간에 대한 관심과 대도시라는 공간에서의 새로운 체험과 경험을 벤야민은 주시했다. 이러한 대도시의 모든 경험들을 벤야민은 14년 동안 완성하려고 노력하였던 『파사주 베르크』에서 묘사하고 있다.[10] 『파사주 베르크』는 벤야민의 하나의 새로운 철학적 문학적 방법으로 서술하고자 계획했던 저서였다. 벤야민 자신은 『파사주 베르크』에서 자신이 사용

---

[10] 19세기 파리를 고찰하면서, 현재를 읽으려고 했던 벤야민의 시도는 완성되지 못했다. 당시의 시대적 상황 때문에 많은 사회적, 심리적, 정치적 그리고 경제적으로 어려움과 그의 죽음으로 인하여 이 작업은 우리에게 유고라는 형식으로 남겨졌다.

한 방법을 스스로 "문학적 몽타주(literarische Montage)"(V.1, p.575)라고 칭하였다. 이 문학적 몽타주의 방법으로 그가 추구한 것은 "시각의 변증법(Dialektik des Sehens)"였다.[11]

『파사주 베르크』에서 벤야민은 새로운 경험을 제공해 주는, 즉 그 자체가 인간에게 놀이 공간과도 같은 역할을 수행하는 대도시와 대중의 관계에 대해 철학적으로 고찰하고자 하였다. 이러한 고찰은 두 가지 측면에서 새로움을 갖는다. 첫 번째 측면이 바로 내용적 측면이다. 내용적 측면에서 벤야민은 '일상'과 '일상의 경험'에 대해 다루고 있다. 즉 대도시의 일상적인 현상과 일상에 대한 경험이 바로 분석의 대상으로 등장한다. 이 책은 총 36개의 항목들로 이루어졌다. 파사주, 유행, 쇼핑몰, 거리의 모습, 조명, 사진, 광고 등등 우리가 일상에서 자주 접하는 것들이 바로 36개의 항목을 구성한다. 여기서 파사주를 중심으로 한 대도시의 일상적 공간은 벤야민에게 단지 일상적인 공간만을 의미하는 것이 아니라, 그 공간들 자체가 바로 하나의 '미적 대상'이자 새로운 '미적 범주'를 의미한다. 또 파사주가 만들어 내는 많은 이미지들 또한 미적 대상으로 작용한다. 벤야민은 미적 대상을 우리가 전통적 의미에서 예술 작품이라고 부르는 것에서 벗어나, 일상의 영역까지 확대시켰다. 즉 '일상성의 미학'을 추구하였던 것이다. 바로 이러한 측면에서 『파사주 베르크』는 체계적인 대중문화 비평서임과 동시에 일상에 대한 미학적 고찰이기도 하다.

두 번째 측면이 바로 『파사주 베르크』의 서술적 측면에 관한

---

11) Susan Buck-Morss, *Dialektik des Sehens. Walter Benjamin und das Passagen-Werk*, Frankfurt am Main, 1993, pp.18~19를 참조.

문제다. 벤야민은 자신의 고찰을 위하여 하나의 체계적인 글쓰기 방식을 통해 하나의 저작을 만들려고 했던 것이 아니라, 19세기 파리의 모든 것들에 대한 방대한 자료와 그 자료에 대한 자신의 코멘트와 자신의 견해를 서술하는 방식, 즉 몽타주와 같은 방식으로 하나의 대도시에 대한 철학적 시도를 추구했다. 즉 우리가 흔히 글을 쓸 때, 분석 재료로 등장하는 것과 이론, 그리고 인용과 해석이 혼재된 방식으로 책을 썼다. 벤야민에게 재료와 인용은 이론과 해석보다 낮은 차원의 것이 결코 아니다.[12] 벤야민은 인용된 많은 글들로 이루어진 글을 계획하면서 자신의 글들이 하나의 포토 몽타주나 몽타주 기법이 사용된 영화처럼 보이기를 원했던 것이라고 할 수 있다. 벤야민은 각각의 인용문들이 서로 내적 긴장 관계를 이루면서 부분들만의 의미를 간직한 채, 또 다른 전체를 구성할 수 있는 그런 책을 구상했다.

벤야민은 인용을 몽타주처럼 구성하면서 바로 자신에게 하나의 몽타주처럼 보이고 읽히는 대도시와 대도시가 제공하는 체험을 분석한다. 특히 벤야민이 대도시에서의 새로운 체험 형성에 결정적 영향력을 제공한 것으로 파악한 것은 유리와 철을 이용한 파사주(아

---

12) 몽타주처럼 인용문만으로 책을 쓰려고 한 벤야민의 시도는 기술 재생산 시대의 예술 작품에 대해 분석한 예술 이론과도 연관된다. 즉 필자는 전통적인 예술 작품의 아우라(Aura)를 원본성과 진품성이라는 개념으로 분석했던 '벤야민이 바로 자신의 저서에서도 원본성과 진품성을 해체하려고 시도했던 것은 아닌가'라고 생각한다. 인용과 해석이라는 방식으로 저자의 원본성과 저작의 진품성을 문제삼으면서 결국은 모더니즘의 절정기에 포스트모더니즘 시대에 논의되고 있는 '저자의 죽음'을 스스로 실천하려고 한 것은 아닌가 생각한다. 왜냐하면 벤야민은 자신의 논문 「사진의 작은 역사」와 「생산자로서의 작가」라는 글에서 이미 신문의 독자란의 등장으로 인해서 독자와 저자의 경계가 없어짐에 대해 지적하고 있기 때문이다.

케이드)라는 새로운 유형의 건축물이다. 파사주는 벤야민의 초기 저
작부터 후기 저작에 이르기까지 항상 반복해서 등장하는 중요한 모
티브중의 하나이다.13) 파사주 그 자체가 벤야민의 어린 시절 하나
의 커다란 매혹의 대상이었던 카이저 파노라마(Kaiser-Panorama)와 매
우 유사한 체험을 제공한다. 벤야민에게 대도시의 새로운 풍광들과
체험은 그 자체가 하나의 카이저 파노라마이다.14) 왜냐하면 카이저
파노라마의 회전하는 그리고 변화하는 그림들은 바로 도시가 제공
하는 풍광들과 유사하기 때문이다. 따라서 대도시는 벤야민에게 파
노라마처럼 모든 것을 볼 수 있는 공간일 뿐만 아니라, 모든 것들을
다양한 방식으로 볼 수 있는 새로운 시각 체계의 등장을 의미하기
도 한다(V.2, p.660).

　파사주가 대도시의 주요 건축물로 등장하게 된 전제 조건을 벤
야민은 섬유 산업의 발전과 철 구조물의 등장으로 지적한다.15) 섬
유 산업의 대규모 생산은 소비를 필요로 하고, 소비를 촉진시키기
위해서는 전시를 위한 장소가 요구된다. 이 새로운 장소가 바로 유
리와 철로 이루어진 쇼핑센터들이다. 따라서 파사주는 "상품 자본
의 궁전"(V.1, p.86)이자 "사치품 상업의 중심"(V.1, p.45)으로 등장한다.
유리와 철로 이루어진 많은 파사주들과 그 안에 진열된 번쩍이는

---

13) Susan Sontag, *Im Zeichen des Saturn*, Frankfurt am Main, 1990, p.128.
14) IV.1, pp.239~240을 참조. 여기서 벤야민은 어린 시절 베를린에서 자주 접한
　　카이저 파노라마에 대한 기억을 서술하고 있다. 긍정적인 측면에서 그는 카이저
　　파노라마를 하나의 마술로 파악하고 있다. 더 나아가 그는 카이저 파노라마가
　　재현하는 많은 여행 그림들을 낯선 외부 세계와 주체를 연결시켜주는 하나의
　　장으로 파악한다.
15) V.1, pp.45~46을 참조.

상품들, 그리고 그것을 비추고 있는 조명들이 대도시의 새로운 '볼거리'로 등장한다. 파사주는 바로 "상품의 궁전"(V.1, p.86)으로 승격하고, 이러한 변화로 인해 예술은 상품에 종사하게 되었다(V.1, p.86).

유리로 이루어진 진열장에 의해서 내부 공간과 외부 공간의 분리에도 불구하고 상점이라는 공간 안에서도 그리고 상점 밖에서도 진열대에 놓여져 있는 상품들을 볼 수 있게 된 것이다. 바로 이러한 전반적인 상황 자체가 인간에게 이전과는 다른 지각 대상을 보여주고 또 다른 지각 방식을 요구한다. 유리 건축물들은 유리라는 특성에 의해서 내적인 공간과 외적인 공간의 경계선을 모호하게 만든다. 내적인 공간은 외적으로 표현되고, 외적인 공간은 내적인 공간과의 연장선에 놓여져 있게 되었다. 즉 '내적 공간의 외면화'와 '외적 공간의 내면화' 현상이 일어난다. 게다가 조명의 발달로 인해서 여기에 더해진 현란한 조명들은 안과 밖의 경계에 대한 모호성을 더 부추기기도 한다. 비로소 파사주는 가스 조명이 결정적인 영향력을 행사해서 새롭게 창출된 일종의 놀이 공간(Schauplatz)의 역할을 수행한다(V.1, p.45).

뿐만 아니라, 파사주를 산책하면서 볼 수 있는 곳곳에 붙여져 있는 많은 광고물들, 이것이 바로 새로운 지각 탄생의 전제 조건이기도 하다. 산업혁명은 상품의 대량 생산을 가져 왔으며, 대량 생산의 필연적 조건은 대량 소비이다. 대량 소비를 위해 상품은 광고될 수밖에 없다. 따라서 다양한 광고 포스터와 그림들은 도시 곳곳에 새로운 '볼거리'로 등장한다. 아마도 우리가 가장 자주 접하는 그림은 광고의 형태로 모습을 드러내는 그림들일 것이다. 이런 이유에서 벤야민의 대도시 경험은 광고 포스터들과 밀접한 상관관계를 맺는다. 바로 이러한 전반적인 상황 자체가 인간에게 이전과는 다른 지각 대상을 보여주고 또 다른 지각 방식을 요구한다. 그렇다면 이 모든 현상들을 벤야민은 어떤 지각 방식으로 설명하였는가?

2) 대도시 경험과 새로운 예술 체험
─충격 경험(Schockerfahrung)과 시각적 촉각성(optische Taktilität)

예술 작품인 객체와 그것을 수용하는 주체 사이에는 지각 (Wahrnehmung)이 존재한다. 이 지각이라는 방식을 통해 수용자는 예술 작품을 받아들인다. 지각은 하나의 감각적 경험과 동시에 미적 체험의 토대를 형성한다. 그러나 예술 작품의 수용 과정으로서의 지각은 사실 고정 불변하는 것은 아니다. 지각 과정에서 예술 작품인 객체와 그것을 수용하는 주체는 시대적 문화적 상황에 따라서 다르게 관계 맺음을 한다. 예를 들어서 중세인은 결코 지금 현대를 살아가는 우리들처럼 불을 지각하지는 않았다. 즉 기독교적인 교리가 사회 근본 교리로서 역할을 했던 시대에서 불은 단지 불이 아니라, 하나의 지옥을 의미할 수도 있는 것이다. 뿐만 아니라, 불교를 믿는 사람들에게 부처상은 종교적 숭배의 대상이지만, 불교가 그저 낯선 이국적 취미로 받아들이는 서구인들에게는 하나의 독특한 그리고 이국적인 취향의 대상일 뿐이다. 바로 벤야민의 새로운 경험과 지각 방식에 대한 연구는 이러한 지각의 상대성에서 출발한다.16)

지각의 상대성이라는 전제에서 출발한 벤야민의 지각 이론은 결국 예술 작품과 수용자간의 관계에 대한 문제로 전개된다. 일차적으로 지각 과정에 의해서 예술 작품을 받아들일 수밖에 없음에도 불구하고 많은 미학자들은 지각을 예술 이론에서 중요하게 취급하지 않았다. 지각은 일차적인 것이므로 이 지각 단계에서 좀더 발전한 인식만이 중요한 미적 경험으로 다루어졌다. 그러나 벤야민은 예술 작품을 수용하는 과정에서 바로 일차적 과정이라고 할 수 있는 지각에 관심을 기울인다. 이러한 관점에서 보았을 때 벤야민의 예술 이론은 일종의 지각 이론이라고도 할 수 있다.17)

지각 과정을 중심으로 한 벤야민의 예술 이론은 예술 작품과 수용자간의 관계에서 예술 작품에 대해 집중되어 있던 미학적 논의를 수용자 중심의 논의로 전개된다. 벤야민은 사진, 영화, 광고를 중심으로 한 대중 매체가 본격적으로 발전함으로써 인간의 지각 대상은 점점 더 많아지고 풍부해지고 있음을 보았다. 또한 많은 미적 체험은 박물관과 미술관에서보다, 오히려 대도시의 많은 사물들을 통해 이루어지고 있음도 보았다. 벤야민은 이러한 상황 속에서 미학이라는 이름으로 아름다움, 진리, 예술 작품, 천재성과

---

16) 예술 작품과 지각의 상관관계와 지각의 상대성에 대한 벤야민의 연구는 그가 밝혔듯이, 빈학파의 연구에서 출발한다. 벤야민에 따르면 리글(Riegl)과 비크호프(Wickhoff) 등과 같은 빈 학파의 미술 사학자들이 놀랍게도 일찍이 예술 작품의 지각 방식에 관심을 가졌다. 그럼에도 불구하고 아쉽게도 그들은 지각 방식과 사회적 변화의 관계를 소홀히 했음을 벤야민은 지적하고 있다. I.2, S., pp.478~479을 참조

17) 노르베르트 볼츠(Norbert Bolz)는 발터 벤야민의 예술 이론을 현대의 매체 미학적 관점에서 하나의 지각 이론으로 적극적으로 수용하고 있다. 이와 관련해서는 다음을 참조하길 바람. 노르베르트 볼츠·빌렘 반 라이엔, 김득룡 역,『발터 벤야민. 예술, 종교, 역사철학』, 서광사, 2000, 139~150면.

창조성 등이라는 기본 범주들로 이루어진 전통적인 미학이 이러한 현재적 상황을 설명할 수 없음을 강조한다. 따라서 기존의 미학이 아니라, 지각 개념을 중심으로 수용자 관점에서 새로운 예술 이론을 전개하고자 한 것이다. 이러한 벤야민의 입장은 필연적으로 대도시와 대도시의 현상에 대해 관심으로 나갈 수밖에 없다.

앞에서 살펴보았듯이, 벤야민에게 대도시는 단지 변화된 삶의 장소를 의미하는 것만은 아니다. 대도시는 변화된 삶의 양식을 의미함과 동시에 인간의 새로운 지각 방식을 의미하기도 한다. 대도시의 큰길에 오고 가는 많은 사람들 그리고 빠르게 변화하는 사물들과 풍경들이 주는 운동감 등은 대도시를 새로운 경험 공간으로 만든다.[18) 게다가 대도시의 많은 건물들과 전시된 많은 것들이 새로운 지각의 대상으로 등장한다. 이 모든 것들은 결국 "시각의 확장"[19)을 가져 왔다.

대도시의 많은 새로움을 벤야민은 지치지 않고 끊임없이 관찰한다. 또한 벤야민은 이러한 대도시의 모든 것들이 낯선 사람들을 그곳으로 이끄는 묘한 매력이 있음을 보았다. 즉 대도시의 상점들, 백화점, 그리고 철도역 등은 벤야민과 동시대인들에게 그냥 일상을 영위하는 공간이 아니라, 새로운 미적 경험을 체험할 수 있는 미적 경험의 대상이었다. 이 새로운 미적 대상이 제공하는 미적 경험은 이전의 미적 경험을 제공하는 대상들과는 기본적으로 다르다는 사실에 벤야민은 주목한다.

---

18) Christoph Asendorf, *Batterien der Lebenskraft. Zur Geschichte der Dinge und ihrer Wahrnehmung im 19. Jahrhundert*, Berlin, 1988, p.7.

19) Eberhard Roters, *Jenseits von Arkadien. Die romantische Landschaft*, Koln, 1995, p.111.

벤야민은 대도시 경험을 하나의 커다란 충격 체험으로 표상한다. 이러한 체험을 벤야민은 "문지방 경험(Schwellenerfahrung)"(V.1, p.617)[20] 이라고 서술한다. 즉 새로움과 낡은 것, 꿈과 깨어남, 예술과 상품 등의 경계 체험을 하는 장소에서 그는 마치 문턱에 서있는 듯한 체험을 경험한다. 이 문턱에서 저쪽으로 발을 내밀었을 때와 반대 방향으로 발을 내밀었을 때, 도시는 야누스처럼 분열된 채 자신을 드러낸다. 즉 같은 장소에 있지만 시선에 따라 전혀 다른 두 공간이 펼쳐지고 있는 곳이 바로 대도시이다. 대도시의 철도역의 입구들, 많은 술집들과 카페 그리고 여러 가지 여가와 운동을 즐길 수 있는 공간들은 그곳을 배회하는 사람들에게 하나의 "문지방 마술(Schwellenzauber)"(V.1, p.283)을 보여준다. 바로 이러한 문지방 마술과 문지방 경험을 하기 위해서 대중들은 기꺼이 산책로를 숲보다는 비밀이 가득한 대도시와 도로를 택하기도 한다(V.1, S., p.283).

벤야민에게 '문지방 마술'과 '문지방 체험'이 가능한 대도시와 파사주는 그 자체가 하나의 커다란 미로(Labyrinth)였다.[21] 안과 밖의 모호한 경계, 꿈과 깨어남 그리고 고대 세계와 현대 세계가 서로 얽혀 존재하는 미로처럼 벤야민에게 보여진다. 따라서 벤야민은 대도시를 "미로에 대한 오래된 인류의 꿈이 현실화"(V.1, p.541)된 것으로 보았다. 미로처럼 보여지는 대도시에서 그는 특히 당혹과 혼

---

20) 독일어로 Schwelle라는 단어는 문지방, 문턱, 경계를 의미하고 경우에 따라서는 의식과 무의식의 한계를 의미하기도 한다. 따라서 '문지방 경험'이라는 벤야민의 용어는 '문지방 경험', '문턱 경험' 또는 '경계 경험'등으로 번역할 수 있다. 필자는 본 논문에서 이 용어를 '문지방 경험'이라는 용어로 번역하겠다.

21) Bernd Witte, Norbert Bolz, "Statt eines Vorworts", *Passagen. Walter Benjamins Urgeschichte des XIX. Jahrhunderts*, München, 1984, pp.10~11.

란을 체험한다. 당혹, 혼란 그리고 미로처럼 나타나는 대도시는 바로 충격 체험의 기초를 형성한다. 그러나 비록 벤야민이 미로와 같은 대도시에서 당혹과 혼란을 체험했음에도 불구하고, 이러한 대도시는 그에게 부정적인 현상뿐만이 아니라, 경이적인 문화적 현상이었다. 벤야민에게 대도시 그 자체가 하나의 새로운 마술환등(Phantasmagorie)이었다. 바로 이러한 모든 것들이 현대의 근본 체험 형식인 충격 체험으로 작용한다.

이 대도시라는 미로를 방황하면서 또 때로는 산책하면서 대중과 대중 속의 산보자(Flaneure)는 대도시의 모든 것들을 본다. 그러나 이때 보는 행위는 이전의 보는 행위와는 다르다. 왜냐하면 이때의 보는 행위는 단지 보는 것에서 끝나는 것이 아니라, 보는 주체에게 촉각성과 유사한 지각 방식을 일깨우기 때문이다. 즉 보는 행위임에도 불구하고 무언가를 촉각적으로 느끼는 것과 같은 지각 방식을 벤야민은 시각 행위에서의 "촉각적 질"이라고 한다.[22]

촉각성이란 말 그대로 신체적으로 무언가를 느끼고 지각하는 것이다. 그러나 벤야민은 이러한 촉각성을 시각의 영역에까지 확대시킨다. 즉 대도시의 모든 것들은 충격 체험을 줌과 동시에 시각적 촉각성에 의해 인간에게 지각된다고 한다. 벤야민은 시각적 촉각성과 관련해서 특히 주목하고 있는 것은 길거리에 붙어 있는 많은 광고 그림들과 사진들이다.[23] 이것들은 전통적인 회화 양식

---

22) I.2, pp.502~505와 V.1, p.235를 참조

23) 벤야민의 광고와 시각적 촉각성에 대한 논의는 필자의 다음의 논문을 참고하길 바람. 심혜련, 「대중 매체에 관한 발터 벤야민의 미학적 고찰이 지니는 현대적 의의」, 『미학』 제30집 봄호, 한국미학회, 2000, 185~187면.

과 같이 시각을 전제로 전시되어 있다. 그러나 전통적인 회화를 수용하는 방식과는 아주 다르게 수용된다. 왜냐하면 이 그림들은 주의와 집중 그리고 침잠을 지각 방식으로 요구하지 않기 때문이다. 오히려 많은 광고물들에 한번의 시선을 순간적으로 고정시킴으로써 그것들을 파악한다(V.1, p.90). 예기치 않은 장소와 시간에 어떤 하나의 광고 그림들을 갑자기 보게 된다. 또 많은 광고 그림들은 서로 내적인 연관성도 없다. 따라서 대중은 이러한 많은 그림들을 때로는 무심하게 또 때로는 갑작스럽게 보게 된 그림들을 움찔 움찔 놀라며 보게 된다. 즉 시각을 통해 마치 신체에 접촉하는 듯한 촉각적 체험을 하는 것이다. 벽에 파노라마처럼 펼쳐지는 광고물들을 대중은 유사 촉각성, 즉 시각적 촉각성이란 방식으로 수용하는 것이다.

우연히 주목함으로써 보게 되고(I.2, p.505), 또 주의와 집중을 기울이지 않고 습관과 정신 오락적 지각 방식에 의해 수용되는 광고는 전통적 시각 매체인 회화가 대중들에게 주었던 숭배(Kult)를 강요하지 않는다. 따라서 이전보다 좀더 민주적으로 그림을 수용할 수 있는 계기가 광고를 통해 열렸다. 낯설음과 강요된 숭배를 극복한 대중은 그림을 편한 마음으로 수용할 수 있게 된 것이다.

3) 새로운 놀이 공간과 새로운 주체의 등장

벤야민에게 대도시와 대중은 사고의 주요한 계기이다. 대도시가 새로운 놀이 공간이라면, 이 놀이 공간에서 배회하고 놀이하는 인간은 바로 대중인 것이다. 그렇다면 벤야민은 대중을 어떻게 파악하고 있는가? 엘리아스 카네티(Elias Canetti)는 그의 저서 "대중과 권력"에서 대중의 등장을 "갑자기 거기에 등장한 수수께끼 같은 보편적인 현상"24)이라고 지적했다. 그러나 물론 대중이라는 현상이 도시의 현상과 맞물려서만 존재하는 것은 아니다. 대중을 말 그대로 많은 보통의 평범한 사람들이라고 정의한다면, 이러한 인간 집단은 역사이래 늘 존재해 왔다. 그러나 카네티가 말하는 대중이란 '거리의 대중들', 즉 서로 아무런 연관 관계도 없으며, 단지 거기에 그리고 지금 함께 있다는 공통점밖에는 없는 무정형적인 도시의 대중을 의미한다.

벤야민의 대중 개념도 이와 유사하다. 벤야민은 대중을 "산책자의 무정형적인 집단(amorphe Menge der Passante)"(I.2, p.618)으로 또 "거리의 대중(Straßenpublikum)"(I.2, p.618)으로 파악한다. 이러한 대중은 무질서한 모습을 띠고 나타난다. 그러나 벤야민은 이러한 무질서한 대중을 부정적으로 보기보다는 긍정적으로 파악한다. 더 나아가 벤야민은 무질서 속에서 혼란한 모습을 보여주는 대중들 속에서 바로 "혼란의 예술"25)을 보았다.

그러나 벤야민은 대중 개념에 대한 명확한 개념 규정을 하지 않는다. 오히려 간접적인 방식으로 대중 개념을 전개한다. 대중 개념의 간접적인 전개 방식을 위해서 벤야민이 택한 사람은 바로 보들레르(Baudelaire)이다. 벤야민은 "보들레르에 관한 몇 가지 계기들

---

24) Elias Canetti, *Masse und Macht*, Frankfurt am Main, 1996, p.14.

25) Susan Sontag, *Im Zeichen des Saturn*, Übersetzt von Werner Fuld, Frankfurt am Main, 1990, p.129.

에 관하여(Über einige Motive bei Baudelaire)”와 “보들레르에 있어서 제2 제정기의 파리(Das Paris des Second Empire bei Baudelaire)”라는 글에서 보들레르가 묘사하고 있는 대중 개념을 분석함으로써 자신의 대중 개념을 드러낸다. 왜냐하면 벤야민은 보들레르가 본 19세기 파리와 그 속에서 배회하는 군중들의 모습을 통해 20세기 초 현대성의 경험을 서술하고자 했기 때문이다.

벤야민은 보들레르가 최초로 대중의 모습을 시의 대상으로 삼고 있음을 지적한다(I.2, p.563). 보들레르가 등장했을 때, 보들레르 시가 가지고 있는 퇴폐성과 악마주의적 성향과 염세주의적 성향들은 많은 비판을 받았고, 그렇기 때문에 보들레르의 시들은 판금까지 당했다. 그러나 벤야민은 보들레르의 시야말로 현대의 경험과 정서를 가장 잘 표현한 서정시로 규정한다. 벤야민은 서정시란 동시대를 살아가는 사람들의 경험과 정서를 표현해야만 하는데, 기존의 서정시는 현대의 상황을 묘사하지 못하고 있다고 비판한다. 예외적인 존재가 바로 보들레르의 시이다.26) 벤야민은 보들레르야말로 대도시가 주는 충격 경험을 자신의 시에서 탁월하게 묘사하고 있다고 분석한다(I.2, p.616).

벤야민의 보들레르에 대한 분석에 따르면 보들레르의 시에서 대중은 특히 대도시 군중의 충격적인 경험 구조와 맞물려 있다. 보들레르는 대도시의 군중에 완전히 편입되지도 않고 또 대도시의 군중을 약간의 경이와 당혹의 두 시선으로 고찰한 것이다(I.2, p.620). 보들레르에게 대중은 바로 그 존재 자체가 미로였고, 이 미로에서

---

26) I.2, pp.607~609를 참조

보들레르는 시적 영감을 얻기도 하고 때로는 이 대중 속에, 즉 익명 속에 자기를 숨겨서 안도하기도 하였다. 보들레르는 대중 속에서 자신의 마지막 유형지를 찾았던 것이다.[27]

이때 대중은 익명의 대중이자 무정형적 대중, 즉 너울과 같은 존재로 자신의 모습을 드러낸다. 바람에 실려 여기저기 너풀거리며 날아다니는 투명한 너울과 같은 존재가 바로 대도시에 새롭게 등장한 대중이다(I.2, p.562). 바로 이러한 너울과 같은 대중이 그 도시에 사는, 즉 이미 도시 자체가 익숙해진 산보자에게 도시를 다른 모습으로 인식하게 해준다. 이 대중에 의해서 도시는 산보자에게 하나의 마술환등과 같은 모습으로 다시 태어나는 것이다(V.1, p.54).

그러나 벤야민은 대중은 단지 앞에서 서술한 방식으로만 이해한 것은 결코 아니다. 즉 벤야민에게 대중은 이중적 의미를 갖는다. 벤야민은 대중문화, 특히 영화와 더불어 항상 인용되는 "기술 재생산 시대의 예술 작품"이라는 글에서 민중 개념과 유사한 대중 개념을 펼치고 있다.

기술 재생산 시대에 새로운 예술 형식은 기본적으로 대중 매체 형식을 띠고 있다. 즉 대중을 위해 생산되고, 대규모의 방식으로 생산된다. 즉 소비와 생산에 모두 대중적이라는 전제가 깔려 있다. 이것의 수용 방식 또한 대중 수용 방식이라는 형태로 이루어진다. 대중 예술을 수용하는 대중은 이전의 개별적 수용 방식에 의해서 예술 작품들을 수용했던 '개인'들과는 다른 방식으로 새로운 예술 형식을 즐긴다. 즉 전통적인 예술 작품이 개별적 방식이 중요시되

---

27) V.2, p.54; V.1, p.559를 참조

는 수용이라면, 대중 예술, 특히 영화는 영화관(Kino)라는 공간에서 이루어지는 대중 수용을 전제로 한다. 바로 이 대중 수용에 벤야민은 많은 기대감을 표현한다. 대중적 공간에서 대중 매체로 산출된 영화를 수용하는 대중은 우려하는 것처럼 우둔하지 않다는 게 벤야민의 주장이다. 벤야민은 대중이 우둔하지 않을 뿐만 아니라, 더 나아가서 비판적 관점을 가지고 있고, 유동적인 힘을 내재하고 있는 하나의 모태(Matrix)라고 평가한다. 벤야민은 대중이 영화라는 대중 수용 방식에서도 즐김과 동시에 비판할 수 있고, 또 대중들은 서로가 서로에게 비판적 안목을 가질 수 있도록 서로를 자극한다고 보았다(I.2, p.497).

새로운 집단으로서의 대중은 대중 속에 있을 때, 자신이 속한 계급을 망각하고 그저 대중이라는 이름으로 동일화될 수 있다. 이것을 벤야민을 하나의 계급 없는 사회로서 이상적인 집단으로 파악한다.28) 대중에 관한 희망이 대중에 관한 긍정적 관점으로 발전한 것이다.29) 결국 벤야민이 대중이라는 "집단적 개인에 대해 유토피아적 희망"30)을 가졌음을 알 수 있다. 계급이 없는 사회의 한 현상으로 등장한 대중은 새로운 인간 집단의 유형이자, 기술 재생산 시대에 새롭게 모습을 드러낸 새로운 예술 형식, 즉 사진과 영화의 수용자이기도 하다.

당혹·혼란·놀라움·경이 그리고 욕망이 뒤엉킨 대도시와 대

---

28) V.1, p.57; V.1, pp.468~469를 참조
29) 벤야민의 영화의 대중 수용에 대한 희망과 대중의 진보적 태도에 대한 믿음에 대해서는 다음을 참조하길 바람. I.2, pp.496~497과 p.503.
30) Bernd Witte, "Statt eines Vorworts", *Passagen. Walter Benjamins Urgeschichte des XIX. Jahrhunderts*, Norbert Bolz, Bernd Witte(Hrsg.), Munchen, 1984, p.11.

도시의 군중 속에 또 다른 새로운 주체가 등장한다. 대도시가 벤
야민에게 하나의 도서관처럼 새로운 공간적 체험의 장소로서 등
장했다면, 그 체험의 장에서 대도시가 주는 새로운 기회를 누리는
자는 바로 거리를 유유히 산책하는 산보자(Flaneure)이다.[31] 이때 산
보자의 행위는 긍정적인 시각으로 보면 '여유'와 '한가로움'일 수
있고, 부정적인 시각으로 보면 하나의 '빈둥거림'으로 보여줄 수
있다. 대도시의 산보자는 하나의 특정 계급만을 의미하지는 않는
다. 즉 대도시의 산보자라는 넓은 개념에는 다양한 그리고 한마디
로 정의할 수 없는 계층들이 뒤섞여있는 것이다.

대도시의 산보자는 무정형적이고 마치 너울처럼 이리저리 부유
하는 대중 속에서 자신의 정체성이 알려지지 않은 채 하나의 이름
없는 존재로 나타난다. 산보자는 미로와 같은 대도시를 마치 정글
을 탐험하는 탐험가처럼 탐색한다. 대도시의 모든 공간은 산보자
에게 하나의 이동식 그림처럼 보여지고, 산보자는 이 모든 것들을
동시에 지각한다(V.1, p.527).

산보자는 현란한 조명과 번쩍이는 상품들로 포장된 대도시에서
때로는 그것들을 바라보는 것을 즐기며, 또 때로는 팔기 위해 포
장된 대도시의 모든 것들을 경멸하면서 유유히 대도시를 산보한
다. 산보자는 대도시의 모든 상품들을 아무런 방해도 없이 볼 수

---

31) 미로와 같은 대도시에서 당혹, 혼란 그리고 경이감을 느끼는 시인의 모습으로
벤야민은 보들레르를 상정한다. 왜냐하면 벤야민이 볼 때 보들레르야말로 알레
고리적 시선을 가지고 대도시와 대중을 잘 그려낸 시인이기 때문이다. 시인은
이러한 대도시에서 때로는 대도시의 대중에 편입되기도 하고 또 때로는 대중의
모습에 공포감을 느끼기도 하고, 또 때로는 대중을 경멸하기도 한다. 이러한 시
인의 모습은 바로 대도시에서의 산보자의 모습이기도 하다.

있지만, 그러나 그것을 결코 소유할 수 없다는 것을 잘 인식한다. 모든 사용 가치를 상실한 채, 단지 교환 가치만을 소유한 채 누군 가가 자기를 구매해 주기를 바라며 진열대 위에 놓여져 있는 상품 은 산보자에게 말 그대로 '그림의 떡'에 불과하다. 이러한 많은 것 들이 전시되어 있는 대도시에서 산보자는 그들과 거리를 두고 있 는 존재이다. 스스로 상품에 편입되지 않은 채 여유 있게 또는 게 으르게 대도시를 배회하고 있는 산보자에게서 벤야민은 어느 정 도 긍정적 힘을 보았다. 산보자들이 상품으로 치장된 대도시를 관 조할 수 있다는 믿음이 벤야민에게 있었다.

4. 새로운 체험과 새로운 예술 형식

예술 작품과 그것을 수용하는 방식은 가변적이다. 마치, 아름다 움이라는 개념이 역사적으로 그리고 시대적으로 다르게 규정될 수 있는 것처럼, 예술 작품을 수용하는 과정에서 역사적, 사회적 그리고 문화적 조건에 따라 예술 작품은 다른 방식으로 수용된다. 바로 이러한 전제에서 벤야민은 자신의 '기술 재생산 시대(Zeitalter der technischen Reproduzierbarkeit)'의 새로운 예술 작품에 대한 분석을 시 도한다. 기본적으로 벤야민에게 예술은 사회적 생산물이다. 따라 서 사회적 생산 관계와 예술은 밀접한 관계에 놓여져 있다. 즉 예 술은 사회적 생산 관계를 반영하기도 하고, 또 사회적 상황을 반영하기도 한다. 바로 이러한 전제에서 벤야민은 대도시와 대도시가 주는 새로운 체험 그리고 이에 상응하는 새로운 형식의 예술과 그것의 지각 방식에 대해 관심을 갖는다.

그렇다면 새로운 체험에 상응하는 예술 형식은 반드시 전통적인 예술 형식과는 완전히 다른 새로운 예술 형식이어야만 하는가? 물론 그렇지 않다. 전통적인 예술 형식에서도 이러한 새로운 체험은 드러날 수도 있다. 바로 이점에서 벤야민은 초현실주의와 다다이즘에 대한 관심을 보인다. 벤야민의 관점에서 보면 초현실주의와 다다이즘은 전통적 예술 형식, 즉 회화라는 형식을 취하면서도 완전히 다른 내용을 다른 표현 방식으로 나타낸다고 할 수 있다. 따라서 벤야민은 "초현실주의(Der Sürrealismus)"라는 글과 "경험과 빈곤(Erfahrung und Armut)"이라는 글에서 인간의 변화된 경험 구조와 그것을 담아내고 있는 예술에 대해 문제를 제기한다. "초현실주의"라는 글에서 벤야민은 초현실주의를 "유럽 지성의 마지막 스냅 사진"(II.2, p.295)이라고 칭한다. 벤야민은 이미 현실 자체가 초현실적으로 되었음을 주지시키면서, 그것을 예술 형식에 가장 잘 담아내고 있는 것이 바로 초현실주의라는 것이다. 다시 말해서 초현실주의는 초현실적인 주제를 초현실적인 표현 방식으로 현실을 표현한 것이 아니라, 마치 초현실적으로 변해버린 현실과 경험을 가장 정확히 표현하고 있다는 것이다(II.2, p.297). 초현실적으로 변해버린 현실 속에서 인간의 경험의 빈곤과 야만(Barbarentum)의 경험을 체험한다.[32] 이것이 바로 현대 경험의 본질이다. 이 본질을 외면하는

---

32) II.1, pp.214~216을 참조

예술 형식과 예술 내용은 엄밀한 의미에서 '사회적'이지 않으므로
사회를 반영한다고 볼 수 없다. 벤야민이 "생산자로서의 작가"에
서 행동주의와 신즉물주의로 드러난 좌파 부르주아를 비판했던
것과는 달리 초현실주의는 긍정적으로 평가한다. 초현실주의는 초
현실적으로 된 현실을 가장 잘 발휘하고 있으며, 또 바로 그 현실
에서 "세속적 깨달음(die profane Erleuchtung)"(II.2, p.297)을 통해 현실에
대한 구원을 시도한다고 벤야민은 평하고 있다.

초현실주의뿐만 아니라, 다다이즘 또한 벤야민에게 새로운 긍정
적 시도였다. 왜냐하면 이 둘은 바로 낡은 것들과 사소한 것들 그
리고 일상적인 것들을 정확히 직시하고 그것들에서 혁명적인 힘
들을 발견했기 때문이다(II.2, p.299). 게다가 다다이즘은 더 나아가
이러한 것들을 예술적 표현 형식으로 적극적으로 사용함으로써
예술 작품을 관조와 침잠으로부터 해방시킴으로써 예술 작품의
무가치성과 이에 상응하는 새로운 지각 방식에 적합한 예술 작품
을 생산해냈다고 한다(I.2, p.502).

그렇다면 '기술 재생산 시대'에 새로운 체험에 상응하는 예술
형식은 과연 무엇인가? 바로 영화다. 영화는 대도시에서의 충격
체험과 시각적 촉각성에 상응하는 새로운 지각 방식의 예술이다.
대도시에서 살아간다는 것은 개개인에게 충격과 충돌의 체험을
의미한다. 이미 자극과 충돌이 넘쳐나는 대도시 대중들은 자신의
경험을 예술에서 얻고자한다. 이러한 대중의 욕구에 부응하는 것
이 바로 영화다. 영화는 움직이는 그림을 전제로 한다. 즉 영사막
앞에서는 캔버스 앞에서처럼 집중 또는 관조를 할 수 없다. 왜냐
하면 영화는 연속성으로 그림을 보여주기 때문에 그림 앞에서 있

는 수용자처럼 자신의 연상에 전적으로 몰입할 수 없기 때문이다. 영화는 연상의 흐름을 중단시킨다. 이 연상의 중단이 바로 대도시의 충격 경험처럼 관객들에 지각된다고 하는 것이 벤야민의 주장이다. 또한 벤야민은 바로 이러한 충격 체험을 통해 관객은 의식적으로 깨어 있는 상태를 유지하려고 하기 때문에 영화의 관객들은 영화를 비판적으로 향유할 수 있다고 한다.

대도시의 탄생 이후 인간의 경험 구조는 큰 변화를 가져 왔다. 그렇다면 바뀐 경험과 체험을 경험한 대중들은 예술에서도 자신의 경험과 상응하는 체험을 하길 원하며, 또 예술에서 그것을 경험했을 때, 예술과 자신의 삶의 관계를 고찰할 수가 있다. 벤야민에 따르면, 기존의 전통적인 형식을 따르는 예술 사조와 예술 형식은 변화된 인간의 삶의 반영하지 못한다고 한다. 인간의 현재적 삶을 반영하지 못하고, 현재의 사회적 조건과 무관한 예술 작품은 어떠한 사회적 힘도 발휘할 수 없다는 게 벤야민의 입장이다. 벤야민은 예술 작품의 사회적 영향력이 적으면 적을수록 예술 작품이 가지는 비판적 계기는 소멸된다고 주장한다(I.2, p.497). 예술 작품이 사회적 영향력을 행사할 수 있기 위해서는 바로 과거에 연연하기보다는 현재에 충실해야만 하는 것이다. 즉 인간의 바뀐 사회적 공간, 그리고 이 사회적 공간에서의 인간의 새로운 체험과 경험 그리고 이것을 반영하는 예술 작품과 이를 수용하는 새로운 지가 방식이 요구하는 것이다. 그렇다면 이러한 바뀐 인간의 경험 구조에 상응하는 새로운 예술 형식이란 무엇인가? 바로 이것은 벤야민은 영화라고 파악한다.[33] 영화야말로 대도시에서 일상적으로 접할 수 있는 충격과 위험을 보여주는 예술 형식인 것이다. "영화

는 오늘날 눈에 띠게 보이는 상승하는 '삶의 위험에 상응하는 예
술 형식이다."(I.2, S., p.503)

5. 대중을 위한 예술

　지금까지 대도시와 대도시를 둘러싼 여러 가지 변화들을 벤야
민의 이론을 중심으로 살펴보았다. 그렇다면 도대체 왜 벤야민은
대도시와 일상에 관심을 가졌을까? 그것은 바로 벤야민의 현실에
대한 관심에서 찾아볼 수 있다. 벤야민의 철학적 사유의 작업은
많은 텍스트들을 통해서만 이루어진 것은 아니다. 벤야민은 늘 자
신이 몸담고 있는 현실에 관심이 많았으며, 그 현실 속에서 현실
을 읽으며 철학적 사유를 전개시킨다. 바로 이러한 벤야민의 기본
태도가 대도시와 일상성, 그리고 대중 매체에 대한 관심을 유발시
켜 '일상성의 미학'을 전개할 수 있는 토대를 마련했다고 할 수 있
다. 지금은 우리가 도시에 관한 많은 철학적 단상들이 일상성의
미학이라는 이름으로 다양한 방식으로 고찰되고 있지만, 벤야민
당시 대도시에 대한 문화적 그리고 미학적 분석은 매우 낯선 시도
였다. 낯선 시도였음에도 불구하고 벤야민의 시도가 주는 의미는

---

33) 벤야민의 영화 이론은 매우 중요하다. 본 논문에서 필자는 벤야민의 영화 이
　론에 대한 자세한 언급을 하지 않겠다. 다음에 다른 연구를 통해서 영화론에 대
　해 언급하고자 한다.

매우 크다. 벤야민은 정말 대도시의 많은 골목들의 이름이 써 있는 표지판들을 마치 도서관의 책의 제목과 목차처럼 보았고, 대도시의 많은 사물들과 건축물들을 책의 내용처럼 보고 읽고 또 사색했다. 벤야민은 자신이 이야기한 새로운 주체인 한 명의 산보자로서 대도시라는 커다란 책을 배회했다.

배회의 결과, 벤야민은 바로 대도시 자체를 하나의 미학적 대상으로 보았으며, 그 속에서 야기되는 많은 변화들을 고찰했다. 이러한 벤야민의 시도는 현대 사상에 많은 영향을 주고 있다. 대중 매체에 대한 관심, 도시에 대한 관심 그리고 새로운 예술 형식에 대한 관심에 이론적 지평을 제시하기도 한다.

이와 더불어 벤야민의 예술관도 대도시의 일상생활과 새로운 매체에 대한 관심을 불러일으키는 데 원인이 된다. 즉 벤야민에게 '예술 작품(Kunstwerk)'은 하나의 사회적 생산물이다. 사회적 생산물로서의 예술을 강조하기 위해 벤야민은 예술 작품이라는 개념을 의도적으로 '예술적 생산물(künstlerische Produktion)'로 '작가(Autor)'를 '생산자(Produzent)'로 그리고 예술 작품을 만들어내는 행위를 '창조한다'는 용어보다는 '생산한다'라는 술어로 대치시킨다. 벤야민은 예술 작품의 '모사(Nachbildung)'라는 용어 대신에 '재생산'이라는 개념을 사용한다.

사회적 산물인 예술 작품에는 사회적 상황이 드러날 수밖에 없으며, 또 사회적 상황을 반영해야만 한다. 이것이야말로 진정한 예술의 기능인 것이다. 사회적 상황과는 무관한 '예술의 자율성'을 논하는 것은 하나의 예술에 대한 환상에 불과하다는 게 벤야민의 기본 입장이다. 늘 사회 속에서 예술의 책임을 묻고 그리고 사회

적 상황과 관련된 예술 형식에 관심을 가졌던 벤야민은 많은 대중
들이 살고 그들이 진정으로 즐겼던 대중문화에 대한 이론적 관심
을 가질 수밖에 없었다. 현실과 유리된 예술이 아닌, 현실과 밀접
하게 연관된 예술에 대한 관심이 바로 대도시와 새로운 예술 체험
에 관한 논의를 이끌었던 것이다. 결국 벤야민은 전통적인 예술
형식이 아닌 새로운 예술을 전통적인 예술 이론이 아닌 새로운 예
술 이론으로 해석하려고 한 것이다. 전통 예술과 전통 예술 이론
이라는 관점에서 사진이나 영화가 예술이냐 예술이 아니냐하는
것은 벤야민에게 중요한 문제가 아니다. 오히려 전통의 부정과 단
절로서의 새로운 예술 형식은 진보적 의미를 가질 수 있다. 왜냐
하면 벤야민은 전통과 문화유산이라는 이름으로 칭송되는 많은
예술 뒤에는 천재의 노고뿐만 아니라, 그 시대를 살았던 많은 이
름 없는 대중들의 노고들이 은폐되어 있는 야만의 기록이 숨어 있
음을 보았기 때문이다(I.2, p.696). 즉 소수의 천재가 아니라, 다수의
대중을 위한 예술, 이것이 바로 벤야민이 꿈꾸었던 예술이다.

　필자는 벤야민이 가졌던 현실에 대한 끊임없는 관심과 현실 비
판으로서의 예술과 동시에 모든 사람이 즐길 수 있는 예술에 대한
유토피아적 믿음은 아직도 우리에게 필요하다고 생각한다. 사회와
예술에 대한 전망, 그것이 바로 양가 감정을 지닌 채, 마치 벤야민
의 '문지방 경험'처럼 드러난다고 할지라도 말이다.

참고문헌

노르베르트 볼츠·빌렘 반 라이엔, 김득룡 역, 『발터 벤야민―예술, 종교, 역사

철학』, 서광사, 2000.

볼프강 쉬벨부쉬, 박진희 역, 『철도 여행의 역사』, 궁리, 1999.

심혜련, 「대중 매체에 관한 발터 벤야민의 미학적 고찰이 지니는 현대적 의의」, 『미학』 제30집 봄호, 한국미학회, 2000.

이진경, 『근대적 시공간의 탄생』, 푸른숲, 2002.

Bernd Witte, Norbert Bolz, "Statt eines Vorworts", *Passagen. Walter Benjamins Urgeschichte des XIX. Jahrhunderts*, München, 1984.

__________, "Statt eines Vorworts", *Passagen. Walter Benjamins Urgeschichte des XIX. Jahrhunderts*, München, 1984.

Christoph Asendorf, *Batterien der Lebenskraft. Zur Geschichte der Dinge und ihrer Wahrnehmung im 19. Jahrhundert*, Berlin, 1988.

Eberhard Roters, *Jenseits von Arkadien. Die romantische Landschaft*, Köln, 1995.

Elias Canetti, *Masse und Macht*, Frankfurt am Main, 1996.

Georg Simmel, "Die Großstädte und das Geistesleben", *Soziologische Ästhetik*(Hrsg., Klaus Lichtblau), Bodenheim, 1998.

Paul Virilio, *Der negative Horizont*, Frankfurt am Main, 1995.

Susan Buck-Morss, *Dialektik des Sehens. Walter Benjamin und das Passagen-Werk*, Frankfurt am Main, 1993.

Susan Sontag, *Im Zeichen des Saturn*, Frankfurt am Main, 1990.

Walter Benjamin, *Gesammelte Schriften. Bd*. I~VII. Unter Mitwirkung von Theodor W. Adorno und Gerschom Scholem, Herausgegeben von Rolf Tiedemann und Hermann Schweppenhäuser, Frankfurt am Main, 1972~1989.

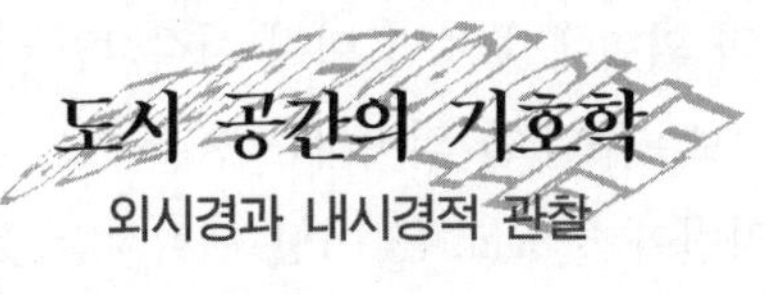

도시 공간의 기호학
외시경과 내시경적 관찰

김영순

1. 기호로서의 도시 공간

현대 도시는 기호로 가득 차 있다. 밀림처럼 들어선 빌딩들, 질주하는 자동차와 신호들, 그 속에서 부대끼며 삶을 사는 인간들, 이들간에 형성되어 있는 문화와 제도들. 이 모두는 '소통하기'와 '이해하기'에 기여한다. 그렇다면 도시는 분명히 기호 작용을 일으키는 장소이며 기호를 발생시키는 원천지이다. 기호는 소통하기, 이해하기 그리고 해석하기를 전제로 한다. 이 글은 기호학적 입장에서 도시의 외시경과 내시경을 그려낸다. 즉 공간으로서 '도시'의 외부와 내부를 기호학적 시각으로 들여다보게 된다. 이를 위해 이 글에서 사용하고 있는 기호의 개념을 짚고 넘어가야 할 필요가 있다.

　기호란 어원적 의미에서 보면 이미 시각적인 것을 나타낸다. 독일어에서 동사 '보여주다'를 의미하는 'zeigen'은 명사 'Zeichen(기호)'의 어원이다. 라틴어 'signum'은 어떤 시각적인 것을 의미하고 그리스어 'sema'는 '보다'를 의미한다. 따라서 '기호(sign)'는 시각과 관련되어 있다. 또한 자동차 클락숀 소리와 같이 청각적으로 인지되는 것도 기호라고 부른다. 그러므로 시각 장애자를 위해 고안된 신호등의 소리 신호도 도로를 횡단할 수 있음에 대한 기호이다. 우리가 사용하는 낱말도 기호라고 말할 수 있다. 즉 기호는 전체 현상으로서 생산되어 해석되는 것에 의해 진술을 만들고 의미를 만든다. 고개 흔들기, 손짓하기 등과 같은 몸짓도 기호이다. 이 경우는 전체 행위로서 특정한 상황을 위한 의미를 가지는 기호이다. 벽에 그려진 화살표, 언어로 만들어진 진술, 낱말, 형태 등과 같이 개별 부분들이 복잡하게 구성된 것들도 기호이다. 이러한 기호들로 도시 공간이 채워진다. 도시 공간에는 '어떤 것'을 통해 '어떤 것'을 보증하는 대상으로 채워져 있기 때문이다.

　확실히 기호는 대상 그 자체가 아니라 그것을 보증하는 어떤 것이다. 또한 기호는 어떤 사람에게 무엇인가를 전달하기 위해 사용되는 것이다. 예를 들면 얼굴이 창백하다는 것은 그 사람에게 건강에 적신호가 왔음을 나타낸다. 하늘에 검은 구름이 있으면 금방 비가 올 것임을 나타내고, 가을에 나뭇잎이 형형색색 단풍들면 겨울이 가까워 옴을 알 수 있다. 그러나 이런 현상은 단지 창백함이나, 검은 구름, 단풍 그대로 일종의 자연현상일 수 있다. 이것들은 누군가에 의해서 해석되지 않으면 기호가 아니다. 다시 말해서 인간의 의식이 이것을 해석할 때만 그 어떤 것은 기호가 된다. 만일에 검은 구름을 아무도 해석하지 않으면 그것은 세상의 한 현상일 뿐 전혀 기호가 아니다. 이러한 해석의 개념을 도시 공간에 적용하면 도시 공간도 해석 받아야 기호로서의 정당성을 부여받게 되는 것이다.

　기호화 과정은 해석 및 인지적 과정으로 파악된다. 다시 말하면 어떤 것을 어떤 의미 있는 것으로 이해하는 것이 중요하다. 기호는 기호 생산자와 기호 수용자 사이에서 협동적 행위로서 일어나며, 해석적인 의사소통 과정이다. 인간 사이에서 일어나는 것만을 우리는 기호라고 하지는 않는다. 낯선 사람을 향해 짖어대는 개는 그 개가 하고자하는 것에 대한 기호를 만들어 내는 것이다. 그리고 어떤 개가 길가에서 다른 개에게 으르렁거리고 그 다른 개가 움츠려 든다면 분명 이것은 이 동물적 의식 사이에 기호 과정이 발생한 것이다. 이런 맥락에서 기호는 넓은 의미에서 이해해야 한다. 언어는 사람을 규정하는 기술이고 사람과 다른 동물을 기원적으로 구별해 준다. 반면에 기호를 사용하는 것은 사람에만 제한되지 않는다. 우리가 동물의 언어라고 부르는 것은 바로 기호의 기술이지 언어는 아니다. 그래서 문어가 자신의 몸에서 검은 분비물을 내보내는 것이나 벌의 춤도 기호과정으로 볼 수 있다. 인간의 기호와 동물의 기호는 매우 상이하다. 동물의 기호 과정은 상황에 종속적이고 본능과 연관되어 있다. 인간의 언어만이 낱말을 문장으로 조합하고 특수한 방식으로서 문장을 전이하고 사고를 분절된 음성 연속체로 비꿀 수 있다. 동물의 기호 체계는 상대직으로 빈곤하고 인간 기호는 매우 다양하다. 인간도 동물의 일종으로 보자면 동물 기호체계로부터 인간 기호체계에 이르기까지의 광범위한 기호 작용의 범위를 확보한다. 도시 공간 속에서의 인간이 바로 그런 범위에 놓여 있다.

인간은 언어 이외에도 비언어적 기호들을 만들어 내는데 도시 공간 속에 위치하고 있는 교통신호등·그림·약호 등이 그것이다. 이는 기록된 텍스트와는 다르게 어떤 것을 직접 모사하지 않고 언어적 정보 대신에 어떤 다른 의미에서 언어를 보증한다. 인간의 기호에는 모사적 기호와 비모사적 기호가 있다. 언어적 기호는 비모사적이고 그림은 모사적이라고 할 수 있다. 현대 기호학 이전의 기호학적 논의들에서 낱말이란 임의성의 특징을 지니므로 비모사적 구조를 가진 기호만을 기호로 부르려 했다. (현대 기호학이란 소쉬르와 퍼스에 의한 기호학 이론 그 이후를 말한다.) 그 때문에 상징과 기호를 구분하여 사용하고자 했다. 상징에서 질료적 기호는 적어도 부분적으로 내용을 모사한다. 우리는 기독교의 십자가나 공산주의를 나타내는 낫과 망치를 상징이라 말한다. 상징과 반대로 지시는 의미와 어떤 공통성도 없다. 따라서 지시는 언어기호와 같이 임의적이다. 의미를 모사하지 않는 낱말은 기호이다. 사람들이 기호성을 기능적으로—어떤 것을 어떤 사람에게 이해하게 하기—규정한다. 그렇다면 상징과 지시를 둘러 싼 모사성이나 비모사성의 기준은 기껏해야 기호적인 것의 내적 구분을 위해 사용될 수 있다. 결국 퍼스에서는 상징과 지시 모두를 기호 속에 포함시킨다. 퍼스(Peirce)는 이러한 모사적 기호를 위해서 '도상(아이콘)'이란 용어를 제안했다.[1] 이것은 오늘날 기호학에서 일반적인 표현이다. 이처럼 '기호'는 여러 가지 다중적이고 복잡한 현상으로 나타

---

1) 퍼스의 기호 분류에 대한 논의는 안정오, 「기호의 사고, 사고의 기호」, 『기호학으로 세상 읽기』, 소명출판, 2002 참조

나다. 마치 이런 점은 도시를 이루는 복잡한 현상들이 기호로 취급될 수 있다는 데 동의하게 된다.

위에서 이야기 한 기호의 개념을 수용해 보자. 그렇다면 도시 공간은 거대한 기호 덩어리며 다양한 기호의 총체이다. 도시 공간에는 퍼스가 내세운 도상 기호가 있는가 하면 지표 기호와 상징 기호가 존재한다. 도시 공간 그 자체 그리고 도시 공간을 이루는 대상물들이 인간의 해석을 받는다면 이들은 모두 기호들인 셈이다.

이 글은 모두 6장으로 구성되어 있다. 2장에서는 먼저 도시 공간을 시각 기호에서 조형 기호로 간주하며 외시경적 관찰을 행한다. 이는 인간이 관찰자적 입장에 서 있는 경우다. 동그라미와 네모, 곡선과 직선의 시각적 대비를 기준으로 도시 공간 속에 존재하는 형상물들을 바라본다. 3장에서는 전통 공간과 현대 공간의 갈등으로 도시 공간을 기술하게 된다. 여기서는 인간이 관찰자적 입장에 있는 것이 아니라 도시 공간 속에 적극적으로 개입된다. 특히 청주시의 공간 요소들의 배치를 통해 인간 관계의 갈등을 다룰 것이다. 4장에서는 계급 분화와 소비의 공간으로서 도시 공간을 살피게 된다. 서울의 강남 지역의 소비행태와 계급 분화가 이루어내는 공간들을 취급한다. 5장에서는 '먹는 기쁨과 건강 신화의 공간'으로서 도시 공간을 관찰한다. 이 글에서 도시는 정태적으로 자리 잡힌 공간이 아니라 공간을 이루는 기호들의 갈등을 통해 역동적으로 변화하는 공간으로 간주된다. 따라서 공간들이 지닌 의미도 변화한다. 결국 이 글을 통해 도시 공간은 시각기호학에서 조형기호학으로, 조형기호학에서 사회기호학적 차원에서 해석될 가능성을 지니게 된다. 자 이제 눈을 들어 도시 공간을 바라보자.

2. 시각 기호와 조형 기호의 공간

눈에 보이는 도시 공간의 가장 작은 단위는 무엇인가. 점, 직선과 곡선 그리고 형태와 움직임일 것이다. 태초에 하늘이 열리고 점, 점과 점의 연결, 이 연결의 두 가지 형태 직선과 곡선이 존재하였다. 곡선의 가장 완벽한 형태 동그라미와 직선의 가장 기본적인 형태 네모는 가시적인 모든 사물이나 대상들의 외현적 모습이다. 다시 말해 대상들의 형태와 크기 그리고 움직임에 차이가 있더라도 그 기본 꼴은 곡선과 직선의 형태 중 그 하나를 혹은 이 둘 다를 복합적으로 선택하게 된다. 뿐만 아니라 이들은 동그라미와 네모를 기본 형태 자질로 갖게 된다. 그런데 이들 동그라미와 네모, 곡선과 직선의 구분은 시각적인 구분일 뿐, 실제로는 모든 대상물에 유기적인 관계를 구성하고 있다. 이 관계에 의해 시각적 인지가 이루어지고 의미가 구성된다고 해도 과언이 아니다. 곡선과 직선이 어우러지고 동그라미와 네모가 이루는 평면적 공간의 확대를 통해 입체적 공간이 구성된다. 이것이 바로 기호의 세상이다.

기호의 세상에는 표현과 의미가 숨어 있다. 정육면체로 이루어진 축구공은 동그라미인데, 축구장과 골대는 네모이다. 이를 둘러싼 스타디움은 동그라미이다. 컴퓨터 디스켓의 표면 형태는 네모이지만 그 속의 필름은 동그라미 형태로 말려 있다. 비디오테이프 혹은 녹음테이프의 형태는 네모지만 그 속의 실제적인 부분은 동그라미이며, 엘피판과 씨디판은 동그라미이지만 그들의 케이스는 네모이다. 자동차의 표면은 네모형 꼴이지만 바퀴는 동그라미이

다. 이 들 거론된 대상물에는 표현이라는 형태와 기능이라는 의미
가 부여되어 있다. 또한 마구 그렸을 법한 추상화 속에서도 동그
라미 형태와 네모 형태가 공존하고 있다. 이를 둘러싼 프레임은
물론 네모이다. 네모형은 흩어진 무언가를 모아주는 기능을 부여
하는 것은 분명하다. 무수히 흩어져 자연과 같이 존재하던 대상들
을 네모 속에 가두어 둔다. 그것은 바로 책이며, 신문이며, 티브이
이며 라디오며 컴퓨터 모니터이다. 또한 그것은 주택이며, 학교이
며, 감옥이며 시청이 될 수 있다. 반면에 움직이는 것은 모두 곡선
의 형태와 동그라미의 속성을 지니고 있다.

동그라미／곡선	부드러움	역동적	자연적	비규정적	개방적
네모／직선	딱딱함	정태적	문화적	규정적	폐쇄적

　　동그라미는 부드러움의 속성을 지니며, 자연적이고 역동적이며
비규정적이다. 따라서 개방적 공간을 연출하는 경향을 띈다. 네모
와 직선은 딱딱하며, 정태적이고 문화적이며 규정적인 표현 형태
를 지닌다. 그러므로 폐쇄적인 성향의 공간으로 나타난다. 이 글에
서는 동그라미와 네모, 곡선과 직선이 이루는 가장 크고 복잡한
공간이 바로 도시 공간으로 간주한다. 도시의 모든 요소들은 동그
라미 형태 혹은 네모 형태를 갖추고 있다. 그런데 이 도시 공간에
서는 형태적인 대상들과 더불어 행태적인 '동그라미형' 인간과
'네모형' 인간들이 어우러져 생활하고 있다. 물론 모두 다 그렇다
고 이야기할 수는 없지만 동그라미형 인간은 동적이며, 네모형 인

간은 정적이다. 도시는 이런 속성의 인간에 의해 건설되고 형성되었으며 발전한다. 도시는 주거 형태인 주택과 주택의 사용자인 인간이 기본적으로 존재해야 하며 생산 수단이 될 수 있는 공장과 사무실, 그리고 이들에게서 생산되는 물건들을 사고파는 시장이 위치하게 된다. 그밖에 학교 시설, 문화 시설, 종교 시설 등이 도시 속에 도시 인간들의 필요성에 의해 공간을 할당받게 된다. 또한 이들을 연결할 도로망과 통신망이 구성되어 있으며, 이들 모두는 직선과 곡선의 형태를 취하고 있다. 동그라미 혹은 네모의 기본 형태를 바탕으로 곡선과 직선의 어우러짐은 분명히 시각적이며 마치 조형물과 같은 형상을 나타낸다. 이런 형상들은 각각의 표현과 의미들을 소유하고 있다.

직선과 곡선, 동그라미와 네모 형태는 기호학에 있어서는 시각 기호의 단위를 구성한다. 시각기호학 분야에 있어서 두드러진 기호 이론, 조형기호학을 제시한 사람은 플로쉬(Floch)이다. 그는 특히 크기, 형태 등의 조형적인 단위에 관심을 지녔다. 플로쉬가 구상한 조형기호학은 두 가지의 이념을 가진다. 먼저 조형기호학은 담화의 구상적인 계층과 추상적인 계층 사이의 관계를 다룬다. 구상적인 계층은 사실 및 지시적 관계로 이루어 졌으며, 추상적인 계층은 언어 기호와 같이 상징적인 관계로 구성된다. 이런 관계 속에서 기호의 기표와 기의 사이의 준 상징으로서 소 약호가 내용 계층의 구상적인 차원에서 다시 나타날 수 있다. 이 가설에서는 기표와 기의 사이의 관계를 지배하는 것이 '준상징 체계'라 본다. 이는 표현면과 내용면에서 나오는 범주들의 상관관계로 규정되는 의미작용 체계를 말한다. 이러한 체계를 전제함으로써 조형기호학은 표현 형식과 내용 형식 사이에 존재하는 유연성의 조건을 설명한다. 두 번째로 조형기호학은 '표현적 실질'이 시각적이라는 점을 분명히 인식한다. 따라서 시각적인 기표의 감각적인 자질에 대한 성찰을 두 번째 관심사로 가진다.[2]

플로쉬가 속한 그레마스 학파에서 기호학이란 구조적이며 생성적인 관점에서 의미를 다루는 학문이다. 이들은 기호학의 임무란 의미의 대립을 설명하는 관계의 망을 구축하여야 한다고 본다. 또한 의미는 심층에서 표층으로 단계들을 밟아 생성된다고 믿는다. 따라서 조형기호학은 먼저 기표의 범주를 이루는 대립이 기의의 범주를 이루는 대립과 상동관계를 이루는 준 상징적 유형의 체계를 연구하는 것이다. 시각적인 '표현적 실질'에 대한 관심은 '도상'에 대한 '조형'의 복권으로 볼 수 있다. 형태, 색채, 위상적 배치는 의미 대상을 구성하는 요소로 인정된다. 명암과 질감의 대립, 적색이나 황색의 포화상태, 화면 내부의 위상적인 배치관계 등 이러한 시각 자질들이 의미생성 과정에서 중요한 역할을 한다. 이제 조형기호학은 실물적인 구체화는 물론 추상적인 예술 작품, 즉 '구상적인 것'과 '형상적인 것'을 모두 받아들일 수 있게 되었다. 플로쉬가 성찰한 바대로 도시 공간에는 '구상적인 것'과 '형상적인 것' 모두 존재한다.

구상적인 것, 형상적인 것 모두 플로쉬의 〈부바의 나체〉에서 나타난 '대조', 즉 '기복'과 '평평함' 시각기호학의 단위로 설정된다. 기복은 대상과 공간의 입체감을 만들어주면서 '밝음 : 어두움'의

---

2) 조형기호학에 관해서는 플로쉬의 저서 『눈과 정신의 작은 신화』에 대한 박인철의 역서 『조형기호학―눈과 정신의 작은 신화』(한길사, 1994) 참조.

대조를 통해 실현된다. 또한 '밝음 : 어두움'은 기법상의 대조 안에 통합되어 의미를 잃게 된다. 도시 공간의 전체적 관점에서 우뚝 선 건물과 공장 굴뚝같은 '기복'과 도로나 운동장 같은 '평평함'이 등장한다. 즉 '기복'은 '평평함'과 반대되는 '평평하지 않은' 속성을 지니고 있다. 도로나 운동장이라 할지라도 미시적 관점에서는 '평평하지 않은' 속성이 등장할 수도 있다. 이는 표현 측면에 대한 기호학적 대립인데 이를 도시 공간에 적용하면 다음과 같다.

구분	밝음 : 어두움
평평함	−
기복	+

따라서 도로나 운동장에서는 '밝음 : 어두움'의 대립은 찾아 볼 없다. 또한 〈부바의 나체〉에서 내용 측면의 분석하는데 주제적 단위를 '치장된 것'으로 설정한다. '벌거벗은 것'과 '치장된 것'의 범주를 이 작품의 주제적 계층에서 분절하고 여기에서 파생된 모순항의 기호사각형을 만들어낸다.[3] 이 범주는 궁극적으로는 기호−서술구조의 계층에서 집단적 가치 체계의 범주인 '자연적 : 문화적'으로 환원한다. 결국 표현면의 형식을 구성하는 의미 범주의 복합

---

3) 기호사각형은 그레마스가 주도한 파리 기호학파의 주요 개념이다. 이에 대한 자세한 논의는 하윤금의 「그레마스」(서정철 편, 『현대 프랑스언어학』, 문학과지성사, 1995), 서정철의 「기호에서 텍스트로」(『언어학과 문학 기호학의 만남』, 민음사, 1998), 김성도의 『구조에서 감성으로』(고려대 출판부, 2002), 신항식의 「우리 시대의 광고, 그 일탈의 수사학」(『기호학으로 세상 읽기』, 소명출판, 2002) 등을 참조

항인 대조는 내용면을 구성하는 범주의 복합항, 즉 자연과 문화를 매개하는 대상인 나체와 대응하게 된다. 이는 윗 표의 도시 공간을 구성하는 기본 속성인 동그라미와 네모의 '자연적 : 문화적' 대립에 상응한다. 다시 말하자면 도시 공간 속에서 '자연적' 속성이 나타나는 동그라미 형의 전통 공간과 '문화적' 속성이 나타나는 현대 공간과의 대비로도 이해할 수 있다.

플로쉬는 〈칸딘스키의 구성 4〉의 분석에서 추상적 단위의 분절을 위해 구상적인 분석에서 참조할 근거를 마련한다. 그는 먼저 선의 수, 조밀 정도, 채색 면 등의 위상적 배치를 고려하여 화면을 왼쪽, 오른쪽, 가운데 부분으로 분할한다. 그 후 각 면에서 특징적으로 나타나는 불연속 단위들을 다른 구상 작품들과 비교하여 잠정적으로 '표현체'로 분리하였다. 이 표현체들은 다음과 같은 두 개의 계열체적 조직을 포함한다.

선의 계열체	곧은 / 굽은	긴 / 짧은	연속 / 불연속
색채의 계열체	밝은 / 어두운	채워진 / 채워지지 않은	빛나는 / 빛나지 않는

플로쉬는 〈칸딘스키의 구성 4〉의 분석을 통해 '구상'과 '비구상', 혹은 '추상'의 관계에 관해 다음과 같이 언급했다. 구상적 담화가 '추상적' 담화로 이행한다. 이것은 주제적인 담화와 상관관계를 가지는 구상성에서 시각적 부문이 계열화된 것이다. 선과 색채는 '주제화'를 통해 담화로 만들어진다. 그런데 설사 이 과정이 구상적인 것에 의지한다고 해도 무방하다. 구상에서 비구상으로의

이전은 결국 시가 되어 가는 과정, 즉 시적 과정이라는 것이다.

플로쉬에 의해 진행된 조형기호학을 도시 공간에 적용하면 도시 공간 자체가 '시적 대상'이다. 다른 말로 하자면 도시화 과정과 시적 과정 간에는 상관성이 존재한다고 이해할 수 있다. 조형학적으로 도시화 과정은 평면적 구상에서 조형적, 입체적인 비구상으로 이전된다. 이는 도시 공간이 '평평함'에서 '기복'으로 이행하는 공간이며, 형태의 계열체와 색채의 계열체가 다원적으로 대립을 이루는 공간인 것이다. 도시 공간의 기초를 이루는 공간 기호들인 '곡선'과 '직선, 그리고 '동그라미'와 '네모'는 선적 계열체에 해당된다. 시각기호학적으로는 '선'을 통해, 조형기호학적으로는 이 '선'과 '색채' 그리고 '형태'와 '크기' 등의 기호학적 대립을 통해 도시 공간의 의미가 획득된다. 시각적인 선적 구상성들이 조형적인 색채 등을 통해 주제화된다. 이 시각은 곧 입체적인 차원인 조형 기호의 차원으로 환원된다. 점, 선, 면을 넘어선 크기, 형태, 질감, 원근감이 지닌 기호학적 속성들('부드러움:딱딱함', '역동적:정태적', '자연적:문화적', '비규정적:규정적', '개방적:통제적') 들로 도시 공간이 재배치된다. 도시 공간은 선의 계열체와 색채 계열체의 조합과 분리 그리고 갈등에 의해 외시경적으로 나타난다. 이런 조형의 변화에 따라 공간은 다양한 의미를 획득하게 된다.

이번 장에서는 인간이 도시 공간을 관찰하는—인간이 배제된 도시 공간—입장에서 기술되었다. 그러나 도시 공간 속에서의 인간은 그 공간을 구성하는 주체적 개념이다. 다음 장에서는 전통 공간과 현대 공간 속에서의 인간 삶의 방식과 소통 유형을 살피게 된다. 이제 도시 안으로 들어가 보자.

3. 전통 공간과 현대 공간의 갈등

도시의 기본 형태가 나타난 것은 기원전 3500년경 이집트의 나일강변, 현재 이라크 지역인 티그리스-유프라테스 강변, 그리고 오늘날 파키스탄 지역인 인더스 강변에서 나타났다고 한다. 아우구스투스 황제 시대의 로마는 중국을 제외하고 세계에서 가장 큰 도시였다. 고대 사회의 도시들은 나름대로 독특한 문명을 지니고 있었지만 몇 가지 공통적인 공간적 특성을 보였다. 도시들은 대체로 성곽으로 둘러싸여 있다. 이는 군사적 방어 목적으로 구축되었으나 결과적으로 농업 및 목축업 등을 주 생활 근거로 하는 농촌 지역과 수공업 등의 공장의 기원이 되는 산업 지역으로 구분하는 기준이 되었다. 성곽 외부와 내부의 대립은 곧 계급 및 경제적 대립으로 나타나게 되었다.

성곽 내부	지배층	부유 / 풍요
성곽 외부	피지배층	가난 / 빈곤

도시의 중심지역은 흔히 내부 성곽으로 둘러싸여 지배 계층이 점거하였다. 이 성에서의 거주 거리에 따라 신분의 높고 낮음이 결정되었다. 이러한 공간의 점령 방식은 상층 문화 혹은 하층 문화와 같은 문화의 차별성을 가져 왔다. 그러나 현대 도시의 공간은 그 중심지에 지배세급, 부유층이 점거하지 않는다. 오히려 그

중심지가 전통의 공간으로 전락하고 새롭게 확장되는 신도시 지역이 현대의 공간으로 전환된다. 이와 같은 예로 청주에 대해 이야기할 것이다.

지난 여름 방학 기간에 필자는 청주 민방 CJB의 창사 5주년 기획 다큐멘터리 〈기호로 읽는 세상〉(2002년 10월 18일 방영, 담당 PD 김경아)에 자문교수역을 맡아 청주를 공간 기호학적으로 분석한 경험이 있다. 기호학적으로 공간은 각종 다양한 기호가 이루는 세상을 말한다. 예를 들어 '서울'이라는 지역적 공간은 서울 시민들의 행태적 표현은 물론 유형 및 무형의 제도와 문화를 안고 있다. 그래서 우리는 서울 사람, 서울 시민, 서울 문화라는 말을 한다. 이는 서울이라는 독특한 공간을 반영한 것이다. 공간과 문화는 이렇듯 밀접한 관계를 가지고 있음은 분명하다. 도시 '청주'라는 하나의 지역적 공간은 청주를 이루는 다양한 기호들이 배치되어 있는 곳이다. 물론 다른 도시와 유사한 기호들이 있는가 하면, 청주만이 지닌 특유의 기호들이 있을 것이다. 도시 공간은 인공물들의 단순한 집합체가 아니라 그 구성원들의 의식과 행동들이 씨줄과 날줄로 엮어진 구조화된 텍스트이다. 청주라는 공간 속에 청주를 규정하는 기호학적 요소들이 있다. 그것이 청주와 다른 지역을 구별해 주는 준거가 된다.

먼저 청주를 공간기호학적으로 보자면 중심과 변두리, 무심천을 기준으로 강서남 지역과 강북동 지역으로 나누어 볼 수 있다. 여기서 중심지역은 도시 형상학적으로 중심이 되는 곳을 말하며 도시가 태동한 거점이 된다. 변두리는 도시의 핵심에서 벗어난 일정한 거리를 지닌 곳을 말한다. 이 구분은 자로 잰 듯 명확하지는 않지만 문화적으로 몇 가지 구별되는 점은 존재한다. 먼저 중심과 변두리, 강북동 지역과 강서남 지역을 대립 시켜보자. 청주는 중심과 강북동 지역에는 전통적인 향토 문화가, 신도시인 변두리와 강서남 지역에는 현대식 건물과 주거지가 밀집하여 신도시의 현대적인 문화가 형성되어 있다. 청주를 방문해 본 경험자들은 잘 알겠지만 중심과 강북동 지역, 변두리와 강서남 지역의 몇 가지 두드러진 대립을 확인할 수 있다.

구분 / 지역	중심 / 강북동 지역	변두리 / 강서남 지역
도시 형태	구도시 / 전통적인	신도시 / 현대적인
시장 형태	재래시장	백화점, 대형마트
인구밀도	낮음	높음
소비주체	40~60대	20~30대
스카이라인	낮음	높음
도로 폭	좁음	넓음
관공서	밀집	약소
교육열	낮음	높음
움직임	여유로움	바쁨
대면 관계	경계	친근
야간 불빛	어두움	밝음

위와 같은 대립을 통해 도시 공간으로서의 청주는 의미를 획득한다. 이 대립들 중에서 모든 요소들은 지면상 설명하지 않겠다. 단지 인간 삶의 형태와 문화 환경을 결정하게 되는 인간 기호들에 관계된 '움직임'과 '대면 관계'에 대해서만 기술한다. 흔히 우리는

충청도 사람들이 '느리다'고들 곧잘 말한다. 이제는 '느리다'기 보다 '여유 있다'고 이야기하는 편이 좋다. 그 이유는 이렇다. 도시 내의 거리에서 추월하는 차를 찾아 볼 수 없으며, 은행에서 고객들이 순서를 기다리는데 불평이 없다고 한다. 실제로 한 은행의 지점장과 인터뷰를 했는데 서울에서 근무할 때와 청주에서 근무할 때 경험은 확연히 다르다고 했다. 서울에서는 왜 은행 업무가 느려 이렇게 오래 기다리게 하느냐 등의 불평이 하루에도 몇 건씩 접수된다고 한다. 청주에서는 한 달에 한 두어 번 정도 들어올 정도로 말한다. 또 다른 행위 문화의 특징은 인터뷰시 발견할 수 있었다. 바로 중심 및 강북동 지역의 거리에서 인터뷰를 하려 할 때 대부분 거절했다. 청주 시민들이 다른 도시보다 '낯을 가린다' 혹은 '채면을 차린다'는 느낌으로 다가왔다. 그러나 강서남/변두리 지역(여기는 물론 외지인이 많이 거주한다고 함)에서는 적극적으로 인터뷰에 협조하는 모습을 보았다. 이는 공간이 만들어 내는 행위의 표현인 것으로 이해될 수 있다. 또 다른 특징은 전통 공간인 청주시 중심지 야경이다. 저녁 8시쯤 되면 상점도 문을 닫고, 10시 정도면 중심 시내 지역은 어두워진다. 또한 높은 건물에 상업성 광고 사인이 거의 안 보인다. 이는 다른 도시 공간에 비해 참 특색 있는 것이 아닐 수 없다. 이런 경향은 중심 지역 거주자들의 활동이 빈번하지 않다는 것을 의미한다. 이는 결국 공간의 외현적 표현이 '야간에 불빛이 일찍 꺼짐', '야간에 현란한 불빛이 없음'으로 나타남으로 전통적 공간이 동적이지 못함을 의미한다고 볼 수 있다. 그러나 현대적 공간은 역동적인 인간 기호들로 구성되어 있다. 도시 공간으로서의 청주에서 나타난 인간 기호들의 특성을 전통적 공간과 현대적 공간으로 나누어 정리하면 다음과 같다.

전통적 공간	딱딱함	정태적	자연적	비규정적	폐쇄적
현대적 공간	부드러움	역동적	문화적	규정적	개방적

공간 속에서의 소통 활동이 가장 빈번히 일어나는 곳은 시장이다. 청주에는 공간 기호학적으로 흥미 있는 현상을 찾아볼 수 있다. 전통 공간인 도시 중심지에는 일명 육거리 시장이라고 하는 재래시장과 도시 중심지에 위치한 현대식 백화점이 극렬한 대립을 이루고 있다. 그런데 재래시장의 현대화 작업이 한창 진행 중에 있었다. 즉 전통 공간에서 준 현대 공간으로의 공간의 변화가 시작된다고 볼 수 있다. 시장이나 백화점은 자본의 외적 표현이 가장 극렬하게 드러난 곳이다. 따라서 시장이라는 공간 속에서 일어나는 인간 기호들의 행태는 그 공간성을 대변한다. 전통성을 내포한 재래시장과 현대성을 내포한 백화점에는 다음과 같은 기호학적 대립을 도출할 수 있다.

재래시장	개방성	자율성	타협성	수평성	비계급성	비분화성	비소비성	전통성
백화점	폐쇄성	통제성	비타협성	수직성	계급성	분화성	소비성	비전통성

재래시장은 개방된 공간으로 구성 되어 있다. 골목골목 즐비하게 늘어선 점포들과 무엇인가 무질서하지만 지속적인 의미작용이 가능하다. 그러나 백화점은 특정 건물 속에 정해진 상품 코너들이

있다. 공간이 폐쇄되어 있다는 것이다. 재래시장에서는 점포들마다 주인이 있으니 이것은 곧 자율성과 연결되어 있다고 본다. 원하는 물건에 가격표가 붙어 있지 않아 구매를 위해 주인과 타협해야 하고, 물건값을 흥정할 수 있다. 이것은 타협성을 구성한다. 그러나 백화점은 1인 경영에 따라 군대조직처럼 통제되어 있다. 구매 행위도 정해진 가격과 품목에 따라 통제된다. 재래시장과 달리 백화점은 가격정찰제에 따라 가격표가 있으니 소비자와 판매자 간의 타협이 이루어질 수 없다. 백화점이 각 층마다 정해진 품목으로 구성되어 수직적인 반면에 재래시장은 공간 자체가 대개 단층으로 펼쳐져 수평적이다. 이는 곧 계급성과도 관련을 갖게 된다. 백화점을 찾는 소비자들에게는 계급이 구성되어 있다. 어떤 코너는 연봉 얼마 정도가 되어야 이용할 수 있는 것과 마찬가지로 말이다. 또한 판매자들 사이에도 평직원이니, 샵 매니저니…… 등등의 계급적 칭호가 존재한다. 그러나 재래시장에는 계급적이지 않다. 판매자에서 계급이 없듯이 구매자에서도 계급이 없다. 누구나 구매할 수 있으며 누구나 흥정할 수 있다. 백화점은 물건의 종류나 브랜드에 따라 분화되어 있다. 예를 들어 1층에는 액세서리 및 화장품 향수, 신발 코너 2~3층에는 여성용 정장 및 캐주얼, 4~5층에는 남성용 정장 및 캐주얼, 6층에는 아동용품, 7층에는 전자 제품 및 가정 인테리어 용품, 그리고 그 이상에는 수영장, 헬스 등의 피트니스 클럽 혹은 고급 식당가가 있다. 지하에는 대개 식품점과 스낵 및 간단한 식당들이 있고, 그 아래에는 주차장이 있다. 이렇게 각 층별로, 코너별로 백화점은 분화되어 있다. 적어도 재래시장에서는 필요한 필수품을, 그리고 백화점에서 구입할 수 없는 전통적인 물건들을 구입할 수 있다. 백화점에서는 소액 카드 결제를 비롯, 회원제, 일정 액수 이상 구매 사은 행사, 정기 바겐세일 등 소비를 부추기는 소비 성향을 지니고 있다. 시장과 백화점에서 나타나는 소비 문화는 이러한 기호학적 대립 속에서 이해할 수 있다. 요즘 들어 이 둘의 소비 문화를 절충한 신세계 이마트, 삼성 홈플러스, 롯데 마그넷 등의 대형 마켓 들은 백화점과 시장의 문화들을 절충한 형태를 취하고 있다. 이들은 백화점이 주는 통제성, 비타협성, 소비성 등을 보완한 재래형 시장 및 백화점 장점만을 취한다.

이번 절에서는 전통 공간과 현대 공간이 지니는 기호학적 특성들을 살펴보았다. 특히 전통 공간에서 현대 공간으로의 이양 과정에서 나타나는 인간 기호 행태들을 제시하였다. 이를 통해 공간의 의미가 인간 기호 행태들에 의해 규정되고 표출된다는 사실을 알 수 있었다. 인간 기호 행태 들 중 가장 두드러진 것은 바로 소비의 영역이다. 다음 장에서는 소비의 공간으로서 도시를 관찰한다.

4. 소비 지향의 공간

이 장에서는 동그라미와 네모가 이루는 도시 공간을 계급에 따른 분화의 공간으로 취급할 것이다. 나아가 분화된 계급적 공간 질서가 현대 도시에 어떤 양태로 나타나는가를 기술할 것이다. 자본주의 사회의 계급적 구조는 계급에 따른 상징적 특성들을 공간 속에 투영시켜 드러낸다. 즉 현대의 공간은 단순히 물리적, 자연적인 개념이 아니라 사회적 구조와 관계가 표출되는 역동적 개념으로서 이해될 수 있다. 기호학적으로 보자면 도시 공간을 시각기호학이나 조형기호학적 관점에서 놓고 볼 것이 아니라 사회기호학적 차원의 관찰도 요구된다.

기호학은 구조와 관계의 학문이다. '동그라미'란 구조에 따른 기능과 '네모'란 구조에 따른 기능이 각기 다르듯이 이들이 다른 대상들과 이루는 관계 또한 다르다. 구조와 관계에 의해 의미가 설정되고 소통된다. 특히 도시 공간은 자본주의의 지배적 논리와 모순을 투영 혹은 생산해내는 장이다. 따라서 이들이 엮어내는 구조와 관계에 따른 기능을 하게 된다. 여기서는 도시 공간을 사회의 각 세력들에 의해 구조화된 의미, 즉 문화 및 이데올로기의 차원에서 이해하고자 한다. 다시 말해 도시 공간이 인간과 인공물들의 단순한 집합체가 아니라 문화적 실천, 의식, 행동들이 수직적, 수평적으로 구조화된 텍스트로 간주된다. 이를 기호학적으로 '도시 공간 텍스트 읽기'라는 일련의 해석 방식을 취한다. 그럼으로써 이러한 과정에서 발생되는 다양한 의미를 설명한다. 이러한 기호학적 방법은 사회기호학에서 주로 행해지는 방법들이다. 이 방법은 사회를 질서 잡힌 전체 체계의 모습으로 보여주는 대신, 현실의 의미를 유동적으로 표현한다. 다시 말해 주체가 달라짐에 따라 다양한 의미가 생산되고 경쟁하고 갈등하는 역동적인 장소로서 사회를 취급한다. 의미의 체계로 보여지는 사회적 현실의 구조화된 과정을 밝히는 것이라 할 수 있다.

　서울의 경우도 인간 기호들의 계급에 의한 공간 분화는 예외가 아니다. 이 글에서 의미하는 계급은 자본주의적 '돈 가진 자' 혹은 '권력을 가진 자'의 '계급' 개념으로 이해해야 한다. 서울도 한강을 중심으로 강북과 강남으로 구분된다. 다 아는 사실이지만 이 두 지역의 공간은 현저히 구별된다. 강북 지역에는 동대문 시장·남대문 시장·제기동 한약 시장 등 내로라하는 전통적 공간 개념의 시장이 즐비하다. 강남에는 큰 규모의 시장을 들어 보지 못했다. 강북의 대형 시장 수보다 더욱 많은 수의 호화 고급형 백화점들이 포진되어 있다. 도시 공간 형성의 초기부터 강남의 공간이 그렇진 않았다. 강남 지역은 이미 터를 잡고 있던 원주민들이 재벌이나 땅부자들에게 내몰렸다. 그들의 대부분은 도시 빈민이었고 이들은 성남 지역 혹은 강북의 재개발 지역으로 이주하게 되었다. 자본은 그곳에 고급 아파트와 백화점을 세웠고 새로운 부르주아적 주거 및 소비 문화 공간이 형성되었다. 강남 지역은 자생적·전통적인 구도심의 주거 지역이나 최소한의 주거공간 마련을 위해 한치의 여유도 없는 과밀주택지역을 형성한 강북 지역과는 판이하게 다르다. 계획되고 준비된 도시 공간으로 형성되어 있다.

　반포구를 중심으로 강남의 대부분의 도시 공간들은 몇 가지 행태를 통해서 지역적 정체성을 확보한다. 정확히 말하자면 소비의 정체성, 이동 수단의 정체성, 인간 기호들의 육체 및 정신적인 정체성, 교육 수혜의 정체성 등이 그 경우에 해당된다. 이러한 행태들 중 가장 두드러진 것은 소비적 행태이다. 구매 활동 즉 '쇼핑'은 이름 그대로 이 지역 소비의 중심 즉 지역 구성원들의 삶을 규정짓는 가장 핵심적인 바로미터이다. 휘트니스 클럽 혹은 기수련

센터 등의 스포츠 센터는 또 하나의 중심이 되는데 이는 소비 공간에서 구성된 육체의 이미지를 '건강'이라는 내적 육체를 유지하기 위한 공간이다. 뿐만 아니라 외적 육체의 아름다움을 유지하기 위한 성형외과·안과·치과·피부과 등 내로라하는 개인 병원, 억대 연봉의 의사들이 영업하는 병원들이 이곳에 다들 몰려 있다. 그 뿐만이 아니다. 이름 난 대형 입시학원, 초대형 교회들도 여기에 합세한다. 이 들 공간들은 모두 이 지역 주민들의 삶에 있어서 중심 공간이 된다. 먼저 소비 공간의 대표적인 장소인 백화점으로 들어가 보자.

강남에 위치한 대부분의 백화점은 여느 백화점과 달리 정문 출입구가 한산하다. 이 지역 주민들에게는 1층 정문 출입구로 백화점에 들어가는 것이 오히려 부자연스럽게 보인다. 대부분의 고객들은 주변의 아파트촌에 사는 자가용 이용고객들이다. 이들은 정문 출입구보다는 지하 주차장을 통해서 곧바로 백화점 매장으로 들어간다. 대중교통 수단과 이 백화점은 잘 어울리지 않는다. 백화점 앞에 버스 정류장과 근처에 지하철역이 있음에도 불구하고 이곳은 항상 한산한 편이다. 정문으로 들어갈 때나 나올 때, 걸어서 들어가는 이들보다 그들 옆을 스쳐 지하주차장으로 들어가는 자가용들이 더 많다. 이 광경은 오히려 여기서는 당연하게 보인다. 일단 출입에 대한 통로에서 '계급'이 드러나 보인다.

대개 강남 지역 백화점의 1층과 2층은 여성고객들이 주소비자 층이다. 백화점의 주요 공간인 1, 2층이 여성들에게 할당된 것은 아마 여성들의 소비 능력 인정 혹은 여성들의 특권을 인정해 주었다고 보아야 한다. 물론 심리적인 요인도 있다. 1층에 있을 때 여성들의 지갑이 가장 두툼하다는 것이다. 그러므로 상품구매를 위해 지출할 가능성이 매우 크다. 주로 1층은 외제 화장품·수입 의류·보석·액세서리 등을, 2층은 고급 디자이너 의류 등을 전시하고 판매한다. 1층에서 대부분의 공간을 차지하고 있는 외제 의류, 화장품들은 그곳에 있는 국산 제품들보다 보통 두 배 내지 다섯 배 가까이의 가격차를 나타낸다. 판매원에 따르면 한정적인 수만 생산하는 최고의 '명품'이라서 그렇게 비싸다고 한다. 그들의 몸가치가 명품이라서 명품을 둘러야 본 때가 나는 모양이다. 강남의 백화점들은 다른 지역의 백화점보다 크게 붐비지 않는다. 그 이유는 이렇다. 다른 도시 공간의 백화점이 풍부하고 다양한 물건을 보유하고 있는데 반해 강남의 백화점들에서는 '명품' 들만이 진열되어 있다. 고급품은 오히려 너무 풍부해질 때 그 희소가치가 떨어진다고 한다. 그러니 강남의 백화점에서는 소수의 선택된 구매자들만을 기다리고 있다. 이러한 희소성과 구매 고객들에 대한 선택과 배제의 단적인 예는 '우수 고객 초대 행사' 등의 이벤트에서 엿볼 수 있다. 그들이 말하는 우수 고객이란 그 백화점에서 많은 물건을 구입한 자들에게 이르는 칭호이리라. 이러한 선택과 희소성의 원칙 외에도 확인할 수 있는 것은 상품의 신비감을 연출해주는 분위기의 조성이며, 이들의 특징적인 구매 행태이다.

　최근 들어 선진국의 대형 백화점에는 IBM사가 만든 〈BLUE EYE〉라는 얼굴 표정 인식 시스템을 매장에 설치히여 상품을 대하는 손님들의 얼굴 표정·눈의 각도·미소·손동작·자세 등 몸짓 기호를 통해 상품의 선호도를 파악하고, 이것을 매장의 상품 배치 전략에 활용하여 매출을 높이고 있다. 그런데 흥미로운 점은 브랜드의 지명도에 따라 제품을 선택하는 소비자의 몸짓 기호가 각기 달리 나타난다는 것이다. 소비자는 인지도가 낮은 브랜드 제품을 쇼핑할 땐 가격표부터 살펴 보고 그 기준에 따라 제품을 대하는 태도가 달라진다. 가격이 너무 싸다 싶으면 제품의 질도 떨어질 거라 생각해 실용적인 부분만 살펴보게 된다. 또한 브랜드 인지도에 관계없이 고가의 가격표가 붙어 있으면 원단이나 디자인에서 뭔가 차별화된 것이 있나 싶어 제품을 꼼꼼히 살펴보는 모습도 볼 수 있다. 지명도가 높은 브랜드 제품을 대할 때 소비자의 태도는 또다시 변한다. 명품 매장 같은 곳을 찾을 때 소비자는 옷차림부터 그 매장 분위기에 걸맞게 차려 입으려 하고, 제품이 아무리 비싸더라도 놀라는 기색보다는 가격이 높을수록 신뢰도를 가져 예술 작품을 대하듯 제품을 감상한다. 아울러 제품에 대한 사전 지식이 모두 갖추어져 있기에 제품 구입을 위한 결정 시간도 짧다.

강남 지역을 중심으로 '럭서리 세대(Luxury Generation)'라는 신조어가 만들어질 정도로 급속히 확산되고 있는 명품 신드롬을 만날 수 있다. 기업마다 오리지널 브랜드를 알 수 없는 새로운 브랜드를 만들어내게 하거나, BMW 시리즈처럼 같은 브랜드 내에서 럭서리 라인을 따로 만들어 고가의 명품을 통해 자신의 정체성을 확인하려는 소비자를 타켓으로 한 새로운 마케팅 전략을 짜내고 있다. 상품들은 그 자체의 물질성이 아니라 상표의 희귀성과 그를 연출해내는 장소의 신비감에 의해서 고급품의 자격을 얻는다. 이것은 상품이 위치한 공간과 상품의 가치가 비례함을 알 수 있는 대표적인 사례이다. 강남 백화점과 다른 지역 공간의 백화점에 진열된 상품간에는 다음과 같은 대립적 성격을 갖게 된다.

구분	강남의 백화점 공간	기타 지역의 공간
상품의 종류	희소, 일회, 예술적인 명품	다양, 풍부, 실용적인 물품
공간의 분포	넉넉함	비좁음

각 상표들은 그 이름에 알맞은 독립된 공간을 차지하고 상징적인 디스플레이와 가구들을 통해 메이커의 특성을 부각시킨다. 강남의 백화점에서 나타나는 소비 특성은 상품의 차별성과 구매자의 차별성이다. 이는 상품의 생산 영역에서 대립을 가져올 뿐만 아니라 그 상품의 소비 영역에서 가진 자와 가지지 못한 자의 대립도 만들어낸다. 이러한 개인적 욕구에 대한 자극과정의 귀결은 바로 사물자체에 가치가 부여되고 문화, 예술, 여가 등에 사물로서의 가치가 부여되는 물신숭배적 논리, 즉 소비의 이데올로기의 강화이다. 현대에 들어 적어도 현대적 도시 공간에서 사물은 공간 및 그 사물의 사회적 성격보다 덜 중요하다. 사물의 가치는 공간과 공간 속의 인간 기호에 의해 결정되며 나아가 공간 속에서 강제된 차이의 질서, 즉 차별화의 기능이 작용하게 된다. 결국 도시 공간에서 소비의 본질은 공간 속에서 하나의 차이와 위계를 생산해내는 계급적 제도이다. 소비가 사회적 관계를 균등화하기보다는 오히려 시·공간적 구조 속에서 사회내의 차이를 두드러지게 하는 것이다. 도시 공간 속에서의 제품들은 그 자체로서는 의미를 갖고 있지 않다. 그것들의 집합적 배치와 전체적인 모습, 이 사물들의 서로간의 관계, 그리고 그것들이 인간과 엮어내는 기능에 따라 의미를 갖는다.

도시 공간에서의 물건 구입은 원초적인 생산의 단계가 아니라 분명히 소비의 단계이다. 그러나 이 단계는 '먹는 기쁨'을 위한 생산의 단계로 전환된다. 물건 구입은 육체적이며 정신적인 노동으로 집약된다. 따라서 에너지 보충을 위하여 먹어야 한다. 강남의 공간에서는 단지 생존하기 위해 먹는 것이 아니다. 즐기면서 먹는 것이다. 아니 정확히 말하자면 맛보는 것이고 세계를 경험하는 것이다. 강남의 공간에는 어떤 '먹는 기쁨'이 있을까

5. 먹는 기쁨과 건강 신화의 공간

강남의 도시 공간의 똑 다른 특징은 먹거리 공간이다. 바로 식공간의 연출인데 이 또한 다른 공간에서 볼 수 없는 차별적인 모습을 띈다. 먼저 가장 눈에 띄는 것은 '티지아이 프라이데이', '코코스' 등의 미국계 프랜차이즈 점들이다. 미국 본토에서 매출이 작아 허덕이는 레스토랑 체인점이 한국에만 들어오면 성공한다니 그 비결은 무엇일까. 그 밖의 강남 지역에는 외국계 정통 레스토랑 혹은 한국 전통 한정식 집이 위치한다. 대개 이 지역에서는 비싼 것이 몸에 좋은 것이라는 인식이 팽배하다. 강남 지역 거주자의 대부분은 미식가적 성향을 띈다. 이들의 음식 구매 동기는 식품의 영양학적 가치뿐만 아니라 식품의 상징적인 가치 즉, 기쁨과 건강의 가치를 추구하는 경향까지 보이고 있다. 그리고 이런 소비

자들은 식료품의 생산에서부터 제조 과정, 판매 과정에 이르기까지 꼼꼼하게 점검한다. 그 한 예로 음식 재료의 원산지와 재배 방법, 조리 기법(전통, 퓨전) 등을 통해 음식의 안전성을 점검하면서, 환경이 오염되지 않은 바이오 와인, 바이오 치즈, 유기농 채소 등의 바이오 식품과 전통 방법으로 재배·생산·사육된 식료품 등을 선호하고 있다. 즉 인공적·화학적 기술로 생산한 식료품은 거부하고 식료품이 본래 가지고 있는 영양학적 가치를 자연적으로 최대한 살린 제품을 선호한다. 또한 식당을 선택하는 기준도 조리 과정에서 화학 조미료의 사용 여부와 식재료의 신선도 등을 고려해서 선택한다. 그렇다보니 이들은 당연히 인스턴트 식품이나 패스트 푸드보다는 슬로우 푸드처럼 음식의 정체성이 투명한 음식을 선호한다. 또한 식료품을 구입할 때도 제품의 브랜드 정체성(유통기한, 원재료명 등)이 확실한 제품만을 선택하고 있다. 강남 지역의 중장년층 음식 소비자들은 이렇게 식료품의 정보 탐색만이 건강의 가치를 보장한다고 믿기 때문이다.

강남 지역 주민들이 음식을 통해 추구하는 또 다른 가치는 기쁨이다. 여기서 기쁨은 인간의 기본적인 욕구인 식욕을 충족시켜서 느끼는 1차적인 미각의 기쁨을 넘어 또 다른 식사자와의 사회·문화적 교류를 확장시켜줄 수 있는 주변 분위기에서 체감하는 기쁨이다. 주변 분위기란 테이블 데코레이션과 푸드 스타일링 즉, 식공간의 총체적 데코레이션이 창출하는 이미지이다. 이렇게 강남 지역의 미식가라 칭할 수 있는 음식 소비자들은 식공간의 이미지를 통해 음식의 기쁨을 확장하고 있는 것이다. 따라서 강남 지역의 근사한 식당들에서는 푸드 스타일리스트나 테이블 데코레이선 전문가를 채용하여 운영하는 곳도 많다.

음식기호학에서는 맛의 기쁨은 두 가지 공간에서 역동적으로 창출된다고 본다. 첫 번째 공간은 생리학적 공간이다. 즉 입안에 들어간 음식물이 이빨·혀·잇몸·침 등의 도움으로 맛있는/무미(無味)의 분자로 용해되어 즙이나 죽의 형태로 변형된다. 그 후 음식의 향은 비강으로 발산되고 일부는 미각을 수용하는 혀의 중심에 모이게 되어 미각을 체감하는 공간이다. 두 번째 공간은 미학적 차원에서의 식공간이다. 미식가와 식도락가들이 음식을 입에 넣기 전에 테이블 세팅, 푸드 스타일링, 식공간의 분위기 등을 충분하게 감상할 수 있는 시각적인 맛의 이미지가 창출되는 공간이다(음식기호학에 대해서는 백승국(2002), 박여성·김성도(2002)를 참조).

생리학적 공간	미각 (맛있는 : 맛없는)	후각 (맛있는 향이 나는 : 맛없는 향이 나는)
미학적 공간	시각 (맛있어 보이는 : 맛없어 보이는)	

후각은 생리학적 공간과 미각적 공간 사이에 위치한다. 결국 음식을 취하는 행위는 공감각적 소통 행위이다. 여기서 푸드 코디네이션의 영역은 바로 미학적 차원에서 식공간의 총체적 데코레이션을 연출한다. 감성에 민감한 미식가 성향의 소비자들의 공감각적 활동을 긍정적으로 자극할 수 있는 식공간의 이미지를 창출하는 분야가 바로 푸드 코디네이션이다. 푸드 코디네이션은 이들 소비자가 추구하는 욕구와 기대 심리를 만족시켜주는 역할을 맡고

있다. 왜냐하면 미식가와 식도락가들이 느끼는 맛의 메커니즘은 음식을 입에 넣기 전에 식공간에 배치된 식기와 같은 소품과 외관, 색깔, 배치와 같은 음식의 스타일링을 지각하기 때문이다. 또한 음식의 신선도와 입안에 들어갔을 때 질감을 떠올리게 되고, 그 다음 냄새를 감지하는 능동적인 공감각적 활동을 통해 맛의 기쁨을 체감하기 때문이다. 이들은 무미건조하고 고정된 변화 없는 가정에서의 밥상보다는 푸드 코디네이터의 변화무쌍한 연출 장치에 의해 흥미와 감동을 느낄 수 있는 밥상을 기대한다. 즉 이들은 일상에서 마주 대하는 밥상에 의미를 부여하길 원한다. 이들에게 테이블의 감동과 의미를 전달하는 일이 바로 푸드 코디네이터의 역할이다. 즉 테이블 코디네이터는 테이블을 구상, 장식 배치하는 등의 역할을 하고 푸드 스타일리스트는 음식을 연출하는 역할을 담당하고 있다. 식공간의 총체적 데코레이션을 연출하는 푸드 코디네이터의 창조성과 테크닉 그리고 연출 방법이 맛을 창출한다. 이 맛의 이미지가 미식가와 식도락가의 맛의 기쁨을 확장시키는 중요한 역할을 하고 있는 것이다.

이렇듯 강남 지역의 음식 소비자들은 그냥 '먹는 것'도 '맛보는 것'도 아니다. 이들은 즐기면서 맛보고 먹는다. 이들은 보통의 먹거리가 아닌 남이 먹을 수 없을 정도의 값비싼 바닷가재 요리와 같은 '명품' 음식을 먹는다. 그것으로 그들은 먹는 기쁨을 행하게 된다. 이러한 기쁨은 모두 '건강' 이데올로기에 향해 있다. 강남 지역 주민들에게 소비 행태 다음으로 중요한 것은 육체에 대한 관심이다. 물론 이것도 하나의 소비 형태로 나타난다. 소비 문화는 육체에 대한 양식화된 이미지를 끊임없이 증식시킴으로써 소비와 육체관리는 서로 밀접한 연관을 갖는다. 예를 들어 백화점 쇼윈도의 마네킹이 입고 있는 옷이 마음에 든 중년 부인의 모습을 생각해보자. 추측컨대 그녀의 결정은 두 가지다. 하나는 지방 흡입 혹은 제거 수술이고 또 하나는 다이어트이다. 물론 이 두 결정의 공통점은 모두 쉽지 않다는 것이고 차이점은 인내심과 돈의 보유량에 달렸다. 전자의 방법은 약간의 고통만 따를 뿐 쉽게 빨리 그 옷을 걸칠 수 있다. 그러나 그 빠르다는 시간성이 많은 돈을 지불하게 한다는 점이다. 요즘 옷을 사람 몸에 맞추는 것이 아니라 사람을 옷에 맞추는 격이 되었다. 딸아이의 대학 입학 선물을 자가용과 이름 있는 휘트니스 클럽 회원권을 사준 선배의 변을 들어보면 가관도 아니다. 아이가 밤길 조심하라고 그리고 몸매를 가꿔 학교에서 남학생들에게 인기를 받으라고 그렇게 했단다. 그리고 덧붙인 말, 자네도 예쁜 여학생에게 점수 더 주고 싶지 않아. 이것이 강남에 사는, 이 사회의 엘리트를 자부하는 어떤 선배의 말이다. 이만큼 강남 지역에서의 몸매 관리는 건강 그리고 출세와 이어져 있다.

육체에 대한 관심은 강남에 포진된 각종 건강 및 미용관리에 관련된 공간에서 드러난다. 대형 미용실과 피부관리 센터, 똥배 클리닉을 비롯하여 각종 스포츠 센터들이 즐비하다. 이제는 병원들도 환자에 관심이 있는 것이 아니라 몸을 가꾸려는 사람들을 타켓으로 설정, 병원에 '예쁜 다리 만들기', '똥배 죽이기', '탱탱한 피부 만들기' 프로그램을 개발하는 가하면 아예 피부관리 및 미용관리 센터들과 자매를 맺어 운영하는 곳이 부지기수다. 그만큼 육체 관리에 들어가는 자본이 그 시장을 충족시킨다는 것이다. 특히 강남에 사는 이들에 있어 건강 유지의 공간을 부여받는 것은 일종의 특권이다. 올림픽을 전후로 생긴 몇 군데의 (다분히 전시적 효과를 노린) 사회 체육 시설을 제외하고는 체육 활동이 가능한 대부분의 공간은 많은 비용을 지불해야 한다. 그나마 이러한 다양한 레저 — 스포츠 시설을 갖춰놓은 실내 스포츠센터라는 — 공간은 막대한 비용을 감당할 수 있으며 육체적 노동 시간으로부터 면제된 계층에게만 허용된다. 사실 육체적 노동자들에게 헬스클럽에서의 근육 만들기는 평상의 일이다. 이들에게는 돈을 벌기 위해 근육이 형성되지만 강남의 도시 공간에서는 근육 만들기에 돈을 쓴다. 강남을 비롯한 서울의 중상류 계층에게 건강은 지상명제이자 어떠한 금전적 손익계산도 초월하는 강력한 이데올로기이다. 이들에게 있어 '건강이 최고야'라는 절대 명제는 '건강을 위해서라면 돈은 문제가 안 된다'라는 명제를 자연스럽게 도출하게 한다. 그러니 러시아까지 진출해 살아있는 곰의 가슴에 빨대를 꼽고 웅담즙을 마시고 각종 보양식을 찾아 세계를 주름잡기에 '어글리 코리안'이란 기호도 획득하였다.

대부분 강남지역의 스포츠 센터는 대형이며 수영장, 골프 연습실, 체력단련실, 에어로빅장 등이 배치되어 있다. 그밖에 찜질방, 안마방, 비디오방 등이 배치되어 있다. 스포츠 센터 안에는 편의점과 스넥코너 그리고 식당까지 갖추고 있어 한마디로 원스톱 서비스가 완벽히 갖추어져 있다. 물론 사우나실과 휴게실 등은 필수 공간으로서 주로 휴식과 사교적인 기능에 맞추어져 있다. 운동을 전후하여 사람들은 사우나탕과 휴게실에서 교제를 나눈다. 여기서 오가는 대화의 내용은 대개 건강과 관련된 담화들이다. 의례적으로 상대방의 건강 상태를 묻거나 건강에 관계된 새로운 정보들을 교환한다. 본격적인 육체관리의 실천을 위한 공간은 다른 층에 마련되어 있다. 대개 가운데는 유리벽에 둘러싸인 수영장이 위치하고 그 주위에 에어로빅실, 골프연습실, 라켓볼장, 체력단련실이 타원형으로 배치되어 있다. 사람들은 쇼핑을 하듯이 각 방을 둘러보다가 한 공간을 임의로 선택할 수 있다. 또 각 공간들은 서로 다른 용도로 쓰임에도 불구하고 유리벽으로 둘러싸여 있기 때문에 이들은 서로에게 시각적으로도 개방되어 있다. 각 공간의 이용자들은 어떤 시설을 이용하든지 자신의 육체를 다른 이용자들에게 항상 드러내 보여야 하는 동시에 자신 또한 다른 이들의 육체의 감시자가 된다. 더 나아가서 체력단련실과 에어로빅실 등은 중앙을 향해 트인 유리벽 외에도 3면이 거울로 둘러싸여 있다. 운동기구를 이용해 운동을 하면서 혹은 에어로빅을 하면서 사람들은 타인들뿐 아니라 자신의 육체도 거울을 통해 구석구석까지 감상 혹은 감시할 수 있다. 아니 아예 밖에서 운동하는 모습들을 볼 수 있도록 설치된 스포츠 공간도 적지 않다. 이러한 육체의 대상화 과정들 속에서 육체는 단지 건강유지를 위한 훈련의 장소를 넘어 자아도취의 장소가 된다. 나아가 남에게 벗은 육체를 과시하여 보는 자로 하여금 그렇게 되도록 유혹하게 된다. 유혹하는 육체는 상업화에 의한 물신화된 육체 생산의 과정을 만들어 낸다.

우리는 강남의 도시 공간 속에서 두 가지 특징적인 현상들, 음식 소비 문화와 건강 만들기의 이데올로기를 살펴보았다. 이 두 현상은 특정한 공간 속에서 특정한 몸의 요구, 즉 먹는 기쁨과 건강 추구의 경향을 나타내고 있다. 음식 소비 행태에 있어서 육체가 필요한 에너지원의 공급으로서 '먹는 것'이 아니라 심미적 활

동과 같이 '먹는 기쁨'을 누리 것을 알 수 있었다. 또한 육체가 개
인의 취향과 습성에 따라 자율적으로 관리된다기보다는 육체의
전시를 용이하게 하는 소비 문화의 다양한 공간들 속에서 물화된
육체로 길들여진다는 사실을 확인할 수 있는 것이다.

6. 시적 공간을 위하여

우리는 도시 공간을 기호학의 분석 메커니즘에 기대어 외시경
및 내시경적 접근을 해 보았다. 도시 공간을 '동그라미/곡선：네
모/직선' 등의 조형 기호의 대립과 갈등을 통해 그 기능과 역할을
살펴보았다. 그 후 이들 도시 공간 속에 존재하는 전통의 공간과
현대의 공간의 갈등이 어떻게 인간 소통 관계를 만들어 내는가도
관찰하였다. 아울러 계급의 공간적 분화에 따른 새로운 위계와 통
제의 과정을 밝혀내는 작업을 서울 강남의 예를 들어 인식할 수
있다. 우리는 이 글을 통해 몇 가지 도시 공간에 대한 새로운 접근
방법을 도출할 수 있었으며 우리가 지향해야 할 대안이 무엇인가
를 고민할 수 있게 되었다. 이것을 정리하면 다음과 같다. 도시 공
산의 정체성이 계급 주체들의 구제직인 실친 영역에서 드리너머
사회적 세력들의 관계를 반영한다. 아울러 도시 공간은 자본 축척
및 소비와 연관된 자본 지배의 공간이다. 이 공간에서 먹는 것과
입는 것 등의 기본적인 욕망 자극을 통한 가장 고급적인 소비적

자아의 정체성이 구성된다. 또한 도시 공간은 공감각적 지각을 통해 먹는 기쁨과 육체적 건강 추구는 육체를 통한 의식의 통제 등 대단히 정교한 방식으로 인간의 의식을 조종, 통제하는 공간이다.

자본의 실천이 술렁이는 도시 공간을 다시 외시경으로 돌려보자. 조형기호학에서는 모든 표층 구조가 추상적으로 발화하여 시적 구조를 갖는다고 한다. 도시 공간도 다양한 의미의 대립과 충돌을 경험하는 추상적인 표층구조이다. 그러니 시적 구조를 갖게 된다. 시적 구조에서 느껴지는 감정은 슬픔 혹은 기쁨 그리고 아름다움일 것이다. '추함'과 '어두움'을 노래한 시는 실제로 많지 않다. 이제 도시 공간을 한편의 아름다운 시로 볼 수는 없을까? 도시 공간을 구성하는 인간들에 의해 도시의 조형 기호들이 생산된다. 그 인간이 비뚤어진 마음을 가졌더라면 생산된 조형 기호들도 비뚤어질 것이다. 바로 그 도시 공간 속에 당신이 서있다. 그렇다면 당신은 도시적 공간을 시적 공간으로 만들 용의는 있는가?

참고문헌

기호학연대, 『기호학으로 세상 읽기』, 소명출판, 2002.

김성도, 『구조에서 감성으로』, 고려대 출판부, 2002.

김영순, 「몸 기호 갈등을 통한 영화 텍스트 읽기―〈공공의 적〉에서 나타난 기호학적 이분법」, 『기호학연구』 12집, 한국기호학회, 2003.

김영순·황향숙·김미자, 「시각 문화 교육을 위한 그림 텍스트 읽기―매체기호학적 접근」, 『중등교육연구』 50호, 경북대 중등교육연구소, 2002.

박여성·김성도, 「음식기호학」, 『기호학, 철학 그리고 예술』, 소명출판, 2002.

백승국, 「영화 속 음식기호를 찾아서」, 『기호학으로 세상 읽기』, 소명출판, 2002.

서정철, 「기호에서 텍스트로」, 『언어학과 문학 기호학의 만남』, 민음사, 1996.

신항식, 「우리 시대의 광고, 그 일탈의 수사학」, 『기호학으로 세상 읽기』, 소명
    출판, 2002.

안정오, 「기호의 사고, 사고의 기호」, 『기호학으로 세상 읽기』, 소명출판, 2002.

철학아카데미, 『기호학, 철학 그리고 예술』, 소명출판, 2002.

하윤금, 「그레마스」, 『현대 프랑스언어학』(서정철 편), 문학과지성사, 1985.

Chandler, D., *Semiotics : The Basis*, London : Routledge, 2002; 김영순·강인규 역,
    『기호학의 유혹』(근간), 소명출판, 2004.

Cobley, P., *Introducing : Semiotics*, Icon Books, 1997; 조성택·변진경 역, 『기호학』,
    김영사, 1997.

Floch, J. M., *Petites mythologies de l'oeil et de l'esprit : Pour une sèmiotique plastique*, Paris
    : Editions Hadès-Benjamins, 1985; 박인철 역, 『조형기호학―눈과 정신의
    작은 신화』, 한길사, 1994.

방송물 : 〈기호로 읽는 세상〉 청주 CJB 창사 5주년 기획 다큐멘터리, 김경아
    PD, 2002년 10월 18일 방영본.

김상숙
파리 I - 판테온소르본대학 예술학박사(조형예술학, 미학 전공)
현재 한양대학교 응용미술학과 강의교수
〈장소 안에서〉 외 개인전 수차례 개최, 저서로는 『이미지가 중요하다』, 『시각예술문화읽기』, 『해학과 우리』 등이 있다.
parisk@korea.com

김영순
베를린자유대학교 문화학박사
현재 인하대 사범대학 사회교육과 교수
저서로 『신체언어 커뮤니케이션의 기호학』, 공저로는 『광고텍스트 읽기의 즐거움』, 『대중문화 낯설게 읽기』, 『몸과 몸짓 문화의 리얼리티』, 『지식의 사회, 문화의 시대』, 『광고 비평의 이해』, 『미디어 교육과 사귐』, 『기호학, 철학 그리고 예술』이 있으며, 역서로는 『몸짓과 언어본성』, 『화용론 이해』 등이 있다.
kimysoon@inha.ac.kr

김정호
서울시립대학교 조경학박사(환경조경학 전공)
현재 한경대학교 조형공학과 겸임교수, 랜드엔지니어링 이사
저서로 『사건의 특성으로 본 외부 공간 해석방법』 외 조경학에 관한 다수의 논문이 있다.
gochkim@hanmail.net

박상진
옥스퍼드대학교 문학박사(기호학, 문학이론 전공)
현재 부산외대 이탈리아어과 교수
저서로 『이탈리아 리얼리즘 문화비평 연구』와 『에코 기호학 비평』이 있으며, 공저로는 『대중문화 낯설게 읽기』와 『기호학으로 세상 읽기』 등이 있다. 역서로는 『아방가르드 예술론』, 『근대성의 종말』이 있다.
sangjin.park@pufs.ac.kr

박지선
파리 IV-파리소르본대 문학박사(문체론 전공)
현재 중앙대학교 외국어문학연구소 연구원
저서로『연금술적 언어-랭보 작품 속의 문체론적 분석』, 공저로『미디어 교육과 사림』, 주요 논문으로는「랭보 작품 속의 행동주들에 관하여」,「랭보의 Voyelles에서 색채에 대한 기호학적 분석」 등이 있다.
parkjiseon@yahoo.co.kr

서명수
프랑스 리옹대학교 연극학박사(연극커뮤니케이션 전공)
현재 중앙대학교 불어학과 교수
저서로『연극과 인간』, 공저로『프랑스 문화예술, 악의 꽃에서 샤넬 No.5까지』,『기호학으로 세상 읽기』 등이 있다.
semiocom@dreamwiz.com

심혜련
베를린 훔볼트대학교 미학박사(예술학 전공)
현재 홍익대학교 예술학과 겸임교수, 철학아카데미 강의
저서로『발터 벤야민의 매체이론에 대한 철학적 고찰』, 공저로『기호학과 철학 그리고 예술』,『철학으로 메트릭스 읽기』 등이 있다.
hearyunshim@hanmail.net

이혜자
프랑스 파리 10대학 문학박사(문학이론, 비교문학 전공)
현재 이화여대 국문과 외래교수, 철학아카데미 강의
저서로『영원회귀의 세계를 찾아서-미셸 뚜르니에의「레메떼오르」와 김동리의「무녀도」「황토기」「달」』, 공저로『몸과 몸짓문화의 리얼리티』 등이 있다.
littcompara@hanmail.net

찾아보기